Annette Böhler

Winterwunder im kleinen Strandcafé am Meer

Die Autorin

 Annette Böhler lebt mit ihrem Ehemann und ihren beiden Töchtern in Vorarlberg, Österreich. Ihre Texte und Kurzgeschichten wurden in verschiedenen Anthologien abgedruckt. Die Veröffentlichung ihres Debütromans läutete ein neues Kapitel in ihrem Leben ein. Seit 2020 lebt sie als freie Autorin und schreibt für den Empire-Verlag. Davor war sie im Bankensektor tätig.

https://www.annetteboehler.com/
https://www.instagram.com/annette.boehler/

Annette Böhler

Winterwunder im kleinen Strandcafé am Meer

Roman

Bibliografische Information der Deutschen Nationalbibliothek: Die Deutsche Nationalbibliothek verzeichnet diese Publikation in der Deutschen Nationalbibliografie; detaillierte bibliografische Daten sind im Internet über http://dnb.d-nb.de abrufbar.

© 2024 Empire-Verlag

Empire-Verlag OG, Lofer 416, 5090 Lofer

Lektorat: Marion Busch
http://www.lektorat-busch.de

Korrektorat: Johannes Eickhorst

Cover: Chris Gilcher
http://buchcoverdesign.de/

Illustrationen: Adobe Stock ID 118354910

gesetzt aus der EB Garamond
erstellt mit *SPBuchsatz*

Bestellung und Vertrieb: Nova MD GmbH, Vachendorf

Prolog

Sieben Jahre zuvor – Emma

Ich zündete die Kerzen an und staunte, wie sich mein Jugend-zimmer in diesen romantisch magischen Ort verwandelte, der er tagsüber, wenn ich lernte und meine Hausaufgaben machte, sicher nicht war. Ich setzte mich auf die Kante meines Bettes und wartete. Tim würde jeden Moment hier sein. Ich hatte ihm heute am Strand einen winzigen Zettel zugesteckt, dass er sich abends mit mir treffen solle. Meine Eltern waren nicht da, ich würde die Haustür für ihn offenlassen und in meinem Zimmer auf ihn warten, hatte ich geschrieben. Deshalb die Kerzen, die romantische Musik und die neue Unterwäsche.

Die Türklinke knarzte, als sie von außen langsam nach unten gedrückt wurde. Dann ging die Tür vorsichtig auf und Tim steckte seinen Kopf herein.

»Hey«, sagte er vom Türrahmen aus.

»Komm rein«, erwiderte ich und winkte ihn zu mir. Er kam näher, wenn auch schüchtern und zurückhaltend.

»Ich dachte an einen romantischen Ausklang des heutigen Abends.« Ich ging auf ihn zu und schmiegte mich an ihn. Er lächelte und strich mit seinen Fingern durch meine Haare. Ich liebte dieses Gefühl. Ich hätte mich stundenlang so von ihm liebkosen lassen können.

»Dachtest du?«, raunte er und lächelte mich an. Dann küsste er mich.

»Ich habe immer vom Strand geträumt und vom Sternenhimmel, aber ich finde, das ist in der Realität gar nicht so romantisch, wie es sich in Gedanken anfühlt«, erklärte ich ihm.

»Du hast dir den falschen Abend ausgesucht«, meinte er und löste sich von mir.

»Es ist genau der richtige Abend«, widersprach ich. »Du willst doch schon den ganzen Sommer. Und jetzt fühlt es sich richtig an. Ein Abschiedsgeschenk sozusagen.«

»Wir können es verschieben.«

»Auf nächstes Jahr?«, fragte ich entsetzt. »Sicher nicht. Ich weiß, was ich will.« Und ich wollte ihn. Seit Jahren war ich in Tim verknallt und letzten Sommer hatte es zum ersten Mal zwischen uns geknistert. Aber erst diesen Sommer hatte ich ihn für mich gewinnen können. Händchenhalten, küssen, kuscheln – das volle Programm. Nein, eben nicht das volle Programm, etwas fehlte noch, weil ich Angst gehabt hatte, weil ich mir nicht sicher gewesen war, aber das war jetzt vorbei. »Du reist morgen ab, und ich kann den Gedanken kaum ertragen, ohne dich zu sein«, gestand ich ihm.

»Du weißt, dass ich nicht nein sage, aber bist du dir wirklich sicher?«, wollte er wissen. Ich nickte und zog ihn zu mir. Ich küsste ihn. Sein Mund war so warm und so weich. Der

Gedanke, dass er morgen nicht mehr hier sein würde, schmerzte. Deshalb lenkte ich mich ab und machte mich an seiner Gürtelschnalle zu schaffen. Mehr Ermutigung schien Tim nicht zu benötigen, seine Hände fanden meine Taille und sein Mund meine Schulterbeuge. Von da an dauerte es nicht lange, bis ich rückwärts aufs Bett taumelte und mich von weichen Lippen und heißen Händen verwöhnen ließ, ohne genau zu wissen, was auf mich zukam. »Hast du was da?«, fragte er irgendwann außer Atem.

»Ja, in der Schublade.« Seine Haut glänzte im goldenen Licht der Kerzen samtig. Fast so, wie wenn er am Strand lag und die Sonne über seine Haut strich. Ich konnte kaum fassen, wie schön er war, und dass wir zusammen waren, uns liebten und es heute Nacht besiegelten. »Komm her«, hauchte ich, als er bereit war, und zog ihn zu mir.

»Bist du sicher?«, flüsterte er erneut in mein Ohr. Ich nickte und küsste ihn an all den Stellen, die ich finden konnte.

Ich blickte zur Decke. Wir waren beide außer Atem. Meine ganzen Sorgen waren umsonst gewesen. Es hatte sich grandios angefühlt. Er hatte sich grandios angefühlt. Ich drehte mich zu ihm.

Auch er sah zur Decke hoch, blickte dann aber zu mir, als er bemerkte, dass ich ihn musterte.

»Hast du es dir so vorgestellt?«, fragte er leise in den Raum, der mein Jugendzimmer war, und dem ich mich plötzlich entwachsen fühlte.

Ich schüttelte den Kopf. »Niemals. Es war viel schöner, als

ich es mir erträumt hatte.« Er lächelte und küsste mich auf die Stirn. »Und du?«, wollte ich wissen.

»Nicht mein erstes Mal. Schon vergessen?«, sagte er. Das wusste ich. Darüber hatten wir gesprochen. Und während es mich damals nicht gestört hatte, dass er Erfahrung besaß, ich es im Gegenteil sogar gut fand, weil ich es mit Sicherheit verband, dass zumindest einer von uns wusste, was zu tun war, war das plötzlich anders.

»Nein, ich meine, hat es dir auch gefallen?«, fragte ich, obwohl ich in Wahrheit wissen wollte, ob ich mit den anderen mithalten konnte. Ich hatte nie gefragt, wie viele es waren und ob ich vielleicht sogar eine von ihnen kannte. Aber ich ging davon aus, dass er von Frauen aus der Stadt sprach.

»Wie könnte es nicht. Ich liege mit der schönsten Frau der Welt im Bett«, antwortete er. Ich schüttelte den Kopf. Ich war sicher nicht die schönste Frau der Welt, auch wenn ich mich in seinen Armen definitiv so fühlte. Er lachte leise und drückte mir einen Kuss auf die Stirn.

»Wer hätte vor ein paar Wochen gedacht, dass das unser Abschied sein würde?« Ich seufzte.

»Mit mir zu schlafen?«, fragte er. Ich nickte und setzte mich auf. Wir zogen uns an. Tim küsste mich erneut und öffnete dann die Tür zum Flur.

»Ich kann es nicht fassen, dass du morgen schon gehen musst«, sagte ich.

»Der Sommer vergeht jedes Jahr viel zu schnell.«

»Schreibst du mir?«

»Jeden Tag. Versprochen.«

»Und ich kann dich besuchen. London ist nur ein paar Stunden entfernt«, schlug ich vor.

»Genau.«

»Ich liebe dich.« Auf eine kindlich naive Art, die eigentlich nicht mehr zu mir passen sollte, hoffte ich, dass er in jenem Moment auf die Knie sinken, einen Ring aus seiner Hosentasche ziehen und mich bitten würde, für immer und ewig seine Frau zu sein. Aber nichts dergleichen geschah. Im Gegenteil. Er verschwand und kehrte in keinem weiteren Sommer mehr zurück.

Kapitel 1 – Emma

Meine Augen brannten und füllten sich unfreiwillig mit Tränen, sodass ich die Zahlen am Bildschirm kaum mehr erkennen konnte. Ich lehnte mich im Bürostuhl meines Vaters zurück und ließ den Blick durch den Raum schweifen. Ordnung sah anders aus. Und das sagte ich, die das Chaos-Gen sicher von ihm geerbt hatte. Die Regale waren voller Mappen, jedoch nur notdürftig beschriftet, und ich musste jede einzelne in die Hand nehmen und durchblättern, um zu verstehen, was sie enthielt. Und manchmal fand ich ganz hinten thematisch komplett andere Informationen als zu Beginn. Ich hatte also Arbeit vor mir. Ich stand von meinem Stuhl auf und trat hinaus in den Flur, der in den Gastraum des Strandcafés führte. Wie ich diese Geräusche liebte. Das dumpfe Murmeln der Gäste. Das Klirren von Besteck, das auf Porzellan traf. Vereinzeltes Gelächter. In der Ferne das Rauschen des Meeres und das Kreischen der Möwen.

Hier war mein absoluter Lieblingsort. Der Gedanke, dass mein Vater das kleine Strandcafé verkaufen wollte, war so abwegig wie die Überlegung, ob sich die Sonne vielleicht doch um die Erde drehte. Seine Ankündigung hatte meine Welt kurz stillstehen lassen und alles durcheinandergebracht, was bis dahin mein felsenfestes Fundament gewesen war.

Deshalb war ich jetzt hier. Anstatt mir einen Job zu suchen und mich nach einem interessanten Projekt umzusehen, verschaffte ich mir einen Überblick über die Zahlen, auch wenn das so gar nicht meine Stärke war. Aber ich hatte mir bei meinem Vater Zeit ausverhandelt. Zeit, das Strandcafé zu retten, die Segel neu zu setzen, irgendetwas zu verändern. Es musste eine andere Lösung für das finanzielle Dilemma geben, als den Familienbetrieb zu verkaufen. Schließlich war das Strandcafé immer der Traum meiner Eltern gewesen und für mich mein Zuhause. Wie oft hatte ich hier im Gastraum gesessen und für die Schule gelernt, während meine Mutter die Gäste bediente. Und wie oft hatte ich mich in die Küche geschlichen und mir Pommes stibitzt, die mein Vater frisch aus der Fritteuse genommen hatte. Das hier war auch mein Ort, nicht nur ihrer, und ihn zu verkaufen und wegzugeben und mich damit der Möglichkeit zu berauben, jemals wieder diese Luft atmen zu können, die nach Kuchen und Kaffee roch, nach herrlich frischen Pommes oder Pie, das konnte ich mir einfach nicht vorstellen.

Nun saß ich mitten im Chaos. Vor Kurzem hatte ich meine Masterarbeit eingereicht und war davon ausgegangen, dass mein Leben ab diesem Zeitpunkt perfekt sein würde. Keine Zeit mehr vor dem PC mit lästigem Recherchieren und Zitieren verbringen, sondern hinaus in die Welt und mich in ein Abenteuer nach dem anderen stürzen. Frische Luft,

Sonne, Wärme, Freiheit. Das war schon immer mein Traum gewesen. Stattdessen hockte ich in diesen vier Wänden, die nach Renovierung und Neuanfang schrien, und hatte keinen Plan.

»Und?« Mein Vater steckte den Kopf durch die Tür. »Was sagst du?«, wollte er wissen.

»Nicht viel«, gab ich zu. Was sollte ich auch sagen. »Du hast schon recht. Es sieht nicht gut aus.« Jetzt kam er ins Büro und trat hinter mich und blickte auf den Bildschirm.

»Die Fixkosten sind zu hoch und die Einnahmen zu niedrig«, brachte er das Dilemma auf den Punkt.

»Und warum hast du nicht früher reagiert? Warum hast du nicht früher versucht, etwas zu verändern?«, warf ich ihm vor. Den größten Posten der Fixkosten hatte ich auf dem Privatkonto meines Vaters entdeckt. Meine Studiengebühr, die Mietwohnung, das Taschengeld, alles Mittel, die sie mir überwiesen. Ich hatte nicht gewusst, dass sie eine weitere Hypothek auf das Strandcafé aufgenommen hatten, um mich zu unterstützen. Die Raten für die Bank waren aber mit den Einnahmen kaum zu begleichen. Ich könnte meinem Vater die Schuld geben, einen strategischen Fehler gemacht zu haben. Aber ich könnte mich auch an die eigene Nase fassen und überlegen, wie naiv ich gewesen war zu glauben, dass sie meine Studienkosten mit Leichtigkeit stemmten.

»Schwierig«, sagte er nur. Ich war mir nicht sicher, ob er damit auch mein Studium meinte, oder ob es eher etwas Machohaftes war, das ihn dazu antrieb, keine Hilfe zu suchen und einfach weiter in eine Sackgasse zu laufen. »Deshalb kann es nur auf einen Verkauf hinauslaufen«, wiederholte er. Ich hatte diesen Satz inzwischen zu oft gehört und wollte ihn einfach nicht wahrhaben.

»Du hast gesagt, du gibst mir Zeit. Du hast das Ding nun über Jahre vor sich hin leiden lassen. Jetzt wirst du mir doch ein halbes Jahr geben können. Oder ein Jahr. Oder was es eben braucht«, bat ich. Ich hatte nicht vor, das Strandcafé meiner Eltern aufzugeben. Nicht nur, weil ich das Gefühl hatte, Teil des Problems zu sein. »Jetzt wo ich mit dem Studium fertig bin ...«, begann ich.

»Solltest du dir einen Job suchen. Und dich nicht an ein Unternehmen binden, das dem Untergang geweiht ist«, unterbrach mich mein Vater.

»Ich denke nicht, dass das Strandcafé untergeht. Wir können es renovieren. Wir können moderner werden. Wir müssen nur etwas verändern. Jetzt aufzugeben, jetzt, wo keine zusätzlichen Kosten mehr für mein Studium anfallen, bleibt mehr in der Kasse fürs Strandcafé. Vielleicht genügt das schon«, sagte ich.

»Das hat doch nichts mit dem Studium zu tun«, wehrte mein Vater seufzend ab. Er sah müde aus, wahrscheinlich war er das auch.

»Du solltest an deinen Ruhestand denken und Mama auch. Ihr könnt das Strandcafé nicht ewig führen. Selbst wenn es jetzt nicht in finanziellen Problemen stecken würde. Der Zeitpunkt, dass ich übernehme, wäre sowieso irgendwann gekommen.«

»Aber das ist nicht dein Traum. Das ist der Traum von

Mama und mir. Und wir wollen wirklich in Ruhestand gehen. Und jetzt ist es Zeit, uns zu lösen und der Wahrheit ins Auge zu sehen.«

»Nein. Es ist zu früh, aufzugeben. Weihnachten steht vor der Tür. Und die Herbst-Winter-Saison ist perfekt, um zu renovieren und zu sehen, ob die Veränderung etwas Positives bewirken kann.« Er schüttelte den Kopf.

»Ich hab dir versprochen, dass du deine Chance bekommst. Auch wenn ich nicht begeistert bin. Du solltest irgendwo im Sand buddeln oder Löcher ausheben«, sagte er. Ich verdrehte die Augen.

»Du hast keine Ahnung, was die Inhalte eines Paläontologie-Studiums sind. Es geht nicht nur ums Löcher buddeln. Es hat mit Neugierde zu tun und den viel zu vielen Fragen, die noch offen sind, wenn es um die Geschichte der Welt geht«, belehrte ich ihn.

»Ich habe in deine Masterarbeit hineingelesen. Ich verstehe nur nicht viel davon. Ich stehe lieber in der Küche und koche. Das schätzt du doch auch. Nicht wahr?«

»Sehr«, gab ich zu. »Ehrlich gesagt könnte ich genau jetzt etwas vertragen.«

»Deshalb bin ich hier. Ich wollte dir sagen, dass das Essen fertig ist.«

An diesem Abend hatte er Chicken-Pie gekocht und dicke hausgemachte Pommes dazu. Im Hinterzimmer des Strand-cafés zu essen war seit Ewigkeiten Tradition. Mein Vater hatte immer, während er für die Gäste des Cafés kochte, nebenbei für uns gekocht. Deshalb hatte sich meine Kindheit meistens ein bisschen wie Urlaub angefühlt. Es gab rund um die Uhr Eis. Es gab jederzeit Pommes. Und auch wenn das vielleicht nicht die gesündeste Art war, groß zu werden, so war es doch eine der komfortabelsten. Ich genoss es, wie die Kruste brach, als ich den Pie aufschnitt, und wie der saftige Inhalt sich dann auf meinem Teller verteilte.

»Bist du vorangekommen?«, fragte meine Mutter und nickte Richtung Büro, das auf der gegenüberliegenden Seite des Flurs lag.

»Ich weiß nicht genau. Ich habe mir einen Überblick verschafft. Mein Fazit ist, wir müssen die Einnahmen drastisch erhöhen. Und in meinen Augen können wir das nur, wenn wir renovieren und dann auf Social Media setzen. Wir brauchen eine Webseite und eine Speisekarte, die online angesehen werden kann.« Ich schüttelte den Kopf. Ich hatte die letzten sechs Jahre in London verbracht. Eine Location war hipper als die andere, wobei es nach wie vor auch diese alten Pubs mit Flair gab, die ich liebte. Aber das Strandcafé war keines von beidem. Es war weder richtig alt mit diesem warmherzigen Charme, der mit Monarchie und britischer Kultur zu tun hatte, noch war es stylisch und modern. Aber das würde ich ändern. Ich wusste noch nicht genau wie, aber darüber würde ich mir morgen Gedanken machen.

Kapitel 2 – Timothy

Der Champagnerkorken knallte, als ich die Flasche öffnete und mir ein Glas eingoss. Ich trank einen großen Schluck, dann stellte ich die Flasche zurück in den Kühlschrank und lehnte mich mit dem Rücken gegen das freistehende silberne Monster.

»Cheers«, sagte ich zu mir selbst und prostete meinem Spiegelbild in der Fensterscheibe zu, dann ließ ich mich seufzend auf mein Sofa plumpsen. Das war er also, mein großer Tag. Wie viele Jahre hatte ich für diesen Moment geschuftet? Wie viele Überstunden investiert? Und in Wahrheit waren es dann nur diese wenigen Sekunden, als ich den Anruf erhielt, der mich grandios fühlen ließ. Euphorisch, zugegeben. Neuer Junior-Partner in Londons angesehenster Kanzlei für Unternehmens- und Vertragsrecht. Aber als die Freude verflogen war und weil es niemanden in meinem Leben gab, der sich mit mir freute, holte mich die Realität schneller ein, als mir lieb war. Arbeit war alles, was ich hatte. Ich hatte meine Freundschaften gegen Überstunden getauscht und gegen den harten Weg, den die Karriereleiter erforderte. Ich griff nach der Fernbedienung und schaltete den Fernseher ein. Der

Sportkanal brachte die Abwechslung, die ich jetzt brauchte. Der Champagner war inzwischen warm und mein Herz ehrlich gesagt ein bisschen kalt.

Ich wählte die einzige Nummer, die in solchen Momenten half.

»Hallo«, meldete sie sich. Sie klang heiser und müde.

»Hey, ich bin's. Habe ich dich geweckt?« Ich warf einen Blick auf die Uhr und ärgerte mich, dass ich das nicht früher getan hatte, aber es war erst kurz nach neun.

»Du weißt doch, dass man in meinem Alter eigentlich permanent ein Nickerchen macht. Aber keine Sorge, ich höre deine Stimme so gerne. Erzähl mir, was los ist«, kam Granny gleich zum Punkt.

»Ich sitze mit einem Glas Champagner in der Hand hier und brauche jemanden, der mit mir feiert«, sagte ich genauso direkt und trank einen Schluck.

»Und was feiern wir?«, fragte sie. Ich hörte im Hintergrund verschiedene Geräusche und schmunzelte innerlich. Die Frau kam wohl nie zur Ruhe. »Warte kurz, ich lege das Telefon zur Seite. Ich habe einen Sekt gekühlt, den öffne ich jetzt.« Es folgte ein Plopp und dann ein kleiner Schrei gefolgt von Gelächter.

»Gran?«, fragte ich vorsichtig. Mehr Gelächter.

»Sektflaschen zu öffnen, war noch nie meine Stärke«, meinte sie nur. Ich konnte ihr Lächeln in ihrer Stimme hören. »Auf was trinken wir nun?«

»Auf meine langersehnte Beförderung. Webster und Partner haben mich von der Kanzlei abgeworben. Ich kann in zwei Monaten bei ihnen als Junior-Partner anfangen und bin bis dahin in meiner alten Kanzlei freigestellt. Konkurrenz-klausel.« Ich zuckte mit den Schultern. Es war nicht so, dass ich emotional an meinem aktuellen Arbeitsplatz gehangen hatte, dennoch war das Klima frostig gewesen, nachdem ich mitgeteilt hatte, dass ich kündige. Nach ein paar Meetings kam der Anruf, dass ich mit sofortiger Wirkung freigestellt war.

»Herzliche Gratulation. Das wolltest du doch immer. Da-von hast du doch ohne Pause erzählt. Nicht wahr?«

»Ja. Das war schon immer mein Traum«, gab ich zu. Nur dass es sich jetzt nicht so anfühlte, wie ich dachte, dass es sich anfühlen würde. Irgendwie war ich noch immer derselbe. Und alles fühlte sich so an, wie es sich immer angefühlt hatte.

»Dann hast du jetzt endlich Zeit? Wenn du freigestellt bist, heißt das, du kommst mich besuchen?«, fragte Granny.

»Nein. Ich habe genug zu tun. Mich auf den neusten Stand bringen. Alles über die Partner der Kanzlei recherchieren, das ich finden kann. Vielleicht suche ich mir sogar eine neue Wohnung, die näher am neuen Büro liegt«, zählte ich auf.

»Du findest immer neue Gründe, nicht zu kommen. Dabei hat es dir früher in unserem kleinen verschlafenen Nestchen so gut gefallen«, sagte sie. »Und du weißt, dass Großmütter nicht ewig leben. Manchmal habe ich etwas Druck auf der Brust und die Hüfte ist auch nicht mehr das, was sie einmal war, ganz zu schweigen von meinem Knie.«

Ich lachte laut auf.»Vielleicht hätte ich nicht anrufen sol-len«, provozierte ich sie.

»Das wäre ja noch schöner. Wenn ich dich schon nicht sehen kann, dann will ich dich zumindest hören.«

»Du willst nie über den Bildschirm telefonieren. Wir könnten uns sehr wohl sehen«, sagte ich, obwohl ich ganz genau wusste, was sie von diesen *neumodischen Dingen* hielt, wie sie sie nannte.

»Ein Telefon gehört ans Ohr und Menschen, die man liebt, sollten sich zum Kaffee blicken lassen. Mir nützt dein Bild übers Telefon gar nichts.« Ich hörte sie durch die Leitung schnauben und musste ihr sogar recht geben. Inzwischen war es schon ewig her, dass ich sie besucht hatte. Es war immer sie gewesen, die in regelmäßigen Abständen zu meinen Eltern gereist kam, und meist hatten wir uns dort zu Festen oder Feiertagen getroffen. Erst in den letzten Jahren hatte sie aufgehört, die Strapazen der Reise auf sich zu nehmen.

»Weißt du was? Ich komme. Du hast recht. Ich habe zwei Monate frei, da darf ich mir doch ein bisschen Urlaub gönnen.« Ich erinnerte mich noch an den Strand und das leckere Eis, das es in dem winzigen Strandcafé direkt am Meer gab.

»Schön. Das höre ich gerne. Ich richte gleich dein Zimmer her«, sagte sie. Damit meinte sie das Kinderzimmer meines Vaters, das zum Teil noch immer so aussah, wie er es damals zurückgelassen hatte. In den Sommerferien durfte ich es so gestalten, wie es mir gefiel, weil ich fast alle Sommer als Kind bei meiner Großmutter verbracht hatte, während meine Eltern gearbeitet hatten.

»Ich freue mich. Ich weiß gar nicht, warum ich so lange nicht zurückgekehrt bin.«

»Das weiß wohl niemand so genau«, sagte sie seufzend.

»Gibt es das kleine Strandcafé eigentlich noch?«, fragte ich. In Wahrheit wollte ich wissen, ob Emma dort noch immer hinter der Theke stand und ihrer Mutter dabei half, Eis auszugeben. Ich hatte nie bezahlen müssen, sie hatte es jeden Sommer so gedeichselt, dass ich meine Eistüte einfach so bekam.

»Soweit ich weiß, schon. Warum fragst du?«, wollte Granny wissen.

»Es macht sicher Spaß, das aktuelle Dorfgeschehen mit den Bildern in meinem Kopf abzugleichen. Ich erinnere mich an das leckere Softeis vom Kiosk dort, und wie es sich gelb und rosa ineinander verschlungen in meiner Eistüte türmte. Vanille und Erdbeere. Ich bilde mir sogar ein, dass ich es noch schmecken kann«, erwiderte ich. An was ich mich aber viel deutlicher erinnerte, war der Geschmack von Emmas Mund auf meinem.

Kapitel 3 – Emma

Eigentlich war alles immer noch so wie früher. Mein Vater stand in der Küche und kochte, während meine Mutter hinter der Theke die Gäste bediente. Es gab Cream-Tea und Sandwiches, um sich nach einem Spaziergang am Strand wieder aufzuwärmen. Außerdem Kuchen oder die Möglichkeit, eine Hauptspeise zu essen. Ich saß an einem der abgelegeneren Tische und versuchte, diesen Ort mit den Augen eines Gastes zu sehen. Irgendwie war das Strandcafé ein magischer Ort, der für alles gewappnet war. Egal ob es das Wetter, die Temperatur oder die eigenen Vorlieben betraf. Über das große Fenster neben dem Eingang verkauften wir nach draußen als Take-away. Im Sommer gab es Eis und im Winter warme Kekse. Das war die perfekte Möglichkeit, den Tag an der frischen Luft zu genießen und trotzdem nicht ganz auf wärmende Verpflegung zu verzichten. Aber der Innenraum, der war in meinen Augen die wahre Perle. Gemütlich eingerichtet bot das Strandcafé in meinen Augen alles, was man sich an Komfort und Flair wünschen konnte, wenn man an einen kleinen, südenglischen Küstenort dachte. Weiter hinten im Raum hatten wir einen offenen Kamin, den wir von

Herbst bis Frühling in Betrieb nahmen, um es gegen die Kälte draußen drinnen heimelig zu haben. Hin und wieder nutzten wir ihn sogar im Sommer an verregneten Abenden, die nach Wärme und Gemütlichkeit verlangten. Die Gäste liebten es, sich hier nach windigen Strandspaziergängen bei einer Tasse Cream-Tea oder Kaffee aufzuwärmen.

Zwar war immer noch nicht klar, ob das Strandcafé diesen Winter überhaupt überleben würde und eine erneute Sommersaison in Aussicht stand, aber ich war zuversichtlich, dass sich das mit den richtigen Ideen und Veränderungen machen ließe. Während ich meine Eltern beim Arbeiten beobachtete, klickte ich mich durch diverse Webseiten, bis ich tatsächlich einen Möbelhändler in der Nähe gefunden hatte, der offenbar ein ähnliches Problem hatte wie das Strandcafé. Er musste schließen, deshalb gab er den Großteil seines Sortiments rabattiert her. Das passte mir gerade ganz hervorragend. Die Tische und Stühle waren schnell bestellt. Für die Theke müsste ich einen Tischler kommen lassen, das erforderte wahrscheinlich eine Maßanfertigung. Die Küche würde ich belassen, es ging hauptsächlich um die optische Erneuerung des Innenraums. Die Wände neu streichen, neue Lampen, hippe Dekorationselemente, moderne Bilder. Vielleicht konnte ich sogar die Zwischenwände der drei Stuben herausreißen lassen und einen großen Gastraum gestalten. Größere Fenster, wenn es das Budget zuließ. Neue Möbel für die Terrasse und Pflanzen. Ich hatte mich umgesehen und war auf so viel Inspirierendes gestoßen. Ehrlich gesagt ärgerte ich mich, dass ich mich nicht schon früher dafür interessiert und darum gekümmert hatte, dann wäre die Sache jetzt nicht so verfahren. Ich seufzte und schrieb an meine Freundin Kristin:

Hi, alles gut bei dir? Du hast gesagt, ich darf mich melden, wenn es so weit ist ... Ich werde renovieren, Möbel sind bestellt, Deko, Lampen und Co. folgen ... Würdest du mir ein Logo machen? Einen hippen Namen ... Eine coole Speisekarte ... Und wenn du schon dabei bist, was denkst du, welche Speisen angeboten werden sollten ... Du kennst doch die trendy Locations in London ...

Als Antwort schickte mir Kristin ein kleines Äffchen-Emoji, das sich die Augen zuhielt. Ungefähr so fühlte ich mich. Ich wollte der Wahrheit auch nicht ins Auge sehen, aber Kristin hatte versprochen, sie würde sich um das Grafische kümmern. Sie war Grafik-Designerin in einer jungen Social-Media-Agentur und sprühte nur so vor verrückten Ideen. Als wir beide noch studierten, lebten wir drei Jahre lang zusammen in einer Wohngemeinschaft. Sie blieb noch weiter mit mir in der Wohnung, als sie bereits einen Job angenommen hatte und ich noch an meinem Master saß. Und jetzt, da ich weg war, hatte sie die Wohnung für sich allein übernommen. Mein Zimmer hielt sie mir bis auf Weiteres frei, in der Hoffnung, dass sich das Desaster um das Strandcafé bald auf die eine oder andere Weise auflösen und ich wieder zurückkehren würde, um meinem eigentlichen Berufswunsch nachzugehen. Wenn ich an London dachte, wurde ich wehmütig, die moderne

Welt, all meine Träume, nur um wieder hier zu sein, in diesem kleinen verträumten Örtchen, das ich zwar heiß liebte, und das meine Träume erst befeuert hatte, das aber inzwischen nicht mehr zu meiner Vorstellung vom Leben passte.

»Wir setzen uns zu Emma«, hörte ich jemanden sagen und blickte zu der Stimme, die ich vom Eingang her vernommen hatte. »Ich wusste gar nicht, dass sie auch aus London zurück ist. So ein Zufall. Du kennst sie doch noch«, sagte Patsy zu einem jungen Mann, der hinter ihr her trottete wie ein treuer Hund. Patsy war eine Stammkundin und gehörte inzwischen fast zum Inventar des Strandcafés.

»Hallo Patsy«, begrüßte ich sie, klappte meinen Laptop mit den Plänen zum Strandcafé zu und schob ihn zur Seite.

»Du erinnerst dich doch noch an meinen Timmi?«, fragte sie und ich brauchte ein paar Sekunden, um den Mann, der vor mir stand, mit dem Jungen, der mir unter diesem Namen bekannt war, in Verbindung zu bringen. Ich nickte und lächelte und hoffte, man sah mir die Hitze nicht an, die mir gerade in die Wangen stieg.

»Natürlich«, sagte ich. »Es sind die Augen. Die strahlendblauen Augen.« Dann biss ich mir auf die Lippen.

»Schön, dich wiederzusehen«, sagte er und streckte mir seine Hand entgegen, als wären wir Fremde.

Ich reichte ihm meine Hand und drückte fest zu. Vielleicht ein bisschen zu fest. Das letzte Mal, als ich ihn gesehen hatte, waren es seine Lippen gewesen, die meine berührt hatten und ... nein, nein, daran würde ich jetzt nicht denken. Ich entzog ihm meine Hand und hasste ihn noch ein bisschen mehr als damals, als er sich einfach nicht mehr gemeldet hatte. »Sehr schön«, murmelte ich und überlegte mir eine Ausrede, um mich schnell von diesem Tisch entfernen zu können.

»Timmi ist gestern angekommen. Endlich macht er wieder einmal Urlaub bei mir. Du erinnerst dich doch noch an die Sommer, die er hier verbrachte? Er hat dich sogar manchmal mitgebracht. Ihr habt ferngesehen, ich erinnere mich gut. Ich habe mir oft gedacht, wie gerne ich noch mal so jung wäre und unbeschwert«, erzählte Patsy. Ich überlegte, ob ich sie aufklären und ihr sagen sollte, dass damals nichts unbeschwert gewesen war, weil wir verliebt gewesen waren und er zurück nach London musste, während ich hier festsaß. Und jetzt? Jetzt war schon gar nichts mehr unbeschwert. Das Strandcafé meiner Eltern stand vor dem Ruin und meine eigene Zukunft auf dem Wartegeleis, weil kein Platz mehr war für mich und meine Wünsche, sondern ich alles daransetzen musste, die riesige Katastrophe abzuwenden, die unserer Familie plötzlich drohte.

Kapitel 4 – Timothy

Sie sah noch immer so aus wie damals. Noch immer lief sie rot an, wenn ich ihr gegenüberstand. Als wäre keine Zeit vergangen, als wären wir noch immer die, zu denen wir in den Sommern geworden waren, wenn sich die Regeln, die während der Schulzeit galten, in Luft auflösten. Abends lange aufbleiben, morgens ausschlafen, nicht lernen müssen, keine Prüfungen, sondern jeden Morgen Grannys Porridge und dann ein Tag am Strand, als gäbe es nichts auf der Welt außer Sonne, Wasser, Eiscreme und natürlich dieses eine Mädchen.

»Urlaub klingt toll«, sagte Emma nach einer etwas zu langen Pause.

»Er ist endlich befördert worden. Da gönnt man sich eine Auszeit«, sagte Granny, während ich danebenstand und kaum ein Wort herausbrachte. Ich hatte mich damals wie ein Idiot verhalten.

Emma wusste es. Ich wusste es.

»Granny, ich stehe direkt neben dir. Kein Grund, Klatsch über mich zu verbreiten«, bremste ich sie, bevor sie noch meine Schuhgröße ausplauderte und meine Lieblingsspeise dazu.

»Das klingt doch gut. Ein Sekt aufs Haus?«, fragte Emma, nahm ihren Laptop in die Hand und stand auf.

»Bleib doch, wir wollten dich nicht vertreiben«, sagte Granny. »Erzähl, was machst du hier? Bist du nicht normalerweise auch in London? Habt ihr euch eigentlich nie getroffen?«

»Du lebst in London?«, fragte ich Emma überrascht. Das hatte ich nicht gewusst. Mein Herzschlag beschleunigte sich und ich überlegte, wie ich unauffällig an ihre Nummer kommen und sie, wenn ich zurück in London wäre, kontaktieren konnte, um sie auf ein Date einzuladen.

Warum nicht?

Erinnerungen an unseren ersten Kuss fluteten mich. Alte Liebe rostet nicht, oder so ähnlich hieß es doch.

»Nicht mehr. Ich lebe jetzt wieder hier«, stellte sie richtig.

»Was hast du studiert? Ich vergesse so schnell. Ich weiß nur, dass deine Eltern unglaublich stolz sind und immer wieder von deinen Reisen berichtet haben«, hakte Granny nach.

»Paläontologie. Und ja, da kommt man schon herum, wenn man sich um Auslandssemester bemüht und Praktika macht, um sein Wissen zu erweitern.«

»Das klingt ja spannend«, staunte ich. »Ich erinnere mich, du hattest schon damals viel von den Ausgrabungen hier am Strand gesprochen.« Ich freute mich so für sie, dass sie ihre Jugendträume tatsächlich in die Realität umsetzen konnte. »Herzliche Gratulation, dass du wirklich deinen Traumjob ergriffen hast«, sagte ich deshalb.

»Ich denke, heute gebührt die Gratulation dir«, sagte sie

und verließ dann unseren Tisch, um wenige Minuten später mit zwei Sektgläsern zurückzukommen.

»Oh, das ist lieb«, sagte Granny und nahm ein Glas.

»Du trinkst nicht mit?«, fragte ich Emma.

»Unpassend während der Arbeitszeit«, meinte sie knapp, schenkte eher Granny als mir ein Lächeln und verzog sich aus unserem Blickfeld. Granny klirrte ihr Glas gegen meines und ich zuckte erschrocken zusammen.

»Augen zu mir. Anstoßen. Und dann legst du all deine Jugendgeheimnisse auf den Tisch«, forderte sie mit diesem schelmischen Grinsen, das sie ewig jung wirken ließ.

»Welche Geheimnisse? Keine Ahnung, was du meinst«, sagte ich. Als Anwalt fiel es mir leicht, ein Pokerface aufzusetzen und keine Miene zu verziehen.

»Natürlich Timmi. Wir können es auch so machen. Aber ich versichere dir, deine Augen verraten dich, und Emmas rote Wangen waren auch nicht viel dezenter. Aber wenn du es mir nicht erzählen willst, dann reime ich mir einfach etwas zusammen. Ich kann auch meine Freundinnen bei der Häkelrunde fragen, was sie denken. Jetzt, wo du wieder da bist, wird es ihnen ein Vergnügen sein, ein Auge auf dich und Emma zu werfen. Oh, das wird ein unterhaltsamer Winter«, erklärte sie mir mit einem Augenzwinkern. Dann trank sie genüsslich von ihrem Sekt.

»Du weißt schon, dass ich jederzeit in den Zug steigen kann«, drohte ich ihr.

»Aber das würdest du einer alten Dame doch nicht antun«, jammerte sie. Ich lachte laut auf.

»Wie lange ziehst du diese Nummer schon ab? Seit zwanzig Jahren? Und immer fallen alle darauf rein.«

»Du auch?«, wollte sie wissen.

»Immer«, gab ich zu. »Es ist wirklich schön, hier zu sein. Der Strand weckt viele Erinnerungen in mir. Ist es okay, wenn ich zu einem Spaziergang aufbreche?«

»Klar«, sagte Granny. Es war schon komisch, dass sie für mich immer Granny war und wohl immer bleiben würde. Ich hatte den Eindruck, sie war noch immer dieselbe Person wie damals, als ich als Junge hier meine Sommer verbrachte. Aber das konnte ja nicht sein. Schließlich hatte ich mich auch verändert. Ich war so weit entfernt von dem Jungen, der damals am Strand herumgetobt war, wie ich es nur sein konnte. Ich blinzelte in die diesige Umgebung und stakste am Wasser entlang über die kleinen runden Steine, die es mir schwermachten, einen Rhythmus zu finden. Aber ich liebte das Geräusch, das sie unter meinen Füßen erzeugten. Ich atmete tief ein. Kalte, klare Winterluft, die sich erfrischend um mich legte. Die dezente Brise, die hier immer wehte, hüllte mich ein. Und die Brandung, die gegen die Küste schlug und Holzreste und Tang anspülte, lullte mich ein in dieses friedliche Gefühl, in diese Langsamkeit, die nur ein kühler Wintertag mit sich brachte. Ich setzte mich auf den kalten, aber trockenen Boden und lehnte mich zurück. Es dauerte, bis ich auf den Steinen eine bequeme Position gefunden hatte, und als es so weit war, schloss ich die Augen. Rund um mich tosender Wind, schreiende Möwen und die Wellen, die laut zischend am Ufer brachen.

Kapitel 5 – Emma

Langsam begann ich zu glauben, dass sich das Universum gegen mich verschworen hatte. Vor ein paar Monaten noch war mein Leben in Ordnung gewesen. Der Abschluss in Reichweite, ein spannender Job in Aussicht, umgeben von tausend Möglichkeiten. Meine Chancen, endlich anzufangen zu leben und mir etwas aufzubauen, waren riesig. Bis ich erfuhr, dass meine Eltern das Strandcafé aufgeben wollten und ich wie von der Tarantel gestochen alles stehen und liegen gelassen hatte und mich als die Retterin anbot. Inzwischen war ich mir nicht mehr sicher, ob diese Entscheidung so klug gewesen war. Einerseits schien es fraglich, dass eine Paläontologin das Zeug dazu hatte, ein zugrunde gehendes Café wiederaufzubauen, und andererseits hielt ich es für eine unglückliche Fügung, dass mir genau jetzt die ehemalige Liebe meines Lebens über den Weg lief – und zwar genau im Strandcafé. Vielleicht war es doch am besten, zu verkaufen. Ich schüttelte den Kopf und konzentrierte mich auf die Mail, die ich dem Möbellieferanten schicken wollte, und kontrollierte nochmals alle Details wie die Lieferadresse, die Zahlungsdaten und den frühestmöglichen Liefertermin. Denn nach der

Hauptsaison war der perfekte Zeitpunkt, um das Strandcafé zu modernisieren. Und dann galt es zu hoffen, dass das Weihnachtsgeschäft die Kasse klingeln ließ und die kommende Frühjahrs- und Sommersaison alle Rekorde brach.

Noch Tage später hingen meine Gedanken, wenn sie nicht um das Café kreisten, bei Tim. Diese eine Stimme in meinem Kopf versuchte, mir klarzumachen, dass das mit seiner Beförderung in London zusammenhing, und der Tatsache, dass er sein Leben im Griff hatte, im Gegensatz zu mir, und das machte mich eifersüchtig und auch unglücklich. Ich beneidete ihn. Die andere Stimme in meinem Kopf, die ehrlich gesagt mehr nach Wahrheit klang als die andere, erinnerte mich an all die Sommer, die ich gemeinsam mit ihm hier am Strand verbracht hatte. Es war aber vor allem der letzte Sommer mit ihm, der sich in aller Farbenpracht und Emotionalität immer wieder vor meinem geistigen Auge abspielte wie ein Kinofilm. Nur das Happy End blieb aus. Der Beginn allerdings war vielversprechend gewesen. Große Liebesschwüre, romantische Spaziergänge am Meer, Händchenhalten unterm Sternenhimmel, Umarmungen und natürlich Küsse. Diese wundervollen Küsse ...

Ein lautes Quietschen und Zischen riss mich aus meiner Fantasiereise und brachte mich zurück in die Gegenwart. Ich sah zum Fenster hinaus. Auf der schmalen Zubringerstraße zu unserem Café, das eigentlich nur zu Fuß erreichbar war, stand ein riesiger LKW, der gerade die hydraulische Klappe seines Anhängers öffnete.

Ich sprang vom Schreibtisch auf und rannte hinaus. »Hey!«, rief ich dem Mann zu, der am Heck des LKWs stand, und winkte ihm über den Lärm hinweg zu.

»Hallo«, sagte er. »Bin ich hier richtig?« Er zog einen zusammengefalteten Bogen Papier aus seiner Gesäßtasche. *Lieferschein*, stand ganz groß auf dem Zettel. Darunter mein Name und diese Adresse.

»Ja«, bestätigte ich, während ich die Zeilen überflog. Das waren meine neuen Möbel, die ich vor ein paar Tagen bestellt hatte. »Die Lieferung ist zu früh. Ich habe die Möbel für in vier Wochen bestellt«, erklärte ich dem Mann. Die Ladeklappe war inzwischen offen und ich erhaschte einen ersten Blick auf meine Ware, auch wenn ich kaum etwas erkennen konnte, weil alles in Karton und Noppenfolie verpackt war.

»Was ist hier los?«, fragte mein Vater, der ebenfalls vom Lärm des Lastwagens aus der Küche gelockt worden war.

»Ein Missverständnis. Das sind die neuen Möbel«, erklärte ich ihm. Dann wandte ich mich wieder zu dem Mann. »Sie können nicht abladen. Die Möbel müssen zurück ins Lager. Die Lieferung ist für November vereinbart. Warten Sie einen Moment, ich hole die Bestellung.« Im Gegensatz zum Chaos, das bei meinem Vater herrschte, hatte ich die Unterlagen fein säuberlich abgelegt.

»Lieferung heute«, sagte der Mann und zeigte mir auf dem Lieferschein das Datum. »Ich kann nichts machen. Ich lade hier und jetzt ab.«

»Nein, auf keinen Fall!«, widersprach ich und drehte mich zu meinem Vater. »Sprich mit ihm und verschaff mir Zeit. Ich telefoniere mit dem Möbelhersteller.« Dann rannte ich ins Büro und rief beim Lieferanten an. Zum Glück nahm sofort jemand ab.

»Ich rufe vom Strandcafé an. Ihr LKW steht vor der Tür und will die Möbel abladen, die ich für November bestellt habe«, erzählte ich hektisch.

»Ihre Bestellnummer bitte«, sagte der Mann am anderen Ende der Leitung. Ich wusste nicht, ob es sich um dieselbe Person handelte, mit der ich bereits in Mailkontakt gestanden hatte. Ich gab die Nummer durch und versuchte, die Sachlage erneut zu erklären. »Ich erinnere mich«, sagte er. »Es tut mir leid, aber offenbar liegt ein Missverständnis vor. Der großzügig gewährte Rabatt hat mit der Geschäftsauflösung zu tun und deshalb müssen wir sofort liefern, weil wir unsere Räumlichkeiten aufgeben müssen.«

»Aber der Liefertermin wurde von mir für November angegeben«, beharrte ich.

»Nein. Das ist der Termin, zu dem wir zusagen, am spätesten zu liefern. Im Kleingedruckten steht jedoch, dass eine sofortige Lieferung von uns vorgenommen werden kann, wenn es notwendig ist. Wie gesagt, deshalb der Rabatt.« Offenbar hatte ich das falsch verstanden. Und es half auch nichts, mich jetzt auf mangelnde Erfahrung im Geschäftsalltag herauszureden, denn die Suppe hatte ich mir selbst eingebrockt. Ich hätte mich um das Mitwirken an weiteren Ausgrabungen an der Jurassic Coast bewerben können. Aber nein, ich hatte mich hierfür entschieden.

»Und wie lösen wir das nun? Ich kann die Möbel nicht

annehmen. Ich habe keinen Platz, um sie einzulagern«, sagte ich in der Hoffnung, dass er mir doch noch irgendwie entgegenkommen konnte.

»Wir können die Möbel natürlich zurücknehmen, dann sind sie jedoch wieder frei zum Verkauf. Sie treten dann vom Vertrag zurück. Sollten Sie die Bestellung doch wollen, müssen Sie die Möbel jetzt annehmen. Tut mir leid, mehr kann ich Ihnen nicht anbieten. Wir sind hier wirklich auf den letzten Metern unterwegs und werden das Geschäft in Kürze schließen, sobald alle Lager leer sind.«

Ich atmete tief durch und versuchte, so schnell wie möglich eine funktionierende Lösung zu finden. Einerseits tat mir das Möbelunternehmen leid, weil ich mir vorstellen konnte, selbst bald in diesen Schuhen zu stecken und dann versuchen musste, unsere Kaffeemaschine, Geschirr und Pfannen zu verkaufen, um den finanziellen Schaden für die Familie so gering wie möglich zu halten. Auch wenn es strategisch ungelegen kam – ich brauchte die Möbel. So günstig käme ich nie wieder zu neuem Inventar. »Gut, dann belassen wir alles wie gehabt. Ich nehme die Lieferung an«, sagte ich.

»Herzlichen Dank. Sie erleichtern mir damit vieles«, entgegnete er.

»Ich wünsche Ihnen alles Gute für die Geschäftsauflösung. Wenn man das so sagen kann«, schob ich hinterher, weil ich mir komisch vorkam.

»Ich denke schon. Es ist schwierig, wenn Emotionen im Spiel sind und eine generationenalte Tischlerei. An die Mitarbeiter will ich gar nicht denken, die ich gehen lassen muss.«

»Das tut mir wirklich sehr leid«, sagte ich und hörte den Mann am anderen Ende durchatmen.

»Ich wünsche Ihnen dennoch viel Spaß mit den neuen Möbeln.«

»Vielen Dank.« Dann legte ich auf und ließ den Kopf vornüber auf den Schreibtisch fallen.

Kapitel 6 – Timothy

Ich hatte nicht lauschen wollen. Wirklich nicht. Aber offenbar war ich heute mit dem falschen Fuß aufgestanden, denn seit dem Frühstück ging alles schief, was nur schiefgehen konnte. Aus irgendeinem Grund hatte mein Laptop genau heute beschlossen, seinen Geist aufzugeben, was meinen Plan, in Vorbereitung auf den neuen Job alles Wissenswerte über das Unternehmen zu recherchieren, im Keim erstickte. Das hatte Granny natürlich sehr erfreut und sie schleppte mich in den kleinen Ortskern, um einzukaufen. Ich musste ihr hoch anrechnen, dass sie sogar an meinen Laptop dachte und mich in einen Shop führte, in dem ich mich tatsächlich mit einem neuen Modell eindecken konnte. Aber dann überredete sie mich, sie erneut ins Strandcafé zu begleiten, obwohl ich mir geschworen hatte, mich dort nicht mehr blicken zu lassen. Ich war nicht erwünscht. Nicht wie in all den Sommern meiner Jugend. Es war nicht so, dass Emma mir noch immer dieses süße Lächeln schenkte wie damals und mir ein Eis in die Hand drückte. Ich konnte es ihr nicht verübeln. Im Gegenteil – ich schämte mich. Wenn ich die Zeit zurückdrehen könnte, dann würde ich es tun. Aber anstatt etwas gut zu machen, schien ich nur erneut in Fettnäpfchen zu treten. Als wir zum Strandcafé kamen, stand ein LKW in der Zufahrt, und Peter, Emmas Vater, war in ein lebhaftes Gespräch mit dem Fahrer verwickelt. Es war schnell klar, um was es ging, und Peter befahl mich zu Emma ins Büro, um sie zur Eile anzuhalten. Und so stand ich hier, im Türrahmen, und hatte sie belauscht. Ich hatte die Sorgenfalten auf ihrer Stirn gesehen und, auch wie sie die Augen zupresste und Daumen und Zeigefinger an ihre Nasenwurzel legte. Und dann war sie einfach vornüber gesackt, als sie den Hörer aus der Hand legte. Und jetzt lag sie da, mit der Stirn auf der Tischplatte, und regte sich nicht. Ich wäre gerne nähergetreten und hätte meine Hand auf ihren Rücken gelegt und nachgefragt. Aber stattdessen blieb ich in sicherer Entfernung stehen und räusperte mich. Ihr Kopf schoss hoch und sie blickte erschrocken zu mir.

»Ich wollte nicht lauschen. Peter schickt mich. Er braucht die Unterlagen. Der Mann will abladen«, erklärte ich ihr, ohne allzu viel von der Sache zu verstehen. Aber ich erkannte eine Stresssituation aus hundert Meilen Entfernung. In meinem Job konnte ich ein Lied davon singen. Es war nur so, dass ich hier keinen Stress erwartet hatte. Hier hatte für mich immer eine idyllische Atmosphäre voller Frieden und Freiheit geherrscht. Ein Ort, aus der Zeit gerissen, ohne Regeln, ohne Verbindlichkeiten. Hier war für mich immer nur Spaß gewesen. Aber ich erkannte jetzt, dass dem ein kindliches Denken zugrunde lag. Der Ort war für mich mit Spaß verbunden, weil ich hier immer nur zum Spaß war. Aber die Menschen, die hier lebten und arbeiteten, hatten wahrscheinlich so viel Stress und Druck in ihrem Leben wie ich in meinem. Ich verstand nur noch nicht, was genau diesen Stress heute verursachte, und auch nicht, was Emma damit zu tun hatte. Sie lebte in London, wie ich. Sie sollte zum Urlaub hier sein, wie ich. Aber ihr Gesichtsausdruck war alles andere als entspannt. Sie wirkte müde und verzweifelt.

»Er kann abladen. Sag meinem Vater, der Fahrer soll wie geplant abladen«, sagte sie leise, dann legte sie ihren Kopf zurück auf den Schreibtisch, als ginge sie das alles nichts an. Ich betrachtete sie noch einen Moment lang, in der Hoffnung, dass sie vielleicht aufstehen oder sonst etwas tun würde. Aber als kein weiteres Lebenszeichen von ihr kam, drehte ich mich um und ging nach draußen.

»Er kann abladen«, wiederholte ich Emmas Worte und schenkte dem Fahrer einen Daumen hoch, als Zeichen dafür, fortzufahren mit dem, was er begonnen hatte.

»Was?«, Peter stürmte an mir vorbei. »Das kann nicht sein!«

»Was ist hier los?«, fragte mich Granny.

»Ich habe keine Ahnung«, sagte ich.

»Dann finden wir es heraus«, verkündete sie und flog fast ebenso schnell an mir vorbei wie Peter und verschwand durch die Tür.

»Privatsphäre?«, rief ich Granny hinterher, aber das hatte sie wohl nicht mehr gehört. »Und wer kümmert sich jetzt um die Lieferung?« Dann half ich dem Mann, die schweren Teile auszuladen.

»Es tut mir leid, dass ich ungelegen komme«, sagte er.

Ich zuckte mit den Schultern, weil ich keine Ahnung hatte, worum es ging.

»Offenbar hat sich das nun geregelt«, erwiderte ich. So viel wusste ich zumindest, nachdem Emma mich hatte ausrichten lassen, dass abgeladen werden konnte. Inzwischen wusste ich auch, was abgeladen wurde. Möbel.

»Normalerweise freuen sich Kunden, wenn sie ihre Lieferung so schnell bekommen. Ist mir neu, dass das zu Ärger führt«, wunderte sich der Mann und wuchtete einen großen Karton in meine Richtung, den ich übernahm und an die Hausmauer des Strandcafés schob.

Ich zuckte erneut mit den Schultern, weil ich auch dazu nichts sagen konnte. Als alles ausgeladen und der LKW leer war, hielt er mir den Lieferschein zum Abzeichnen hin. Ich überlegte kurz, ob ich ihn nehmen und an Emma weiterreichen sollte. Aber nachdem seit Minuten niemand aus dem Café zu mir nach draußen gekommen war, ging ich davon aus, dass es an mir lag, zu unterzeichnen. Meine Anwaltsstimme erklärte mir zwar, dass ich meine Unterschrift unter kein Schriftstück setzen sollte, das ich nicht gelesen hatte und das keine Verbindung zu mir hatte. Am Ende stand noch das Inkassobüro vor meiner Tür oder machte andere Haftungsregeln gegen mich geltend. Ich schüttelte den Kopf über mich selbst. Hier tickten die Uhren noch anders. Hier war ich kein Profi-Anwalt. Hier war ich nur Tim. Manchmal nicht einmal der. Manchmal war ich noch immer Timmi, zumindest, wenn ich bei meiner Granny war, oder wenn ich in Emmas Augen sah, die mich noch immer für den zu halten schien, der ich damals war. Ein Aufreißer, ein Großmaul, ein Angeber. Ein Feigling.

Kapitel 7 – Emma

Patsys Hand lag inzwischen auf meiner Schulter. Das hatte sicher damit zu tun, dass ich noch immer so tat, als hätte ich weder sie noch meinen Vater eintreten und mit mir sprechen hören.

»Du hast ja recht«, gab ich endlich zu und richtete mich in meinem Stuhl auf. »Du hättest verkaufen sollen. Das wächst mir alles über den Kopf.« Ich blickte zu meinem Vater, der resigniert nickte.

»Verkaufen? Ich verstehe kein Wort«, sagte Patsy. Ich wusste nicht, warum sie bei uns im Büro stand. Gäste hatten hier nichts verloren und vor allem sollten sie nichts von unseren wirtschaftlichen Problemen erfahren.

»Ich nehme an, du wolltest bei uns gemütlich eine Tasse Kaffee trinken und nun hält dich unser Chaos davon ab. Was hältst du davon, wenn ich dich nach vorne in den Gastraum begleite? Den Rest kläre ich mit meinem Vater alleine«, schlug ich vor und griff nach ihrer Hand, die noch immer auf meiner Schulter lag, und stand auf. Patsy schnaubte.

»Zu einem Kaffee sage ich nicht nein. Aber wenn einer von euch beiden glaubt, etwas vor mir geheim halten zu können, dann erinnere ich euch daran, wie klein dieser Ort ist. Außerdem ...« Jetzt blickte sie zu meinem Vater, »... kenne ich dich, seit du ein Hosenscheißer warst. Es gibt also keinen Grund, vor mir Geheimnisse zu haben.« Ich sah, wie mein Vater die Augen verdrehte und zur Tür winkte.

»Der Kaffee geht aufs Haus und dann erzähle ich dir alles. Emma begleitet uns.« Mein Vater warf mir einen bittenden Blick zu, weil ich mich gerade wieder auf den Schreibtisch-stuhl hatte fallen lassen. Aber er sah das schon richtig, egal, ob ich jetzt eine Tasse Kaffee mit ihnen trank oder erneut einen Blick auf meine Excel-Tabelle warf – es machte keinen Unterschied. Und so schloss ich mich ihnen auf dem Weg ins Café an.

»Da seid ihr!«, sagte Tim, als er auf uns zukam. »Ich hoffe, ihr hattet ein gemütliches Kaffeekränzchen, während ich die schweren Kisten abgeladen habe.«

»Oh, das habe ich völlig vergessen«, entschuldigte sich Vater.

»Timmi, sei artig und setz dich zu uns!«, befahl Patsy. Ich hörte Tim grummeln, verstand seine Worte allerdings nicht. Er streckte mir einen Zettel entgegen.

»Lieferschein. Oder soll ich ihn auf den Schreibtisch le-gen?«

»Schreibtisch«, sagte ich, weil ich keine Kraft hatte, die Arme zu heben, um den Zettel in Empfang zu nehmen oder ihn zu lesen oder die Lieferung auf Vollständigkeit zu prüfen. Er nickte knapp und verließ den Tisch Richtung Büro.

»Und jetzt endlich raus mit der Sprache«, verlangte Patsy.

Ich blickte zu Vater und ließ ihn reden. »Kein Wort verlässt diesen Tisch, hast du mich verstanden, Patsy?«, vergewisserte sich mein Vater. »Wir können es uns nicht leisten, dass alle wissen, was los ist. Auch wenn ich glaube, dass wir es nicht mehr lange verbergen können.« Er atmete tief durch und blickte mich an. Ich nickte, dann legte er los. »Das Strandcafé hat sich in den letzten Jahren schwergetan. Die Finanzen stehen nicht zum Besten. In meinen Augen bleibt uns nur zu verkaufen.« Er zuckte mit den Schultern, als würde er mit dem Verkauf nicht seinen Traum beerdigen, als habe er nicht sein ganzes Leben in diesen vier Wänden gelebt und gearbeitet.

»Ich sehe das anders«, intervenierte ich. »Ich habe meinem Vater erklärt, dass ich, jetzt da mein Studium abgeschlossen ist und ich Zeit habe, mich um das Strandcafé kümmern und alles in meiner Macht Stehende tun werde, um es wieder profitabel zu machen.« Auch wenn es düster aussah und nach Scheitern, wollte ich noch nicht wahrhaben, dass es zu Ende war, bevor ich meine Chance gehabt hatte.

»Das klingt doch gut«, sagte Patsy und nickte mir aufmunternd zu.

»Was klingt gut?«, wollte Tim wissen. Er musste wohl beim Hereinkommen ein paar Worte aufgeschnappt haben. Er setzte sich, und Susanne, unsere Bedienung, eilte sofort herbei, um auch seine Bestellung aufzunehmen. Die Vorstellung, sie vielleicht kündigen zu müssen, lag mir schwer im Magen.

»Pläne für das Strandcafé. Modernisierung«, erklärte Patsy ihm knapp. »Das ist besser als ein Verkauf. Was wären wir denn ohne das Strandcafé. Nein, nein, eine Schließung oder ein Verkauf kommen gar nicht in Frage.« Sie schüttelte vehement den Kopf. Aber es war Zeit für Ehrlichkeit, ich konnte es nicht länger leugnen. Nicht, wenn eine Lieferung Möbel vor der Tür stand und das englische Wetter über kurz oder lang Regen versprach.

»Ich korrigiere dich nur ungern. Aber diese Lieferung ändert alles. Ich wollte die Gelder der Hauptsaison nehmen, um die Möbel zu bezahlen, und dann schließen, um eigenhändig zu renovieren. Kein Geld für Handwerker«, erklärte ich und blickte dabei in meinen Kaffee, von dem ich noch keinen Schluck getrunken hatte. Der Plan klang selbst in meinen Ohren naiv. Und das, obwohl ich bereits viel mit meinen Händen gearbeitet und an Ausgrabungen teilgenommen hatte. Aber Renovierung war etwas ganz anderes und mir fehlte jegliche Erfahrung, wenn es um Handwerkliches ging.

»Aber jetzt sind die Möbel da und ich kann sie nicht ewig draußen vor der Tür stehen lassen. Das heißt, ich muss sofort mit dem Renovieren beginnen, aber das wird Wochen dauern und bis dahin sind die Möbel da draußen kaputt. So ungern ich es zugebe, aber Vater hat recht. Das Strandcafé zu verkaufen, ist der sinnvollste Schritt. Ich habe mich verkalkuliert, es ist einfach nicht machbar«, schloss ich und blickte zu meinem Vater, der so unglücklich aussah, wie ich mich fühlte.

»Das ist keine Lösung«, sagte Patsy. »Ihr könnt keinen Verkauf riskieren. Ihr wisst nicht, was dann aus diesem Ort wird.« Sie sprach mir damit aus der Seele. Ich konnte mir hier nichts anderes vorstellen als das Strandcafé. »Wie lange brauchst du denn für die Renovierung? Wie lange würdest du schließen müssen?«, fragte sie. »Davon hängt doch ab, ob du denkst, dass du weitermachen kannst, oder?«

»Ich hatte mir etwa zwei Monate Zeit nehmen und dann kurz vor Weihnachten wieder eröffnen wollen.«

»Und wenn du Hilfe hättest und wirklich arbeitest wie verrückt?«

»Ich weiß nicht. Strukturell würde ich ja nichts verändern. Die Küche bleibt und die Räume an sich auch. Es sind neue Möbel, die Wände, Deko, Kleinigkeiten. Aber ich habe keine Erfahrung mit diesen Dingen. Vor allem müsste der erste Teil der Arbeiten schnell vorangehen, damit wir die Möbel ins Trockene bekommen«, sagte ich.

»Erfahrung kann ich dir auch nicht anbieten. Aber Zeit. Mein Timmi hat Zeit. Nicht wahr, Timmi?« Sie blickte zu Tim und legte ihre Hand auf seinen Schenkel, während sie ihm wohlwollend zunickte. »Mein Timmi hilft dir liebend gerne beim Renovieren. Dann bist du im Nu fertig«, beschloss Patsy und strahlte mich an, während Tim so verdattert da saß wie ich.

Kapitel 8 – Timothy

Ich konnte Grannys Worte kaum fassen. Ihr Versprechen, das sie Emma gab, hallte weiter in meinem Ohr.

»Wie kommst du dazu, ihr so etwas anzubieten?«, fragte ich sie zum wiederholten Male. Aber sie schüttelte nur den Kopf und schnaubte, während wir nebeneinander hergingen. Der Weg vom Strandcafé zurück in den Ortskern war leicht ansteigend und Granny kam nur langsam voran. Der Gedanke daran, wie alt und zerbrechlich sie war, hielt meine Wut etwas in Zaum. Auch die Bewunderung darüber, dass sie einfach still war, obwohl ich sie bereits mehrfach aufgefordert hatte sich zu erklären. Eine Gabe, die man als Anwalt beherrschen musste, und ich hatte mein Talent dafür definitiv von ihr geerbt, wie es schien. Denn alles, was ich vor ein paar Minuten in dem Café anlässlich Grannys irrem Vorschlag zustande brachte, war ein knappes Nicken. Und nachdem in meinen Berufskreisen Schweigen als Zustimmung in rechtlichem Sinne galt, waren alle mit meiner Reaktion zufrieden gewesen, was meine Lage im Übrigen kein bisschen verbesserte. »Ich kann nicht helfen. Ich werde nicht helfen«, wiederholte ich. »Wie soll das gehen? Ich bin kein Handwerker. Sie übrigens

auch nicht. Hast du eine Ahnung, wie das ausgehen wird?«
Ich wusste wie. Das würde in einer Katastrophe enden. Wie
ich Emma verstanden hatte, war das Geld knapp. Die Lösung
schien in der Renovierung zu liegen, die nun schneller von
statten gehen sollte als geplant, weil die Möbel zu früh geliefert wurden. Alles in Wahrheit nicht mein Problem. Die
ganze Sache war zum Scheitern verurteilt, ob ich nun half
oder nicht. Und ich war noch nie einer gewesen, der sich fürs
Verliererteam entschieden hatte. Ich war ein Gewinner. Ich
hatte nicht an einer Elite-Uni studiert, um in meiner spär-
lichen Freizeit ein Loser-Strandcafé in den Sand zu setzen.

»Ich hänge an dem Café«, erklärte ich Granny. »Aber ich
sehe keine Chance, dass eine kleine Renovierung etwas daran
ändert, dass zu wenig Gäste kommen, um Kaffee zu trinken
und Kuchen zu essen. Diese Dinge sind vom Tourismusbüro
zu steuern. Ich meine, das hier ist nun mal ein winziges Kaff
am Ende der Welt, so idyllisch es auch ist, so uninteressant ist
es eben für die meisten. Da hilft auch keine Renovierung.«

»Erinnerst du dich noch, wie es ist, von etwas zu träumen?«, fragte mich Granny. »Oder träumst du jetzt nicht
mehr, da du deinen Traumjob hast?« Ich hörte die Provokati-
on in ihrer Stimme durchaus. Ich wusste, worauf sie hinaus-
wollte, und atmete tief durch.

»Okay«, gab ich zu. »Ich weiß, was es heißt, für etwas
zu kämpfen, wenn du das meinst. Ich weiß, dass der Weg
manchmal schwer und steinig ist und dass das kein Grund
sein sollte aufzugeben. Aber das ist keine Entschuldigung
dafür, die Augen vor der Wahrheit zu verschließen.«

»Und was ist die Wahrheit?«, wollte sie wissen. Und hier lag die Krux. Ich war noch nicht lange genug hier, um sie zu kennen.

»Keine Ahnung.«

»Siehst du. Und genau hier könntest du beginnen. Du könntest Emma nach der Wahrheit fragen, vielleicht auch Peter. Und du könntest helfen, wie ich es angeboten habe, weil du nichts Besseres zu tun hast, und vielleicht passiert etwas Tolles. Vielleicht geschieht ein Wunder. Und wenn nicht, dann hast du zumindest nichts Schlimmes angerichtet. Es kann nicht schaden, Wände zu streichen und ein paar Möbel aufzubauen. Vielleicht macht es dir sogar Spaß. Sonst sitzt du doch nur im Büro. Ein bisschen Action ist doch eine willkommene Abwechslung.«

»Ich bereue jeden Tag mehr, hierhergekommen zu sein«, behauptete ich, aber das stimmte gar nicht. Mir gefiel dieses chaotische Durcheinander, das sich hier jeden Tag entfaltete. Wenn ich morgens aufstand, wusste ich nie, was mich an diesem Tag erwartete. Es schien, als habe dieser langweilige Ort das Monopol auf Überraschungen gepachtet, die er alle auf mich losließ.

»Timmi, das nimmst du sofort zurück, sonst sehe ich mich gezwungen, dir für heute Fernsehverbot zu erteilen.«

Ich verschluckte mich an meinem eigenen Speichel und hustete wie verrückt, bevor ich mich gegen ihre Drohung wehren konnte. »Weil ich noch immer fünf bin? Weil du denkst, ich sehe fern? Du hast keine Ahnung von Technik, oder? Du müsstest mein Handy einsammeln oder mein Tablet.«

»Dann mache ich das.« Sie hielt mir ihre flache Hand entgegen und starrte mich an. Ich schüttelte den Kopf. Dieser Ort verwandelte mich immer mehr in den kleinen Jungen, der ich einmal gewesen war.

»Also gut, ich entschuldige mich. Ich bin froh, hier zu sein. Und ich helfe gerne«, versprach ich.

»Das ist mein guter Junge. Nichts anderes habe ich erwartet.«

Zu Hause angekommen zog ich mich in mein Kinderzimmer zurück. Ich startete den neuen Laptop, aber anstatt meine neuen Arbeitskollegen zu googeln, mir einen Überblick über ihre Fachgebiete zu verschaffen und mir die Klienten der Kanzlei genauer anzusehen, scrollte ich durch Do-it-yourself-Seiten. Ich versuchte herauszufinden, wie man am besten Wände strich, welches Material und auch welche Ausstattung man benötigte. Ich notierte mir die Preise und verglich sie auf unterschiedlichen Baumarktseiten. Dann recherchierte ich nach trendigen Cafés, die in der Nähe lagen und gut liefen. Ich fand ein hippes Katzencafé in Canterbury, und ein anderes, das nur Möbel und Geschirr aus recycelten Materialen verwendete. Dann überlegte ich, was ich in London schätzte, obwohl ich der Kerl war, der Überstunden schob und nicht in hippen Cafés abhing. Wenn ich hin und wieder mit Freunden oder Arbeitskollegen ausging, dann trafen wir uns meistens in einem der vielen Pubs. Ich mochte das Bier und die angebotenen Snacks. Ich liebte es, dass dort Fußballspiele übertragen wurden und die Stimmung hochkochte, wenn das Spiel in einer entscheidenden Phase war. Ich liebte das Gefühl der Zugehörigkeit und der Gemeinschaft. Das gesamte Flair. Dazu gehörte der einzigartige holzige Geruch im Pub und das Quietschen der Bodendielen, wenn ich den Weg zur Toilette einschlug. Ich liebte die Namen der Pubs, die häufig mit der englischen Monarchie und Historie verbunden waren, genauso wie die Porträts und Gemälde, die im Innenraum aufgehängt waren und Zeugnis über die letzten Jahrhunderte britischer Geschichte ablegten.

Kapitel 9 – Emma

Der Plan nahm Gestalt an. Der Beginn der Renovierungsarbeiten war für übermorgen geplant. Draußen hatte ich die Tafel, die sonst unsere Tagesspezialität anpries, mit der entsprechenden Information beschriftet. Dann hatte ich ein paar Flyer entworfen, ausgedruckt und im örtlichen Lebensmittelgeschäft und weiteren Geschäften ausgelegt. Ich wollte den Schaden so gering wie möglich halten und die Gäste nicht damit vergraulen, dass sie den Weg ins Strandcafé auf sich nahmen und dann vor verschlossenen Türen standen. Das Küstenhotel war mein letztes Ziel, nachdem ich zuvor Samantha im Gemeindeamt informiert hatte.

»Hallo, du bist wieder da?«, grüßte mich Lizzy von der Rezeption.

»Lange Geschichte«, erwiderte ich. Sie umrundete die Theke und kam auf mich zu, um mich in die Arme zu nehmen.

»Erzähl«, forderte sie mich auf.

»Ich habe endlich meinen Abschluss in der Tasche«, sagte ich und konnte mir ein Grinsen nicht verkneifen. Ich war so glücklich, dass ich alle Prüfungen und den ganzen Stress endlich hinter mir hatte.

»Du bist fertig?«

»Ja, endlich.«

»Und da gibt es keine Party?«

»Ich sagte ja, es ist eine lange Geschichte.« Ich hatte ein ultimatives Triumphgefühl erwartet, nachdem ich den Abschluss in der Tasche hatte. Aber am Ende war es nur ein Zertifikat und die Dinge waren so, wie sie immer gewesen waren. Nichts Weltbewegendes war passiert und ich war noch immer die, die ich zuvor gewesen war. Nur um ein Problem reicher. »Eigentlich sollte ich es nicht an die große Glocke hängen, aber das Strandcafé steckt finanziell in den Miesen. Und mit dem Studienende dachte ich, ich komme zurück und unterstütze meine Eltern, da war mir irgendwie nicht zum Feiern zumute.«

»O nein, das klingt nicht gut.«

»So schlimm ist es nicht. Ich sterbe nicht, nur weil ich keine Feier hatte«, sagte ich.

»Nein, ich meine das Strandcafé. Aber das mit der Party behalte ich mir im Hinterkopf. Komm, wir setzen uns ins Kaminzimmer, ich spendiere dir eine heiße Tasse Cream-Tea.«

»Danke, das kann ich jetzt gebrauchen.«

»Ich gebe nur schnell James Bescheid, dann komme ich.« Damit verschwand Lizzy hinter der Theke, während ich zum Kamin trat, der knisternd wohlige Wärme verbreitete und mich an unseren Kamin im Strandcafé erinnerte. Ihn würde ich bei der Renovierung definitiv erhalten. Ich ließ meinen Blick zu den großen Fenstern schweifen, die eine Aussicht auf die in der Kälte liegende Terrasse boten. Das Küstenhotel thronte hoch über dem Ort und blickte weit hinab aufs Meer. Wenn man genau hinhorchte, waren die Wellenschläge bei geöffnetem Fenster bis hier oben zu hören, und an klaren Tagen reichte die Sicht kilometerweit hinaus aufs Meer. Ich schloss die Augen und inhalierte die warme Luft und lauschte den vertrauten Geräuschen von klapperndem Geschirr, die leise aus der Küche drangen.

»Da bin ich«, sagte Lizzy und erschreckte mich ein wenig. »Was ist wirklich los?«, wollte sie wissen und musterte mich aufmerksam. Wahrscheinlich hatte ich mit geschlossenen Augen verzweifelt gewirkt. Wahrscheinlich war ich das auch, keinen Grund es zu beschönigen.

»Mein Vater will verkaufen. Ich konnte ihn aber überreden, es noch eine weitere Saison zu versuchen. Ich wollte in ein paar Wochen renovieren, nur sind die Möbel zu früh geliefert worden und ich stehe ziemlich unter Druck.« Ich zog den Flyer, den ich heute bereits den ganzen Tag im Ort verteilt hatte, aus meiner Handtasche und hielt ihn ihr hin. »Deshalb bin ich eigentlich hier. Damit ihr es euren Gästen sagen könnt. Das Strandcafé ist bis auf Weiteres geschlossen.«

»Das ist ja eine Katastrohe!«, rief Lizzy, sprach damit aus, was ich empfand, und ließ sich in ihren Korbsessel zurückfallen.

»Untertreibung des Jahrhunderts«, murmelte ich mit vollem Mund. Ich hatte mir soeben einen Löffel voll Sahne in den Mund geschoben. Das Strandcafé und das Küstenhotel hatten immer Hand in Hand miteinander agiert. Während das Strandcafé im Sommer auf Eiskugeln und Eisbecher setzte, servierte das Küstenhotel Kuchen und Torten. Mein Vater kochte Pizzen, Würstchen, Pommes und Sandwiches, während sie hier eine hochwertige Karte mit aufwendigen Gerichten anboten. Wir hatten nie in Konkurrenz zueinander gestanden, sondern uns immer mit unseren Angeboten ergänzt.

»Unsere Gäste lieben es, im Strandcafé einzukehren, wenn sie den Tag am Strand verbringen. Gerade jetzt, wo es so kalt ist, lieben sie eine heiße Tasse Kaffee bei euch und einen frisch gebackenen, noch warmen Kuchen.«

»Ich weiß«, stöhnte ich.

»Phil wird nicht erfreut sein.«

»Da ist er nicht alleine. Frag mal, wie ich mich fühle, oder meine Eltern«, sagte ich und trank einen Schluck meines Lieblingsgetränks.

»Wen haben wir denn da?«, hörte ich eine bekannte Stimme und drehte mich um. »Ich habe es kaum geglaubt, als Lizzy es mir erzählte.«

»Hey James«, rief ich und stand auf, um ihn zu begrüßen. Er ließ sich auf einen Stuhl an unserem Tisch plumpsen und schüttelte langsam den Kopf.

»Es steht also schlecht?«, kam er gleich zum Punkt.

»Mir wäre es lieber, wenn das nicht zum Dorfgespräch wird. Ich hoffe, dass sich mit der Renovierung alles zum Guten wendet.« Auch wenn ich noch nicht so recht daran glaubte, hoffte ich es zumindest.

»Ich muss mit Peter sprechen. Dass er nichts gesagt hat, verstehe ich nicht.« Die beiden waren, seit ich denken konnte,

Freunde. Von Koch zu Koch war das vermutlich naheliegend, auch wenn James meinen Vater immer wieder durch den Kakao zog und seine Art von Kochen nicht als Kochen bezeichnete. Dabei lag jedoch immer ein Schmunzeln auf seinen Lippen und er schob sich meist genüsslich ein großes Stück in Fett frittierten Fisches mit ein paar Pommes in seinen Mund.

»Wie gesagt, wir wollen es nicht öffentlich verbreiten. Noch können wir hoffen.« Je öfter ich das sagte, desto schlimmer klang es in meinen Ohren.

»Und was ist der Plan?«, fragte James.

»Sie renovieren. Ab morgen ist geschlossen«, sagte Lizzy.

»Übermorgen«, korrigierte ich sie.

»O nein«, sagte James. »Das heißt, wir haben die Stube voll. Das heißt mehr Arbeit für mich.« Er warf den Kopf in den Nacken.

»Jetzt tu nicht so, als ob du nicht mit deiner Küche verheiratet bist«, schaltete sich Lizzy ein.

»Aber meine Familie kommt zu Besuch. Ich möchte so viel Zeit wie möglich mit ihnen verbringen.«

»Deine Familie?« Das war mir neu. James war ein ewiger Junggeselle, aber ich war für Klatsch und Tratsch immer offen, vielleicht könnte ich Patsy nach Neuigkeiten fragen, oder Tim. Bei dem Gedanken an Tim breitete sich in meinem Magen ein nervöses Gefühl aus. So wie damals vor all den Jahren, als ich vor jeden Sommerferien hoffte, dass er wieder hier sein würde. Und er war anfangs hier gewesen. Jedes Jahr. Bis er nicht mehr kam. Man sollte meinen, dass ich nach bald zehn Jahren über meine erste Jugendliebe hinweg sein sollte. Aber so schien es nicht zu sein. Und das passte mir im Moment überhaupt nicht in den Kram.

Kapitel 10 – Timothy

Viel Schlaf hatte ich diese Nacht nicht gefunden. Ich wälzte mich hin und her im ungewohnt schmalen Bett meines Kinderzimmers. Des Kinderzimmers meines Vaters genaugenommen. Die Tapete war mit bunten Raketen bedruckt und ich überlegte, wie er sich in seinen Teenager-Jahren gefühlt haben musste, als er weiterhin in einem Kinderzimmer mit Kleinkindtapete wohnte. Oben auf dem Kleiderschrank saßen noch immer die Stoffteddybären, die ich mir im Sommer regelmäßig heimlich ins Bett geholt hatte, wenn ich Angst hatte, alleine hier zu übernachten. Aber heute Nacht waren es keine kindlichen Angstträume gewesen, die mich wachhielten, sondern die Frage, was im Strandcafé auf mich zukommen würde. Das Letzte, was ich wollte, war, alleine mit Emma zu sein und mich an all die unbeholfenen Momente meiner Jugend zurückzuerinnern.

Dennoch schlenderte ich nun den kleinen Küstenweg hinab zum Strandcafé und hatte ein paar Ideen im Gepäck, die ihr hoffentlich helfen würden, alles wieder in Schwung zu bringen. »Hallo?«, rief ich vorsichtig in den leeren Gastraum hinein, nachdem ich die Tür geöffnet hatte. Schon komisch, wie schnell sich Dinge ändern konnten. Das Strandcafé war immer voller Leben gewesen, wenn auch nicht permanent gut besucht, aber solange ich mich erinnern konnte, hatte es eine lebhafte Geräuschkulisse gegeben: das laute Mahlen der Kaffeemaschine, Stimmengewirr aus der Küche und Gelächter von den Tischen der Gäste. »Emma? Bist du hier?« Aber jetzt war es leise. Fast gespenstisch. Nur die vielen Möbelkartons, die über den ganzen Raum verteilt waren, erinnerten mich, dass es hier bald mehr als genug Leben geben würde.

Wir hatten keine Zeit vereinbart, es war ja nicht so, als hätten wir ein Date. Granny hatte mich einfach zum Helfen verpflichtet und mich gestern Abend daran erinnert, mich heute in der Früh im Strandcafé blicken zu lassen. Und hier stand ich nun, ein Mann von knapp dreißig Jahren, der seine Großmutter Verabredungen für sich treffen ließ. Ich zog einen Stuhl von einem Tisch hervor, setzte mich und sah mich bewusst um. Ich fand das Ambiente schön. Ich hatte keine Ahnung, was genau Emma verändern wollte, aber für meinen Geschmack war bereits alles perfekt. Für mich roch es nach Kindheit und es hatte den Charme von Piratenabenteuer und Heldenreise.

»Hey. Guten Morgen. Ich dachte mir, dass ich etwas gehört habe«, sagte Emma. Ich drehte mich zu ihr.

»Bestellt und geliefert«, sagte ich.

»Erinnere mich nicht daran«, erwiderte sie und legte ihr Gesicht in ihre Hände.

»Nicht die Möbel. Ich meine mich. Ich meine Granny.«

»Ehrlich gesagt bin ich ihr wirklich dankbar, dass sie über

dich wie Eigentum verfügt und dich quasi als hilfsbereiten Sklaven zum Dienst antreten lässt.«

»Na dann, lass uns loslegen. Was steht für heute auf dem Plan?«, wollte ich wissen.

»Es gibt keinen Plan«, sagte sie und setzte sich zu mir an den Tisch. »Was hältst du davon, wenn ich einfach aufgebe? Wie würdest du es finden, das Strandcafé einfach zu verkaufen. Ist das nicht viel sinnvoller?« Vielleicht hatte sie recht. Das konnte ich nicht einschätzen.

»Solche Entscheidungen würde ich nie in einer Krise treffen. Und auch nie so früh morgens auf nüchternen Magen«, antwortete ich. Und das stimmte. Einen Verkauf sollte man aus einer gesunden Position und wohl überlegt in die Wege leiten. Die Marktgegebenheiten kennen, ebenso die eigenen Stärken. Aus der Not heraus zu verkaufen, zog nur die Haie an, die alles sagen und tun würden, nur um ein gutes Geschäft zu machen und das so günstig und so schnell wie möglich. Ohne Rücksicht auf Verluste, versteht sich.

»Ist das dein Werbeslogan, mit dem du dich beworben hast? Das ist doch dein Spezialgebiet, zumindest hat Patsy mir das so geschildert.«

»Vertragsrecht. Ja. Das hat oft mit Verkäufen zu tun«, sagte ich.

»Und du findest das nicht schlimm, wenn Menschen ihren Traum aufgeben müssen?«

»Wie gesagt, ich würde niemandem empfehlen, in der Not zu verkaufen. Meine Klienten hatten bisher immer den Traum zu verkaufen. Stell es dir vor wie ein Baby. Sie gründen ein

Unternehmen, bauen es auf, ziehen es groß, und wenn es dann sein Potenzial erreicht hat und auf eigenen Beinen stehen kann und ihr Zutun nicht mehr braucht, dann verkaufen sie es.«

»Profitgier?«, fragte Emma.

»Bei manchen vielleicht. Aber bei den meisten hat es damit zu tun, dass sie sich einem neuen Projekt widmen wollen.«

»Wir wollen nicht verkaufen und uns einem neuen Projekt widmen. Ich will das Strandcafé erhalten«, sagte sie jetzt. Dann stand sie auf und trat hinter die Theke. »Kaffee?«

»Gerne.« Ich stand auch auf und ging zu ihr, während ich mich erneut umsah. »Es hat sich nicht viel verändert. Es sieht noch immer so aus wie damals.«

»Die meisten Dinge hier im Ort sind noch immer so wie damals«, sagte Emma.

»Nur du und ich nicht. Wir haben uns verändert.«

»Das kannst du nicht wissen. Du kennst mich nicht. Du hast mich auch damals nicht gekannt«, widersprach sie. Ich musste mich konzentrieren und auf ihre Lippen blicken, um sie über das Mahlen der Kaffeemaschine hinweg zu verstehen.

»Ich habe dich damals geliebt«, sagte ich. Beim Anblick ihrer Lippen erinnerte ich mich an unseren ersten Kuss. Hier unten am Strand, nicht weit von hier entfernt. Es war dunkel gewesen, wir hatten ein Lagerfeuer gemacht. Und während das Feuer unsere Körper lange Schatten werfen ließ, blickten wir hoch in den Himmel zu den Sternen, bis ich sie dazu gebracht hatte, mir in die Augen zu sehen, und dann wollte ich nur noch, dass sie sie schloss. »Auch wenn ich damals keine Ahnung von Liebe hatte und ehrlich gesagt auch nicht von viel anderem. Aber es war echt gewesen. Zu diesem Zeitpunkt war es echt.«

»Wir waren Kinder«, wandte sie ein.

»Das stimmt.« Nichts, was wir damals gesagt oder getan hatten, hatte Bestand für die Zukunft. »Aber wir haben uns immer gut verstanden. Ich denke, wir können bei der Renovierung eine gute Zeit miteinander haben.«

»Du vielleicht. Du kannst es wie immer, wenn du hier bist, als Urlaub verbuchen. Ich bin mir nicht sicher, ob ich eine gute Zeit haben kann. Für mich ist das meine Realität. Für mich gibt es kein Entkommen.« Mit diesen Worten schob sie mir meine Tasse Kaffee über den Tresen zu und ich war froh, dass ich einen großen Schluck davon trinken konnte, weil ich nicht wusste, was ich darauf entgegnen sollte.

Kapitel 11 – Emma

Ich hasste es, mich so reden zu hören. Schließlich hatte ich mir die Suppe selbst eingebrockt und es lag in meiner Hand, jederzeit die Reißleine zu ziehen. Mindestens einmal am Tag erinnerte mich mein Vater daran, doch zu verkaufen. Also warum tat ich mir das alles an, wenn es mich nicht glücklich machte? Ich schüttelte den Kopf über mich selbst und zwang mich zu einem Lächeln.

»Ich vergesse manchmal, dass ich mich jederzeit gegen das Strandcafé entscheiden kann. Aber das will ich nicht. Jetzt muss ich nur noch eine positive Einstellung finden. Es ist nur so, dass ich eigentlich einen ganz anderen Plan für mein Leben hatte. Aber manchmal muss man wohl flexibel sein«, sagte ich mehr zu mir selbst. Ich lehnte mich mit den Ellbogen an den Tresen und pustete in den heißen Kaffee.

»Du brauchst eine Vision, was du aus diesem Ort machen willst. Und auch ein bisschen Hoffnung, dass sich das Blatt schneller wenden kann, als du denkst«, sagte Tim.

»Glaubst du das wirklich?«, fragte ich ihn. Es klang zu schön, um wahr zu sein.

Er zuckte mit den Schultern.

»Ich habe schon viele Unternehmen durch die Decke gehen sehen.«

»Ich denke, das Problem ist, dass hier seit Jahren alles beim Alten ist. Und ehrlich gesagt finde ich das gut, aber offenbar ist es für andere zu wenig.«

»Was willst du konkret verändern? Womit legen wir los?«, fragte Tim und blickte sich um.

»Keine Ahnung. Ich denke, als Erstes sollte ich einen großen Container organisieren, in den wir alles Alte entsorgen können. Wenn das Café leergeräumt ist, wird wohl Putzen angesagt sein, dann Streichen und danach neu Einrichten und Dekorieren.« Das war schlichtweg geraten, denn ich hatte noch nie renoviert oder umgebaut, aber die Reihenfolge schien mir logisch. Tim hing bereits am Smartphone und tippte wie verrückt auf die winzige Tastatur, um dann den Hörer ans Ohr zu nehmen. Er hob den Zeigefinger und bedeutete mir, leise zu sein. Als am anderen Ende jemand abnahm, stand er auf und tigerte durch den Raum. Ich hörte nur Wortfetzen wie Container, Renovierung und Altmöbel. Ich schmunzelte, er war ein Mann der Tat. Ich beobachtete ihn, er war seit unserem letzten Treffen vor ungefähr zehn Jahren noch erheblich gewachsen. Damals waren seine Haare von der Sonne und vom Salzwasser zu einem sandigen Blond gebleicht gewesen und hatten meist strähnig und vom Wind zerborsten in die verschiedensten Richtungen abgestanden. Jetzt waren sie kastanienbraun und fast nichts erinnerte mehr an den schlaksigen Surferboy von damals. Obwohl er Pullover und Jeans trug, wirkte er elitär und ein bisschen versnobt.

Die Haare waren kurzgeschnitten, auch wenn das Haupthaar etwas länger war, und ich überlegte, ob er es mit einer Rundbürste über der Stirn föhnte, um diese gekonnt schwungvolle Welle zu erhalten, oder ob es genügte, oft genug mit gespreizten Fingern durch die Haare zu fahren, wie er es jetzt gerade tat. Der dunkle Drei-Tage-Bart verlieh seinem Auftreten einen Hauch von Verwegenheit und ich konnte ihn mir sehr gut vorstellen, wie er dies in Geschäftsverhandlungen einsetzte.

»Der Container wird morgen geliefert«, sagte er und schob sein Handy zurück in die Hosentasche. »Es scheint, als hätten wir heute noch frei.«

Ich bedankte mich. »Ohne Container ist wirklich nichts zu machen. Ich hätte früher daran denken sollen.« Ich ärgerte mich über mich selbst. Den ersten Tag geschlossen und nichts ging voran. So konnte man ein Unternehmen auch an die Wand fahren.

»Ich sehe du hast die neuen Möbel bereits untergestellt. Was hältst du von einer Pause? Ich würde gern die Gelegenheit nutzen und dir etwas zeigen«, schlug Tim vor.

»Ja, mein Vater hat den Großteil gestern Abend nach den letzten Gästen noch hereingetragen.« Ich hätte ihm geholfen, wenn er nicht davon überzeugt gewesen wäre, dass er zumindest das für mich tun konnte, wenn er schon vom Rest die Finger ließ. »Und fürs Protokoll, ich denke nicht, dass du mir hier in der Nähe etwas zeigen kannst, das ich noch nicht kenne.« Ich verkniff mir den Hinweis, dass er hier nur Urlaub machte, während ich in der Gemeinde aufgewachsen war. Die Erinnerung an unsere gemeinsame Nacht, an das Warten und

Hoffen, schien jeden Tag lebendiger zu werden, seit er wieder aufgetaucht war. Ebenso der Wunsch, ihm damals nachzureisen, oder die Illusion, dass er plötzlich hier leben würde. Nichts davon hatte standgehalten und das war in Ordnung. Auch wenn wir auf dem Papier damals beide schon erwachsen waren, aus heutiger Sicht waren wir noch Kinder gewesen.

Zumindest ich.

Ich war geblendet gewesen von der großen Liebe und all den Ideen, die ich damit verband.

»Ich habe mir mal im Internet Cafés in der Umgebung angesehen. Einerseits, um nicht genau das anzubieten, was es auch im nächsten Ort gibt, andererseits, um zu wissen, was die Konkurrenz macht und wie du dich abheben könntest.« Wieder fühlte ich mich überrumpelt. Das hätte mir einfallen sollen, oder?

»Und?«, hakte ich nach.

»Die Gegend hier ist wirklich noch immer so, wie sie früher war.« Er schüttelte den Kopf. »Aber es gibt auch Vorreiter.«

»Ich habe ein paar hippe Cafés aus London als Vorbilder im Auge. Aber ich bin mir nicht sicher, ob ein trendiges Stadtkonzept wirklich an den Strand passt. Der Ort ist nun mal keine Metropole und soll es auch nicht sein. Ich sehe das Strandcafé eher als einen Ort der Ruhe. Im Sommer macht man hier Pause von der Sonne, im Herbst und Frühling Pause von dem Wind und im Winter ist es ein echter Zufluchtsort, wenn die eisige Brise durch die Winterjacke dringt und man sich nur noch nach einem warmen Ofen sehnt.« Ich nickte zum Kamin, den ich heute nicht angefeuert hatte.

»Das klingt wundervoll«, sagte Tim. »Ich bin zum ersten Mal im Winter hier, aber ich liebe es jetzt schon.«

»Ja?«

»Ja«, bestätigte er. »Diese Mischung aus kalter Meeresbrise und warmen Innenräumen hat etwas ganz Besonderes.«

»Dann wissen wir zumindest, was wir anstreben, auch wenn ich noch immer keine konkrete Idee für die Umsetzung habe.«

»Du hast Möbel«, erinnerte er mich.

»Stimmt.«

»Und ich eine grandiose Idee. Und Zeit«, sagte er und reichte mir seine Hand über den Tresen hinweg. »Komm!«

Kapitel 12 – Timothy

Ihre Hand in meiner erinnerte mich an den Sommer, als ich mich zum ersten Mal vorgewagt und nach ihren Fingern gegriffen hatte. Damals war es verstohlen gewesen, heimlich, darauf vorbereitet, dass sie mir den Kontakt verweigern würde. Jetzt war es anders. Meine Hand hatte ganz spontan zu ihrer gefunden. Als wären ihre und meine Finger Magnete, die sich anzogen und gar nicht anders konnten, als verbunden zu sein. Erst jetzt, da meine Finger auf ihren lagen, spürte ich das Kribbeln, das die Berührung auslöste. Wir waren zwar keine Teenies mehr, bei denen diese Art von Berührung entweder alles oder nichts bedeuten konnte, aber auch im Erwachsenenalter war es nicht üblich, jemanden einfach bei der Hand zu nehmen wie in unschuldigen Kindertagen. Ich zog meine Finger zurück. »Der Zug wartet nicht«, sagte ich und warf demonstrativ einen Blick auf meine Uhr, um sie nicht länger ansehen zu müssen.

»Zug?«

»Ich habe ein tolles Café in Canterbury entdeckt. Und da du jetzt eh nichts weiter tun kannst, würde ich es dir gern zeigen. Kommst du mit?«

»Überredet!«, rief sie nach kurzem Zögern, warf sich ihre Handtasche über die Schulter und trat zu mir. »Etwas weniger weit entfernt hast du nichts gefunden? Ich meine, Canterbury liegt näher bei London als bei uns. Ist das den Weg wirklich wert?«

»Warst du schon mal dort? Ich nicht, obwohl es nur eine Stunde von London entfernt ist. Dabei soll es schön sein.«

»Stimmt. Aber ich war mit der Uni so beschäftigt, dass ich es an den Wochenenden nie aus der Stadt raus schaffte. Und die Ferien habe ich hier oder bei einem Praktikum verbracht.«

»Ich finde es so genial, dass du wirklich Paläontologie studiert hast. Ich weiß noch, wie du mir bei unseren Strandspaziergängen von den Ausgrabungen in der Region erzählt hast.« Ich erinnerte mich auch an viele andere Dinge. Dinge, für die ich mich entschuldigen müsste. Aber das war der falsche Moment. Ich war nur für ein paar Wochen hier. Es war dasselbe Szenario, wie es immer gewesen war. Und sie schien sich genauso wenig an alles erinnern zu wollen wie ich. Warum also schlafende Hunde wecken und in alten Wunden stochern?

»Und wohin hat es mich gebracht? Ich habe die Sache nicht fertig gedacht. Mir kam bei der Jobwahl nie in den Sinn, dass ich nicht beides haben kann. Wegziehen, die Welt entdecken, und gleichzeitig hierbleiben und Altes festhalten«, sagte sie.

Inzwischen standen wir am Bahnsteig, die Tickets hatten wir elektronisch gebucht und warteten auf den Zug.

»Du ziehst das also wirklich durch? Deinen Studienabschluss in den Wind schießen und das Café übernehmen?«

»Ein Verkauf fühlt sich einfach falsch an. Aber ich mich hier an diesem Ort auch«, gestand sie.

»Schon komisch, dass wir uns in London nie begegnet sind.« Ich schüttelte den Kopf über mich selbst. Wie hätten wir auch. Meine Uni lag am anderen Ende der Stadt und als ich zu arbeiten begann, vergrub ich mich dermaßen in die Aufgaben, dass ich kaum das Sonnenlicht sah. Ich war keine Person, die man in Bars oder Clubs finden konnte.

»Vielleicht haben wir uns nur knapp verpasst. Oder wir sind uns begegnet und haben uns nicht mehr erkannt«, überlegte sie. Ich wollte widersprechen und ihr sagen, dass sie noch immer so aussah wie früher. Ihre Augen glitzerten noch immer so blau wie das Meer, wenn die Sonne im Zenit stand und das Wasser fast kitschig hellblau färbte. Ich hätte sie immer erkannt. So wie ich mich immer und immer wieder in sie verlieben würde. So wie es jetzt gerade passierte. So wie es jeden Sommer passiert war. Aber wohin hatte das geführt? Zu einer der schönsten und traurigsten Nächte überhaupt. Dazu, dass ich beschlossen hatte, mich von ihr fernzuhalten.

Die Zugfahrt verging schnell, weil wir so viel zu besprechen hatten. Mal erzählten wir von der Uni, dann vom Strandcafé oder von Granny. Ich berichtete ihr von dem grandiosen Jobangebot, das ich gerade angenommen hatte.

»Willst du Sightseeing machen oder direkt ins Café?«, fragte sie, als wir ankamen. Sightseeing hatte ich nicht geplant, von Berufs wegen ging ich stets effizient und strukturiert vor. Ich wollte mir das Café ansehen und die Vor- und Nachteile ausarbeiten, die sich offenbaren würden. Dann hätte ich das Ergebnis mit dem Strandcafé verglichen und überlegt, was ich Emma empfehlen und wovon ich ihr abraten würde. Damit wäre sie einen Schritt weiter, um ein Konzept zu erstellen, das die alten Muster des Strandcafés überwand und die Möglichkeit eröffnete, Neues zu wagen. Und im besten Fall würde es die Gäste motivieren, wiederzukommen.

»Lass uns auf Touristen machen«, beschloss ich spontan. Vielleicht, weil ich seit Jahren zum ersten Mal wirklich in Urlaubsstimmung war, vielleicht, weil sie eine nette Gesellschaft war. Es gab keinen Grund, effizient zu agieren, wie ich es gewohnt war. Ich konnte trödeln. Ich konnte entspannen. Ich konnte ziellos umherirren, ohne einen Masterplan zu verfolgen. Es kam mir zwar komisch vor, aber heute konnte ich es.

»Perfekt!« Sie klatschte in die Hände und für einen winzigen Moment erkannte ich das junge Mädchen, das ich in all den Sommern getroffen hatte. Keck und witzig war sie gewesen, immer ein Lächeln auf den Lippen, hin und wieder vorlaut und trotzdem charmant. »Wenn wir diesem Weg auf der Stadtmauer folgen, kommen wir direkt in die Altstadt«, sagte sie. Sie zeigte nach vorne. Tatsächlich führte eine kleine Brücke auf die alte Stadtmauer. Und so liefen wir mehrere Meter über dem Boden unserem Ziel entgegen, rechts von uns die Hauptstraße und moderne Gebäude, links eine Parkanlage mit alten Bäumen und weiter hinten Häuserfronten, die an das vergangene Jahrhundert erinnerten.

Kapitel 13 – Emma

Es war so schön hier. Kein Wunder, dass die Menschen Urlaube an solchen Orten genossen und nicht in mein kleines Heimatkaff kamen, geschweige denn in unser altbackenes Strandcafé. Canterbury erinnerte mich an ein kleines französisches Provinznest und war doch durch und durch eines dieser magischen südenglischen Plätzchen, die direkt einem Rosamunde Pilcher-Roman entsprungen sein konnten. Die erste Assoziation war sicher dem Straßenmusiker geschuldet, der *La vie en rose* auf seiner Ziehharmonika zum Besten gab. Die zweite Assoziation entsprach dann wohl der Wahrheit. Wir schlenderten auf gepflasterten Straßen an den alten Fachwerkhäusern entlang der Altstadt entgegen. Möwen flogen über uns hinweg und erinnerten mit ihrem Geschrei an zu Hause. Und in der Luft lag der Duft von warmen Maroni.

»Hast du Hunger?«, fragte Tim und zeigte auf ein Restaurant zu unserer Linken. »Fish and Chips.«

»Wollen wir uns nicht zuerst die Kathedrale ansehen?«, fragte ich ihn. Seit ich im Zug sämtliche Informationen über Canterbury zusammengesucht hatte, die sich auf die Schnelle finden ließen, wollte ich die wichtigste Sehenswürdigkeit nicht auslassen, wenn ich schon einmal hier war. Natürlich hatte ich auch nach Cafés gesucht, mir war aber nichts Besonderes ins Auge gesprungen, ich war also gespannt, mit was Tim nachher aufwarten würde.

»Das passt perfekt. In der Richtung liegt auch das Café, das ich dir zeigen will.« Jetzt war ich natürlich noch neugieriger und sah mich während unseres Spaziergangs konzentriert nach beiden Seiten hin um.

»Sind wir bereits am Café vorbeigekommen?«, fragte ich nach einer Weile, weil ich vor Neugier fast platzte. Tim lachte kurz auf.

»Nein, wir sind zwei Querstraßen entfernt und kommen nicht direkt vorbei. Außerdem haben wir unser Ziel erreicht.« Ich folgte seinem Blick. »Der Eingang.« Nun zeigte er mit dem Finger nach vorne.

»Ah.« Jetzt verstand ich. »Christ Church Gate«, sagte ich. Canterbury war berühmt für seine Kathedrale. Die ganze Altstadt war UNESCO-Weltkulturerbe. Aber anders als in vielen anderen großen Städten stand die Kathedrale nicht einfach auf einem Platz, der öffentlich zugänglich war. Vielmehr schien es, als wolle sie sich verstecken. Bisher war nichts von ihr zu sehen gewesen. Das Eingangstor zur Abtei, deren Mittelpunkt dann die Kathedrale war, stand pompös vor uns. Mittig auf dem Tor thronte eine Jesus-Statue, umgeben von vielen anderen Heiligendarstellungen und Wappen. Ein großer grauer mächtiger Koloss, der bei genauer Betrachtung viele filigrane Kunstwerke in sich barg.

»Sollen wir auch ein Foto machen?«, fragte Tim und nickte

zu den unzähligen Touristen, die sich vor dem Tor in Selfie-Posen warfen und sich selbst ablichteten. Er zog sein Handy hervor, aber ich schüttelte den Kopf. Ich durfte nicht vergessen, dass das hier weder ein Urlaub war noch ein Date. In diese Falle war ich schon einmal getappt. Er wäre in ein paar Wochen wieder weg, so wie es immer gewesen war, und deswegen gab es keinen Grund, sich erneut zu verlieben. Denn wie das endete, wusste ich bereits. »Wir sind nicht wirklich auf Urlaub. Schon vergessen?«, entgegnete ich deshalb und schritt durch das Tor in das Innere der Abtei. Und dann sah ich sie – die Kathedrale.

»Kunsthistorisch betrachtet das wichtigste Sakralbauwerk Englands. Bauzeit etwa 600 Jahre«, sagte Tim. Ich drehte mich zu ihm und sah ihn in einer kleinen Broschüre blättern, die er sich wohl am Eingang genommen haben musste.

»Faszinierend, wie die Zeit vergeht, findest du nicht? Deshalb habe ich mich für mein Studium entschieden. Weil es uns so vorkommt, als wäre nur heute von Bedeutung. Die Dinge von früher, das, was in den Geschichtsbüchern steht, kommt uns doch eher vor wie ein Märchen als wie die Realität.« Unvorstellbar, dass die Kathedrale schon im Mittelalter existiert hatte, genauso, wie sie sich jetzt präsentierte. Aber damals gab es keinen Strom, keinen Komfort, auch wenn das damals niemanden abgehalten zu haben schien, so ein Monument zu errichten. »Wie passt das zusammen?«, wollte ich wissen. »Menschen bauen so eine Kathedrale und ich scheitere mit einem kleinen Strandcafé.«

»Hier steht, im 12. Jahrhundert ist der Großteil der Kathedrale bei einem Brand zerstört worden. Glaubst du nicht auch, dass jeder Ort Phasen des Strauchelns kennt?« Ich zuckte mit den Schultern.

»Lass uns reingehen. Und dann bin ich gespannt auf das Café«, sagte ich. Er schob die Broschüre in seine hintere Hosentasche und wir liefen zum Eingang der Kathedrale.

Das Gebäude an sich war riesig, das Mittelschiff lange und die Decke so hoch! Die Fenster waren bunt bemalt und ließen die Sonnenstrahlen warm und weich den Raum erhellen. Etwa in der Hälfte der Kathedrale führten Treppen nach oben in die Dreifaltigkeitskapelle. Die filigranen handwerklichen Holzarbeiten im Chorraum ließen mich erneut über die Fähigkeiten der Handwerker und Bauherren zu dieser Zeit staunen.

»Es soll sogar ein Mord hier stattgefunden haben«, flüsterte mir Tim über das Gemurmel der anderen Menschen hinweg zu.

»In einer Kathedrale?« Ich glaubte ihm kein Wort, aber er hielt schon wieder seine Broschüre in der Hand und nickte überzeugt. »Lass uns in das Café gehen«, schlug ich vor und schüttelte erneut den Kopf, weil ich mir noch immer nicht sicher war, ob er mir gerade versuchte einen Bären aufzubinden, oder doch die Wahrheit erzählte.

»Intrigen gibt es überall, und kein Ort ist heilig«, sagte er, schob die Broschüre jedoch wieder zurück in seine Hosentasche und führte uns zum Ausgang.

Es dauerte kaum fünf Minuten, bis er mich in eine kleine dunkle Gasse zog und kurz darauf vor einer Glasfront hielt, die einen großzügigen Blick in den Innenraum eines Cafés zuließ.

»Das ist es?«, fragte ich.

»Das ist es«, bestätigte er und schritt zur Tür, um sie für mich zu öffnen. Er wies mit der Hand Richtung Café und gab mir klar zu verstehen, dass er gerade auf Gentleman machte und mich vor ihm eintreten lassen wollte.

»Danke«, sagte ich und unterdrückte das kleine Flattern in meinem Magen, das mir unmissverständlich klar machte, dass er charmant war und attraktiv, und ich immer noch in ihn verliebt war.

»Und was sagst du?«, wollte er wissen. Ich war seit etwa dreißig Sekunden in diesem Raum und fühlte mich auf Anhieb wohl. Es duftete nach Kaffee, im Hintergrund surrte das Mahlwerk einer Kaffeemaschine. Ich betrachtete die Kuchenauslage, die schon eine Freude fürs Auge war, aber am auffallendsten waren die samtenen Sofas in Naturfarben, die an einen herbstlichen Wald erinnerten. Cognac, Petrolgrün, sattes Braun. Und dann sah ich es. Ich drehte mich zu ihm und konnte es kaum glauben.

Kapitel 14 – Timothy

Alles fühlte sich wie Urlaub an. Die Sonnenstrahlen, die uns wärmten, als wir durch die Altstadt liefen, genauso wie der Schatten der Gasse, der uns frieren ließ und hineintrieb in dieses winzige Café, das so gar nichts mit dem Strandcafé gemeinsam hatte. Aber was hatte das schon zu bedeuten. Ich hatte heute auch nichts mit dem Mann gemeinsam, der ich noch vor ein paar Tagen war. In Cordhose, Wollpullover und warmen Winterschuhen stand ich da. Meine Haare fielen mir ungewohnt oft in die Stirn, weil ich sie seit Tagen nicht mehr mit Wachs gestylt hatte. Zu behaupten, das wäre kein Urlaub, wäre falsch. Denn alles fühlte sich danach an, vor allem mit Emma an meiner Seite. Ihr Lächeln ließ mich Jahre jünger fühlen, so als wäre alles nicht so ernst und wichtig, wie es das meistens war. Ich fühlte mich so unbeschwert wie damals. Und ich fragte mich, ob es der Ort gewesen war, der das Wohlgefühl ausgelöst hatte, oder ob es vielleicht nur an Emma gelegen hatte.

»Katzen?«, flüsterte sie mir ins Ohr. Sie drückte ihren Arm an meinen und ihre Handfläche lag auf meiner Schulter. Eine ihrer Haarsträhnen kitzelte mich an der Wange, als sie ihre

Lippen so nahe an mein Ohr drückte, damit niemand anderer im Café sie hörte. Ich lachte leise. Ich mochte die Euphorie in ihrer Stimme.

»Das wäre mal was anderes«, sagte ich. Ich musste zwar zugeben, dass ich Katzen nicht unbedingt mit dem Strand verband, aber was wusste ich schon von Tourismus und Gastgewerbe. »Eine Überlegung ist es wert. Schlimmeres, als pleite zu gehen, kann dir nicht mehr passieren. Sieh es positiv. Gescheitert bist du bereits, egal, was du tust, du kannst deine Lage nur noch verbessern.«

»Ich kann mich nicht erinnern, dass du früher auch schon so warst«, sagte sie. Sie war wieder ein Stück von mir abgerückt und auch die Euphorie war verschwunden.

»Wie?«, fragte ich platt. Ich hatte keine Ahnung, wie ich früher gewesen war. In meiner Erinnerung war ich ein schlaksiger junger Kerl, der seine Nase schon immer tief in Bücher gesteckt hatte und zu schüchtern war, um Mädchen um ihre Nummer zu bitten. Aber das hatte sich im Laufe der Zeit geändert. Inzwischen war ich ein harter Knochen, wenn ich auf die Stimmen aus meiner alten Kanzlei vertrauen durfte, die mein Verhandlungsgeschick bewunderten.

»Pessimistisch? Nüchtern? Kalt?«, zählte sie auf und betonte ihre Worte mit einer Geste, die mir bedeutete, dass mir das alles bekannt vorkommen sollte.

»Jeder kommt mal auf die Welt. Findest du nicht? Ist das nicht so ungefähr deine Geburtsstunde jetzt?«, konterte ich und sah mich um, bis ich unseren kleinen Tisch am Fenster entdeckte, auf dem eine Tafel mit meinem Namen stand.

Darunter war der Name *Alistair* geschrieben. Ich wies mit meiner Hand hinüber und lief auf den Tisch zu. Sie hatte schon recht, ich hatte in den letzten Jahren aufgehört, ein Blatt vor den Mund zu nehmen. Es führte langfristig zu nichts, immer nur nett zu sein. Manchmal zählte die Wahrheit. Und die war nicht immer schön. »Das hast du doch vorhin selbst gesagt. Du hast während des Studiums nur an dich gedacht und nie überlegt, was aus dem Strandcafé werden würde. Nun, jetzt bekommst du eben die Rechnung präsentiert und hast keine Wahl, außer erwachsen zu werden und dich allem zu stellen. Und es sieht nun mal nicht nach einem Märchen aus, sondern eher nach einem Drama in mehreren Akten, wenn du mich fragst.«

»Puh«, stöhnte sie und setzte sich. »An diese Version von dir muss ich mich wirklich gewöhnen.« Meiner Meinung nach musste sie sich an den Gedanken gewöhnen, das Café zu verkaufen, wie es ihr Vater offenbar wünschte, aber wer war ich, ihr Empfehlungen zu geben.

»Das sollte nicht schwierig sein. In ein paar Wochen bist du mich wieder los.« Das hätte eigentlich spaßig klingen sollen, aber aus irgendeinem Grund tat es das nicht.

»So habe ich das nicht gemeint. Es ist schön, dass du nach all den Jahren wieder hier bist«, sagte sie.

»Ich weiß. Ich hätte nicht so lange warten sollen«. Ich räusperte mich. »Ich meine wegen dem Ort, er ist schön. Ich meine wegen Granny und der Überstunden. Nicht wegen ...« Was redete ich da. Ich war nicht wegen ihr hier. Überhaupt nicht. Aber ihr unter die Nase zu reiben, dass ich in all den

Jahren wegen ihr nicht zurückgekommen war, wäre mehr als unhöflich. Vor allem weil es nicht stimmte. Vielmehr war ich wegen ihr weggeblieben. Aber das konnte ich erst recht nicht sagen.

»Kein Grund zur Panik. Hier war nie dein Zuhause. Schon klar, dass dein Lebensmittelpunkt woanders ist und du nicht alle deine Sommer hier verbringen konntest.«

Ich nickte, nur war uns das damals, als wir uns ewige Liebe geschworen hatten, wohl nicht so klar gewesen. »Warum steht hier *Alistair*?«, wollte sie wissen und zeigte auf die kleine Tafel an unserem Tisch.

»Wie du richtig erkannt hast, ist das ein Katzencafé. Menschen, die Katzen lieben, aber aufgrund ihrer Wohnsituation keine eigenen Katzen halten können, oder Menschen, die aus beruflichen Gründen vielleicht kein Haustier versorgen können, haben hier die Möglichkeit einen Tisch zu buchen, und mit dem Tisch gibt es die Möglichkeit, sich um eine Katze zu kümmern. Wie ich es auf der Webseite verstanden habe, ist Alistair sozusagen für uns reserviert, damit keine anderen Gäste mit ihm Zeit verbringen.« Emmas Augen wanderten im Café umher, während ich sprach, aber das störte mich nicht, denn ich wusste, dass sie jedes Wort aufsog.

»Und wo ist er? Weißt du, wie er aussieht?«

»Yep«, antworte ich und zeigte mit dem Finger zu der Kellnerin, die gerade mit einer großen Nacktkatze auf uns zukam.

»Ohhhh«, quietschte Emma und rückte mit dem Stuhl etwas zurück. Die Bedienung verstand die Geste sofort und setzte die hässlichste Katze, die ich je zu Gesicht bekommen hatte, auf Emmas Schoß.

»Darf ich vorstellen, das ist Alistair«, sagte die junge Frau. »Er ist ein verschmuster Kater, drei Jahre alt und liebt Thunfisch. Er sollte in den nächsten Stunden glücklich und zufrieden sein, wenn er liebevoll gekrault und gestreichelt wird«, ergänzte sie an Emma gewandt. Dann blickte sie zu mir. »Haben Sie bereits gewählt? Was darf ich Ihnen bringen?« Ich entschied mich für eine Tasse Cream-Tea und Scones und erwartete, dass Emma auch bestellen würde. Aber sie schien nur Augen für den Kater zu haben, daher bestellte ich Kaffee und einen Flapjack für sie. Im Notfall konnten wir tauschen, wenn sie mit meiner Wahl für sie nicht einverstanden wäre.

Kapitel 15 – Emma

Der Tag verlief überhaupt nicht so, wie ich es mir vorgestellt hatte. Ich genoss die Zeit mit Alistair auf meinem Schoß viel zu sehr, auch wenn ich mir kein Katzencafé an der südenglischen Küste vorstellen konnte. Wahrscheinlich würde mich mein Vater für noch verrückter halten, als er es ohnehin schon tat. Ich fand mich sogar selbst ein bisschen verrückt, denn ich war dabei, schon wieder Tims Charme zu verfallen, obwohl er mich gerade eben noch daran erinnert hatte, dass er in ein paar Wochen wieder in London sein würde. Nur dieses Mal war ich nicht mehr das naive Mädchen, das gebunden war an das elterliche Zuhause. Dieses Mal band ich mich selbst, zumindest wenn ich den Worten meines Vaters glaubte und auch denen von Tim. Er hatte inzwischen mehrfach betont, dass er einen Verkauf empfehlen würde.

»Wenn wir nicht bald aufbrechen, verpassen wir den Zug«, sagte er. Ich warf einen Blick auf meine Uhr und musste ihm recht geben. Ich schmiegte die warme weiche Haut des Katers noch einmal gegen meine Wange und stand dann auf, um nach der jungen Frau Ausschau zu halten, die Alistair zu uns gebracht hatte.

»Am liebsten würde ich ihn mitnehmen«, sagte ich zu ihr, als sie auf mich zukam.

»Diese Wirkung hat er auf alle. Trotzdem muss er hierbleiben. Aber die gute Nachricht ist, Sie sind jederzeit auf eine Tasse Kaffee willkommen.«

»Wir sehen uns wieder«, verabschiedete ich mich von Alistair und gab ihn ab.

»Bye, bye«, sagte auch Tim und tätschelte kurz den Kopf des Katers.

»Du magst keine Katzen«, stellte ich fest, als wir draußen in der Gasse standen und ich den Kopf hin und her drehte, weil ich nicht wusste, in welche Richtung ich gehen sollte.

»Nein.« Er schüttelte den Kopf und ging voran.

»Vielen Dank, dass wir trotzdem hier waren.«

»Es geht um Konkurrenzanalyse, um das, was Gäste heutzutage wollen und nicht um meine Meinung«, erklärte er mir. Inzwischen war die Sonne fast untergegangen und die Luft war eisig. »Ist dir kalt?«, fragte er und legte seinen Arm um meine Schulter und rieb meinen Rücken.

»Nur ein bisschen. Im Zug ist es bestimmt warm«, sagte ich, dennoch genoss ich die wärmende Umarmung, die etwas vom kalten Wind abfing. »Und was würdest du vom Strandcafé erwarten? Wenn kein Katzencafé, was dann?«, wollte ich wissen.

»Ich persönlich habe das Strandcafé immer geliebt. In meinen Augen ist es perfekt. Ich würde nichts ändern. Andererseits bin ich nicht gerade der Stammkunde, also zählt meine Meinung wohl nicht.« Er zuckte mit den Schultern.

Er drückte mich so fest an seine Seite, dass ich keine Wahl hatte, als meinen Arm auch um ihn zu legen, und so spürte ich jede seiner Bewegungen. Es war fast, als wären wir eins. Zusammengewachsen. Unzertrennlich. Aber das waren wir nicht. Das war nur eine Illusion.

»Ich weiß auch nicht, was zählt. Das ist alles Neuland für mich«, gab ich zu.

»Ich persönlich stehe eher auf Pub-Atmosphäre. Holzpaneele an den Wänden und dunkle Dielen am Boden. Eine lange Bar, schummriges Licht, traditionelles Essen, angenehme Gesellschaft und natürlich Bier.«

»Das passt nicht zum Strand, finde ich. Aber ich will, dass es ein Café bleibt, so viel steht fest.«

»Siehst du, du weißt sehr genau, was für dich zählt«, sagte er und ich schüttelte den Kopf.

»Ich weiß nur, dass ich in Wahrheit gar kein Café führen will«, gab ich zu.

»Und was würdest du machen wollen?«

»Keine Ahnung.« Ich überlegte kurz. »Wann warst du das letzte Mal im Naturhistorischen Museum in London?«, fragte ich ihn dann.

»Oh, das muss zu Schulzeiten gewesen sein. Warum?«

»Echt jetzt?« Ich stieß meine Schulter gegen seine, um ihn zu rügen. »Du Banause.«

»Und du?«

»Ich hatte letztes Jahr die Gelegenheit, an einem großen Projekt mitzuarbeiten. Wir haben uns die größten Vulkanausbrüche der Menschheitsgeschichte angesehen und analysiert, wie viel Menschen sie das Leben gekostet haben, wie viele Gase bei einem Vulkanausbruch ausgestoßen werden und was das für die Bevölkerung damals bedeutete. Frühwarnsysteme gab es damals nicht. Und selbst heute funktionieren sie nicht immer. Wir haben Simulationen entwickelt, um das Thema aus vielerlei Perspektiven zugänglich zu machen.

»Echt jetzt?«

»Warum sollte ich lügen?«

»Nein, ich meine, so was machst du? Das ist spannend. Ich meine, das ist real. Ich dachte nicht, dass Paläontologie so real ist.«

»Es war ein fächerübergreifendes Projekt mit mehreren beteiligten Instituten, aber ja, es ist absolut praxisrelevant.«

»Kann man die Ergebnisse des Projekts noch immer sehen?«

»Ja. Soweit ich weiß.«

»Was hältst du davon, wenn du es mir zeigst?«, fragte er.

»Ich weiß nicht, was du …«

»Wir sind schneller in London als zurück an der Küste. Ich habe eine Wohnung in London, wir könnten bei mir übernachten, morgen ins Museum gehen und dann zurückfahren.«

»Ich weiß nicht. Wir wollten morgen mit der Renovierung starten.« Ich hatte keine Zeit zu verschwenden.

»Morgen wird der Container angeliefert, das kann dein Vater übernehmen. Viel mehr ist morgen wahrscheinlich noch nicht zu erledigen.«

Ich zückte mein Handy und rief zu Hause an. Natürlich

übernahm Vater die Verantwortung und ich kam mir wieder wie ein kleines Mädchen vor, das um Erlaubnis fragen musste wegbleiben zu dürfen. Aber dieses Mal erhielt ich keine Standpauke, als ich durchklingen ließ, bei Tim zu übernachten, damit wir morgen im Museum eines meiner Projekte betrachten konnten. Eines, worauf ich wirklich stolz war. Nachdem ich aufgelegt hatte, erinnerte mich eine kleine Stimme daran, dass ich eine eigene Unterkunft in London hatte, zumindest ein WG-Zimmer. Es gab keinen vernünftigen Grund, bei Tim zu übernachten. Keinen einzigen. Es gab nur hunderte von unvernünftigen Gründen, es zu tun.

»Okay«, sagte ich und nickte.

»Dann ab in den nächsten Zug nach London.« Tim studierte bereits die Anzeigetafel und lotste uns zum richtigen Bahnsteig. Etwa eine Stunde später stiegen wir in London aus und ich ließ mich von ihm durch die Victoria Station führen und tat so, als wäre London in den letzten fünf Jahren nicht zu meiner Heimat geworden.

»Möchtest du etwas mit nach Hause nehmen und dort essen? Wollen wir uns etwas liefern lassen oder darf ich dich ausführen?«, fragte er.

Kapitel 16 – Timothy

Sie sah mich unsicher an und wusste nicht, was sie antworten sollte. Es war wohl dieselbe Unsicherheit gewesen, die ich selbst verspürt hatte, als ich sie fragte. Was war nur in mich gefahren? Das war kein Date, das war auch keine flüchtige Affäre, das war Freundschaft. Vielleicht nicht einmal das. Und seit wann interessierte ich mich für Vulkane?

»Ich denke, Take-Away ist das Sinnvollste«, antwortete sie. Das bedeutete, zu zweit in meiner Wohnung am Tisch mit ihr zu sitzen und zu essen. Oder vielleicht auf dem Sofa gemütlich in die Kissen gekuschelt und zum Essen einen Film sehen.

»Oder doch lieber Restaurant?«, bot ich erneut an. Auch wenn es verdächtig nach einem Date klang, war es doch besser, als ganz mit ihr alleine zu sein. All die Jahre über hatte ich angenommen, dass ich dieses komische Gefühl von Nervosität, wenn ich mich mit einer Frau traf, nach Abschluss der Pubertät hinter mir gelassen hatte. Aber das funktionierte offenbar nur, wenn ich mich mit Frauen unterhielt, für die ich offensichtlich nichts empfand. Emma entfachte noch immer dieses Feuer in meinem Magen und sorgte dafür, dass sich meine Gehirnzellen in Luft auflösten. Ich hatte keinen blassen Schimmer, wie sie das machte. Sie stand nur da. Es war nicht mehr dazu nötig als ihre bloße Existenz.

»Wir können auch einfach nach Hause fahren. So wichtig ist das Vulkan-Projekt nicht. Außerdem haben viele andere mitgearbeitet, es ist nicht so, als wäre es meine alleinige Leistung.«

»Ich lebe in London. Ich werde auf jeden Fall ins Museum gehen und es mir ansehen. Entweder morgen mit dir oder in ein paar Wochen ohne dich. Aber wenn ich wählen kann, dann weiß ich, für welche Variante ich mich entscheide.« Mir war offenbar nicht mehr zu helfen. Sie warf mir einen Rettungsanker zu und ich entschied mich anscheinend lieber fürs Ertrinken.

»Okay. Dann habe ich mich entschieden«, sagte sie. Ich zog die rechte Augenbraue hoch und wartete.

»Ich will Take-Away vom Inder, dann zwinge ich dich, mit mir eine Doku über Vulkane anzusehen und dann geht es morgen gleich in der Früh ins Museum.«

»Zu Befehl«, sagte ich und war froh, dass nichts auf ihrer Liste nach einem Date klang.

Das Museum war riesig, das Gebäude von der Struktur her sehr alt und doch modern in der Ausstattung und in der Aufbereitung der Ausstellung.

»Komm, komm, schnell, bevor alle anderen dort sind!« Ich wusste nicht, dass es ein Wettrennen war, aber Emma war fest entschlossen, bei Türöffnung vor Ort zu sein und stürmte allen voran durch die Räume und Gänge. Ich musste zugeben, es war schwer, ihr zu folgen, weil mich die Exponate interessierten und ich mir gerne mehr Zeit für die ausgestorbenen Wildtiere genommen hätte, die hinter ihren Glasscheiben zur Schau gestellt waren.

»Niemand ist hinter uns her. Wir haben sie alle bei den Eisbären verloren«, sagte ich, aber Emma lachte nur.

»Du interessierst dich also doch für die Geschichte der Welt.«

»Ich habe nie etwas Gegenteiliges behauptet.«

»Gut. Wir sind da.« Jetzt blieb sie endlich stehen und vor uns tat sich ein Raum auf, der moderner wirkte als jeder andere zuvor. An den Wänden rechts und links waren große Paneele mit Fotos und Texten angebracht. In der Mitte des Raums standen zahlreiche Tische, auf denen topographische Abbildungen und Nachbildungen von Vulkanen lagen. Ich begann zu lesen und sah mir die Bilder an, bis ich hinter mir ein Zischen hörte. Ich drehte mich um, als der Vulkan, der in der Mitte des Raums nachgebildet war, gerade ausbrach. Ich wusste nicht, ob es der Vesuv und der Vulkanausbruch bei Pompeji war, von dem ich gerade eben gelesen hatte, oder eine andere historischer Ausbruchssituation.

»Ist das Pompeji?« Sie nickte.

»Der Vulkanausbruch ist auf 79 nach Christus datiert. Er scheint so plötzlich passiert zu sein, dass kaum jemand fliehen konnte. Aus heutiger Sicht ein wertvoller geschichtlicher Aspekt, da das gesamte Dorfleben für die Nachwelt unter einer dicken Schicht von Asche konserviert wurde. Für die

Menschen damals war es jedoch eine Katastrophe, weil sie quasi lebendig begraben wurden.«

»Zum Glück haben wir keine Vulkane bei uns.«

»Das stimmt. Unvorstellbar, dass die Menschen heute dort wieder so leben wie damals. Jeder scheint die Gefahr zu akzeptieren und auf die Frühwarnsysteme zu vertrauen. Und diese werden auch von Jahr zu Jahr besser. Aber die Natur ist und bleibt die Natur. Sie folgt keinen Regeln«, erklärte sie.

»Was folgt schon Regeln?«, warf ich ein. »Als Anwalt für Vertragsrecht kann ich nur sagen, dass es scheint, als wolle jeder die Regeln umgehen, sie zu seinen Gunsten auslegen oder sie ganz vermeiden.« Sie zuckte mit den Schultern und ging weiter.

»Diesen Teil der Ausstellung habe ich zusammengestellt«, erzählte sie mir. Sie zeigte auf drei der Paneele, die ebenso wie die anderen mit Bildern und Texten versehen waren. Es ging um die Bedeutung der Funde in Pompeji; zu sehen waren Ausgrabungsbilder von Tonkrügen, Waffen und Haarspangen.

»Und das ist, was du eigentlich machen möchtest?«, fragte ich.

»Nein, nicht ganz. Im Kern geht es darum, nach Fossilien zu suchen. Wenn du willst, führe ich dich in den Trakt des Museums, wo du siehst, was ich gerne machen würde.«

»Deshalb bin ich hier.«

»Dann komm, mir nach.«

»Warum fühle ich mich wie ein Schüler, der seiner Lehrerin kaum hinterherkommt, die einerseits viel zu euphorisch und der Schüler wahrscheinlich andererseits viel zu dumm ist.«

Emma lachte und schritt schnell und zielstrebig weiter voran. »Hier.« Sie zeigte auf eine Art Skelett, das einen Abdruck in Stein hinterlassen hatte. Der gesamte Steinbrocken war ausgestellt. »Das wurde bei uns am Strand gefunden. 1811 von der zwölfjährigen Mary. Später folgten immer mehr Funde in der gesamten Region, deshalb heißt es Jurassic Coast.«

»Das habe ich gewusst, warum die Jurassic Coast so heißt, wie sie heißt.«

»Weißt du, was ich geben würde, wenn ich etwas so Einzigartiges finden würde?«

»Was fasziniert dich daran so?«, wollte ich wissen.

»Der Gedanke, dass es vor uns etwas anderes gab. Wie könnte das nicht faszinierend sein. Hast du dir das nie überlegt. Die Welt, in der wir leben, die gehörte einmal den Dinosauriern. Bis heute ist nicht klar, warum sie ausgestorben sind. Die Theorie vom Kometeneinschlag ist die gängigste, aber sie ist nicht zu hundert Prozent von allen Experten anerkannt. Ich mag diesen Aspekt der Geschichte. Diesen Teil des Unbekannten. Dieses Hineinblicken in ein Geheimnis und den Versuch, es zu verstehen.«

Kapitel 17 – Emma

J e länger ich mich an diesem Ort aufhielt, umso klarer
wurde mir, dass ich nichts mit dem Strandcafé am Hut
hatte. Nichts außer der Tatsache, dass es eben zu mir gehörte wie jedes Haar auf meinem Kopf und jede Erinnerung,
die ich mit meiner Kindheit verband. Ich hatte mich nie in
der Küche stehen sehen oder hinter dem Tresen, auch wenn
es in den Ferien Spaß gemacht hatte auszuhelfen. Aber ich
hatte mir auch nie vorstellen können, diesen Ort zu verlieren,
nie mehr im Gastraum zu sitzen und mich dort zu Hause zu
fühlen.

»Ich zeige dir meinen Lieblingsort«, sagte ich zu Tim, dessen Blick noch immer am Exponat hing. Ich ergriff seine Hand
und führte ihn weg in Richtung Haupthalle. Ich liebte diese
grauen Steinbögen, den marmorierten Boden, den Geruch,
die Art, wie das Licht durch die hohen kathedralenartigen
Fenster fiel, und vor allem staunte ich jedes Mal wieder über
das riesige Skelett des Blauwals, das von der Decke hing und
den gesamten Raum einnahm.

»Wow!«, staunte jetzt auch Tim. »Ich glaube, daran erinnere ich mich. Der hing schon immer hier.« Aber das stimmte

nicht ganz. Normalerweise war hier *Dippy* ausgestellt, ein 26 Meter langes Skelett eines Diplodocus-Sauriers. Aber das Exponat war auf Reisen, um in unterschiedlichen Museen Großbritanniens ausgestellt zu werden und so auch für die Bevölkerung außerhalb Londons zugänglich zu sein. Der Wal hing hier also nur als Übergangslösung, das tat seiner beeindruckenden Erscheinung allerdings keinen Abbruch. Erst als Tim seine Hand aus meiner zog, um mit seinem Smartphone ein Foto zu machen, wurde mir bewusst, dass ich sie die ganze Zeit gehalten hatte. »Stell dich in die Mitte des Raums.« Er wedelte mit der Hand vage zur Säulenhalle.

»Das ist kein Urlaub«, wehrte ich ab. Aber es wurde immer schwieriger, mich selbst davon zu überzeugen.

»Ich will eine Erinnerung haben. Wer weiß, wann ich wieder einmal hier bin«, sagte er.

»Na dann.« Ich stellte mich also unter den Wal, stemmte die Hände in die Hüften und lächelte künstlich. Aber ich konnte der Magie des Ortes nicht lange widerstehen. Und Tims Charme schon gar nicht. Das Licht, das von den Fenstern hereingelassen wurde und kleine Kästchen auf den Boden zeichnete, färbte seine dunklen Haare fast weiß und das Gemurmel der anderen Besucher lullte mich ein in eine Illusion, die ich mir vor so vielen Jahren einmal erlaubt hatte. Nämlich, dass exakt das hier meine Zukunft sein könnte. Er und ich. Ich und er. Hier in London. Glücklich, unbeschwert, frei. Und so genoss ich den Moment, denn mehr gab es für mich nicht. Die Tatsache, dass er ein Foto von mir haben würde und ich keines von ihm, holte mich aus meinem Tagtraum zurück.

»Ich will auch eines von dir machen«, sagte ich, zückte mein Handy und fotografierte ihn.

»Aber ich stehe ja gar nicht unter dem Wal.« Ich hätte ihm sagen können, dass ich den Wal schon so oft gesehen hatte und dass ich in Wahrheit eine Erinnerung an ihn und diesen Moment wollte, dabei spielte der Hintergrund für mich keine Rolle, aber das wollte ich nicht sagen, deshalb stimmte ich ihm zu.

»Besser jetzt?«, fragte ich, nachdem er mit mir Platz getauscht hatte. »Lächeln!«

Auf dem Weg zum Zug hatten wir uns ein Sandwich geholt und einen Coffee-to-go, die meiste Zeit liefen wir aber schweigend nebeneinander her. Ich blickte erst auf, als ich spürte, wie seine Hand nach meiner griff.

»Das hat sich gut angefühlt«, sagte er. »Im Museum, meine ich.« Wir blickten beide auf unsere ineinander verschränkten Hände.

»Mhm«, stimmte ich zu. Es hatte sich gut angefühlt! Aber nur im Moment. Die Dinge fühlten sich immer nur im Moment gut an. Aber niemals, wenn sie vorbei waren. So wie jetzt. Wenn ich meine Hand von seiner löste, fühlte es sich nicht mehr gut an.

»Möchtest du darüber reden?«, fragte er.

»Worüber?«

»Damals. Jetzt. Ich weiß nicht. Es fühlt sich noch immer so an, als wäre ich derselbe Junge wie damals, wenn ich Zeit mit dir verbringe.« Ich musste ihm Extrapunkte für Mut vergeben. Aber mindestens alle wieder abziehen, weil er mich in eine unmögliche Lage brachte.

»Was denkst du, soll ich jetzt sagen?« Ich war nicht wütend, nur verletzt vielleicht. Noch immer, und das war wohl das unpassendste Gefühl nach all den Jahren und in Anbetracht der Tatsache, dass wir inzwischen erwachsen waren und nur schwer für unsere Gefühle und Handlungen in der Jugend zur Rechenschaft gezogen werden konnten.

»Ich weiß es nicht. Aber wäre es so abwegig, deine Hand zu halten und dich um ein Date zu bitten. Ehrlich gesagt kommt mir seit gestern jede Minute mit dir wie ein Date vor.«

»Wenn du irgendjemand wärst, dann würde ich deine Hand nehmen und mit dir ausgehen. Aber ich muss dich nicht erst kennenlernen, ich weiß, wer du bist. Ich weiß, dass du nur eine Enttäuschung für mich bereithältst und ich für dich, um fair zu sein.«

»Warum bist du eine Enttäuschung für mich?«

»War ich das nicht schon immer? Das kleine Mädchen aus dem winzigen Örtchen. Mir hat es wohl immer an Weltge-wandtheit und Glamour gefehlt, oder warum hast du dich nicht mehr gemeldet, obwohl du es versprochen hattest?« Und wenn ich schon damals nicht gut genug war, wie soll-te ich jetzt mit einem der Karriereleiter emporkletternden Anwalt mithalten, wenn alles, was ich anbieten konnte, ei-ne Handvoll Träume war und ein dem Untergang geweihtes Café?

»Da ist es. Darüber wollte ich sprechen. Ich weiß, dass das zwischen uns steht. Ich hätte nicht gedacht, dich je wieder zu treffen. Ich hätte nicht gedacht, dass ich je bereuen würde, damals einfach zu feige gewesen zu sein.«

»Wir waren Kinder. Es spielt heute keine Rolle mehr.«

»Es spielt eine Rolle, wenn du mir deshalb heute keine Chance gibst.«

»Eine Chance worauf?«, wollte ich wissen. »Du hilfst mir beim Renovieren. Du bist auf Urlaub. So, wie du es immer warst, wenn wir uns getroffen haben. Eine Chance auf was willst du also? Einen Flirt, während du hier bist, damit du dich nicht einsam fühlst? Romantische Strandspaziergänge, Lagerfeuer und nachts etwas Zweisamkeit? Wäre das nach deinem Geschmack?« Okay, zugegeben, da steckte doch wohl auch noch Wut in mir und nicht nur Verletzung. »Hast du eine Ahnung, wie es damals für mich war? Ich mag naiv und jung gewesen sein, dennoch habe ich jede Sekunde gelitten, in der du weg warst. Ich habe geweint, gehofft, gewünscht. Aber nie hast du zurückgeschrieben. Nie hast du angerufen.«

Kapitel 18 – Timothy

So schön der Tag in Canterbury und London war, so schrecklich war die Zugfahrt zurück an die Küste. Ich sagte nicht mehr viel zu ihr, was hätte ich auch sagen sollen. Natürlich hatte sie recht. Nach dem damaligen letzten Sommer am Strand stand für mich das Studium an. Da war keine Zeit für eine Fernbeziehung und keine Zeit für Wochenendtrips. Und obwohl ich immer viel gelernt hatte, ging ich auch mit meinen Kumpels aus und trank das eine oder andere Mal über den Durst. Ich wollte mich damals nicht binden und jedes Wochenende zu ihr an die Küste fahren, wenn ich stattdessen auch mit den Jungs von Bar zu Bar ziehen konnte. Das heißt aber nicht, dass ich es jetzt nicht wollte, jetzt, da ich reifer war und klarer in meiner Vorstellung vom Leben.

Ich hatte mich die ganze Nacht im Bett gewälzt und wusste nicht, ob ich heute überhaupt im Strandcafé erscheinen sollte, um zu helfen. Sie hatte meine Hilfe weder verdient noch wünschte sie sie wahrscheinlich. Aber da war noch Granny, die mich wohl kaum aus der Nummer aussteigen lassen würde, egal, wie die Lage war. Mein Telefon klingelte, es war noch früh, und so kam mir nur Emma in den Sinn, die vielleicht ähnliche Gedanken wälzte wie ich und anrief, um mich von meinem Aushilfsjob zu erlösen. Aber das Display zeigte eine unbekannte Nummer an.

»Hallo«, meldete ich mich zaghaft.

»Spreche ich mit Timothy?«, fragte eine Männerstimme auf der anderen Seite. War das Peter, Emmas Vater?

»Ja, bist du es, Peter? Ist etwas passiert?« Mein erster Gedanke war, dass irgendetwas mit dem Café nicht stimmte.

»Nein, keine Sorge. Ich rufe an, weil ich eine geschäftliche Frage an dich habe. Du bist doch Anwalt für Vertragsrecht?«

»Ja.«

»Ich weiß es zu schätzen, dass du Emma hilfst, das Café herauszuputzen. Und ich will ihr die Chance nicht nehmen, Zeit damit zu verbringen, bis auch sie sich endlich an den Gedanken gewöhnt hat, dass sie sich da in eine Idee verrennt, die unhaltbar ist. Denn es ist Zeit. Es ist Zeit zu verkaufen. Ich will daher fragen, ob du dir das für mich rechtlich ansehen kannst. Einen Vertrag aufsetzen, vielleicht sogar einen Käufer finden, ich weiß nicht, ob das auch zu deinen Aufgaben zählt. Und na ja, du weißt, die Kasse ist knapp, aber durch den Verkauf sollte dann genügend Geld da sein, um deine Kosten zu decken, wenn du den Auftrag übernimmst.«

»Oh.« Viel mehr brachte ich um diese Uhrzeit und in Anbetracht des Gesprächsinhalts nicht zustande. »Das wird Emma nicht gefallen«, sagte ich, als meine Gehirnzellen langsam in den üblichen Business-Modus schalteten. »Sie überlegt gerade, ob ein Katzencafé an der südenglischen

Küste gut ankäme«, sagte ich schmunzelnd. Sie hatte Alistair auf Anhieb in ihr Herz geschlossen. Ich konnte sie mir sehr gut vorstellen als die Frau, die mehrere Katzen und Kater versorgte, um so ihre Gäste bei Laune zu halten.

»Was?« Peter klang wenig überzeugt von dem Vorschlag. Aber das war nichts Neues. Seniorchefs, die dabei waren, an ihre Söhne und Töchter zu übergeben, standen nur selten hinter den neuen Geschäftsideen, die nach ihrem Abdanken in den Schubladen lagen. Diese Übergangsjahre waren für fast jedes Familienunternehmen sehr herausfordernd.

»Keine Sorge, nur eine Idee. Ich denke nicht, dass sie umgesetzt wird.« Obwohl ich es mir wider besserem Wissen wünschen würde.

»Ich werde verkaufen. Das ist fix. Und ich möchte, dass du dich um das Vertragliche kümmerst und um einen Käufer. Emma soll vorerst nichts davon erfahren. Sie ist noch nicht bereit. Aber wenn sie es ist, dann will ich, dass alles ausgearbeitet ist und nur noch eine Unterschrift von mir fehlt.«

»Ich finde, sie sollte Bescheid wissen, und ich muss gestehen, dass ich einen Verkauf tatsächlich für die beste Idee halte.« Spätestens seit sie mir gestern vom Vulkanprojekt erzählt und die Fossilienfunde gezeigt hatte, war mir klar, wofür ihr Herz wirklich schlug. Niemand, der auch nur einen Funken Menschlichkeit besaß, würde zulassen, dass sie sich aus sicherlich edlen und wohlwollenden, aber falschen Gründen an etwas kettete, das nicht wirklich für sie bestimmt war. »Ich kümmere mich um alles. Das ist tatsächlich mein tägliches Brot. Lass mir bitte so schnell wie möglich alle Daten zum

Café zukommen. Vor allem die finanzielle Situation ist relevant. Grundstücksgröße, Grundbuchauszug, alles, was du an Behördenbescheiden hast, damit ich mir einen Überblick verschaffen kann.«

»Das ist schön, dass du das jetzt in die Hand nimmst. Dann findet der Albtraum bald ein Ende.«

»Ich melde mich mit einer ersten Einschätzung, sobald ich alles durchgesehen habe. Und ich wäre dir dankbar, wenn wir Emma so bald wie möglich einweihen könnten. Wenn ich dich erinnern darf, stehe ich in nicht ganz einer Stunde im Strandcafé und helfe bei der Renovierung.«

»Die Renovierung wird den Verkaufspreis doch erhöhen, oder?«

»Das denke ich nicht. Es wird aber mehr Interessenten anziehen, wenn ein attraktives Objekt auf den Markt kommt statt einem veralteten.«

»Ich hoffe nur, dass das alles bald vorbei ist«, sagte Peter und ich stimmte ihm zu.

So hatte ich mir meinen Urlaub nicht vorgestellt. Erstens, weil ich jetzt doch mehr Zeit in meinem Kinderzimmer mit einem Laptop auf meinen Knien verbringen würde als gedacht, und zweitens, weil ich plötzlich ein Geheimnis zu wahren hatte, das Emma erneut gegen mich aufbringen würde, selbst wenn ich es schaffen sollte, den ersten Grund, warum sie sauer auf mich war, aus der Welt zu schaffen. Und das hatte ich fest vor.

So stand ich also kurze Zeit später mit einem Strauß Blumen in der Hand im Strandcafé. Emma kam mir bereits schnaufend entgegen und hievte einen alten Teppich in den Container.

»Guten Morgen«, sagte ich und reichte ihr die Blumen.

»Guten Morgen«, schnaubte sie. »Für mich?«, fragte sie zögernd und langte nach den Blumen.

»Als Entschuldigung. Für damals. Heute bin ich anders. Versprochen.«

»Ich sollte mich auch entschuldigen. Ich habe dir zu viele Vorwürfe um die Ohren geknallt. Es ist ewig her. Wir waren nicht die, die wir heute sind. Ich bin auch nicht mehr das Mädchen von damals«, sagte sie. Aber ich hoffte inständig, dass sie es noch immer war. Dass sie noch immer die war, die sich in mich verliebt hatte und sich mehr vorstellen konnte als nur einen gemeinsamen Sommer.

Kapitel 19 – Emma

Der Mushroom-Pie schmeckte besser als alles, was ich je zuvor gegessen hatte, und das Kartoffelpüree dazu war die cremigste Krönung überhaupt.

»Hungrig?«, kicherte Lizzy und schüttelte den Kopf. Ihr Teller war noch immer fast voll, während ich meinen bereits bis zur Hälfte leer gegessen hatte.

»Das wärst du auch nach einem Tag harter Arbeit«, raunte ich und hielt ihr meine Hände hin, die überall Abschürfungen und kleine Wunden hatten. Wer hätte gedacht, dass Möbel schleppen, Teppiche entsorgen, Bilder abhängen und Lampen abmontieren mit so viel Gefahr verbunden war. Ständig rutschte ich ab und rieb mir die Haut am rauen Verputz der Wand auf oder blieb mit den Fingern hängen und quetschte mich leicht.

»Du willst mir sagen, ich arbeite hier nicht hart?« Sie klimperte mit den Augen und blickte mich gespielt entsetzt an.

»Ich glaube kaum, dass James oder Phil dich so hart rannehmen wie Tim mich?«, konterte ich und bemerkte erst, was ich gesagt hatte, als es zu spät war.

»Erzähl mir mehr von Tim. Er scheint ja der plötzlich

erschienene Held zu sein, der für Aufstieg oder Fall des Strandcafés verantwortlich ist.« Sie kicherte und spießte sich ein paar Erbsen auf die Gabel.

»Das ist eine lange Geschichte.« Die ich eigentlich nicht erzählen wollte, aber meine Gedanken kreisten immer wieder darum, was damals passiert war, und ich wünschte, dass sich heute alles wiederholen würde, nur mit einem anderen Ausgang. »Ohne Happy End«, betonte ich.

»Und du glaubst, damit gebe ich mich zufrieden?«

»Du kennst doch Patsy«, stöhnte ich. »Er ist ihr Enkelsohn. Er kam schon immer in den Sommerferien zu Besuch. Und das Strandcafé ist nun mal ein Touristenmagnet, zumindest war es das damals. So haben wir uns kennengelernt. Er hat Eis bestellt und ich hatte meiner Mutter geholfen, es auszugeben. Als ich bemerkte, dass er kein Gast war, der nur für ein paar Tage hier war, sondern den ganzen Sommer blieb, freundeten wir uns an. Er ist nur ein paar Jahre älter als ich. Und so nahm die Sache ihren Lauf. Er kam jedes Jahr. Er integrierte sich immer mehr in unsere Clique.« Ich erinnerte mich an all die Lagefeuer, die wir abends am Strand gemacht hatten, und wie wir Würstchen grillten, die mein Vater uns hin und wieder sponserte. »Und irgendwann hatte ich mich verliebt. Und in einem dieser Sommer hatte ich mich vorgewagt. Ich hatte allen Mut zusammengenommen und es ihm gesagt. Ich dachte mir, ich hätte nichts zu verlieren. Wenn er meine Gefühle nicht erwidern würde, dann wäre es halb so schlimm, weil er nicht von hier war und bald wieder weg wäre. Wenn er sie erwidern würde, dann wäre das so etwas wie mein ganz persönlicher Lottogewinn. Also habe ich es ihm gesagt, er hat es erwidert und wir waren den ganzen Sommer zusammen.«

»Das ist ja super süß«, quietschte Lizzy. »Und wie ist es jetzt? Ist es komisch, ihn wieder zu treffen. Warte. Wie ging es damals weiter?« Ich schüttelte den Kopf und stocherte in meinem Püree.

»Er war mein Erster«, sagte ich leise und stopfte mir die Portion Püree auf meiner Gabel in den Mund. Lizzy ließ ihre dafür auf den Teller sinken.

»Das ist ... Ich meine, wahrscheinlich ist das unangenehm ... Trennungen sind ja selten der Hit, also ...« Ich wusste genauso wenig wie sie, wie ich mein Dilemma in Worte fassen sollte.

»Wir haben am Ende des Sommers miteinander geschlafen. Ich war so unglaublich verliebt und ich dachte, er sei es auch. Ich habe ihm vertraut. Aber am nächsten Tag war er weg und ich habe nie wieder etwas von ihm gehört. Am schlimmsten fand ich, dass er auch im Folgesommer nicht mehr kam. Ich fühlte mich nicht nur ausgenutzt, sondern hatte ein Jahr später das Gefühl, ich hätte etwas derart falsch gemacht oder sei so eine schreckliche Person, dass ich es fertiggebracht hatte, ihn von hier zu vertreiben.«

»Das ist megakrass! Und du gibst dich tatsächlich wieder mit ihm ab? Dem hätte ich was erzählt!«, erwiderte sie aufgebracht.

»Ehrlich gesagt ging alles so schnell. Patsy hat ihn zwangsverpflichtet, ich habe nicht widersprochen und jetzt ist es, wie es eben ist.«

»Und das stört dich nicht?«

»Ich muss pragmatisch sein. Ich brauche die Hilfe wirklich und bald ist er wieder weg.«

»Und wie sieht es mit deinen Gefühlen aus? Hass, Liebe, Wut, was tut sich so im Herzen?« Mir blieb fast der Brocken Pie im Hals stecken. Ich hustete und zuckte mit den Schultern. Wenn das so einfach zu beantworten wäre. Von allem ein wenig, hätte ich am liebsten gesagt, aber dann erinnerte ich mich an Tims Hand in meiner und an die Blumen und mein Magen flatterte schon wieder gefährlich.

»Dieses Mal weiß ich, auf was ich mich einlasse.«

»Und das wäre?«

»Ein Flirt. Vielleicht ein One-Night-Stand. Er reist definitiv ab, dieses Mal bin ich nicht mehr das naive Ding, das glaubt, wir könnten eine gemeinsame Zukunft haben. Aber gegen Spaß spricht doch nichts.«

»Spaß könntest du wirklich brauchen«, meinte Lizzy und spielte wahrscheinlich auf die düstere Finanzlage des Cafés an.

»Und was ist bei dir so los?«

»Nichts. Außer Gäste betreuen, tut sich nicht viel.«

»Kein Urlaubsflirt in Sicht?«

»Das ist tabu, das weißt du doch. Das interessiert mich auch nicht. Ich will etwas Ernsthaftes. Jemand, der mit mir eine Zukunft aufbauen will. Ein Haus, einen Garten, vielleicht Hühner und Hasen.«

»Das klassische Dorfleben.«

»Ich will aus der Bediensteten-Wohnung raus und ein kleines Cottage beziehen. Blumen im Garten, selbstgebackenes

Brot, Kinder, vielleicht einen Hund.« Lizzy zuckte mit den Schultern. Sie wusste, dass ich vom Gegenteil träumte. Von Ausgrabungen in fernen Ländern und vom Reisen. »Aber nicht jeder bekommt, was er will. James ist das beste Beispiel dafür.«

»Warum, was ist mit James?«, fragte ich. Ich kannte ihn als den netten Mann, der immer wieder bei uns ein und ausgegangen und mit meinem Vater befreundet war. Mir war nicht bewusst, dass irgendetwas in James Leben nicht stimmte. Aber der Schein konnte trügen. Ich hatte bis vor Kurzem auch nicht gewusst, dass in meines Vaters Leben etwas nicht stimmte und das Café in Wahrheit vor dem Ruin stand.

Kapitel 20 – Timothy

Das ganze Renovieren oder besser gesagt Zerlegen des Strandcafés war anstrengender als angenommen. Ich war zwar kein Fitnessexperte, aber ich stimmte definitiv zu, dass Pausen und Erholungsphasen genauso wichtig waren wie Schaffensphasen.

»Wie lange hältst du noch durch?«, fragte ich Emma, weil ich bereits seit einer Stunde hoffte, sie würde das Handtuch werfen und uns endlich für heute freigeben.

»Wenn ich zum Aufgeben geboren wäre, dann hätte ich schon vor Wochen damit angefangen.« Sie warf mir diesen kecken Blick zu, an den ich mich langsam gewöhnte und in den ich mich fast mehr verliebt hatte als in ihr Lächeln. Die letzten Tage waren geprägt gewesen von harter Arbeit. Vom Strandcafé war inzwischen nicht viel mehr übrig als die altbekannte Außenhülle.

»Was hältst du davon, wenn wir uns den Nachmittag frei-nehmen?«, schlug ich vor. »Ich denke, wir sind so weit fertig und könnten uns eine Pause gönnen, bevor wir morgen mit dem Aufbau beginnen.« Wir waren gut vorangekommen. Die letzten Handgriffe waren in meinen Augen getan. Wir konnten den Container morgen wieder abholen lassen und endlich mit Verputzen, Malen und Bodenlegen beginnen.

»Ich dachte, wir versuchen nachher, die erste Wand zu verputzen.« Sie blickte zur Wand, die den hinteren Bereich zu den Büros hin abgrenzte, und zuckte mit den Schultern. Ich sah den Schweiß auf ihrer Stirn glänzen.

»Du willst mir also weismachen, dass du nicht müde bist, dir die Arme nicht wehtun oder der Rücken und du keine Lust hast, dich vom kalten Winterwetter draußen abkühlen und erfrischen zu lassen.« Dieses Mal war ich es, der die Augenbrauen provokativ bis zum Haaransatz hochzog, damit sie auch sicher verstand, dass das eher eine Forderung als ein Vorschlag war.

»Wahrscheinlich hast du recht. Wir sind mit dem ersten Teil der Renovierung fertig. Wir könnten eine Pause rechtfertigen.«

»Rechtfertigen?«, schnaubte ich und trat nun näher zu ihr. »Ich fordere sie ein. Nach diesen Anstrengungen gibt es keine Alternative. Außerdem habe ich noch Urlaub und viel zu wenig vom Strand gesehen«, erklärte ich ihr.

»Der Sommer ist vorbei. Du musst deine Stranderinnerungen zu einer anderen Zeit auffrischen.«

»Es gibt kein schlechtes Wetter, nur die falsche Kleidung«, konterte ich, weil ich dringend frische Luft brauchte.

»Wir treffen uns in einer Stunde. Ich muss unter die Dusche. Und etwas essen.«

»Eine Stunde ist in Ordnung, aber warte mit dem Essen auf mich. Ich kümmere mich darum.«

»Okay«, meinte sie und blickte mich verdutzt an, als ich lossprintete.

»Granny, bitte sag, dass du bereits gekocht hast«, rief ich durch die Haustür in den Flur, als ich eintrat.

»Warum fragst du? Du benimmst dich wie der kleine Junge von früher, der kurz vor dem Verhungern ist und gleichzeitig keine Zeit zum Essen hat, weil das nächste Abenteuer auf ihn wartet.« Sie trug eine Schürze und hielt einen Holzkochlöffel in der Hand, was mich Hoffnung schöpfen ließ.

»Alles richtig erkannt. Hunger und Abenteuer«, gab ich zu und sprintete an ihr vorbei, um mir mehr Informationen in der Küche zu beschaffen. »Es riecht herrlich«, rief ich.

»Kartoffelsuppe. Das Brot dazu ist gerade fertiggeworden.«

»Du bist die Beste«, sagte ich und hätte sie am liebsten durch die Luft gewirbelt. »Du erwartest doch keine Gäste?«, hakte ich sicherheitshalber nach.

»Nein, warum?«

»Du könntest mir also davon abgeben?«

»Was ist hier los? Und ja, ich kann dir davon abgeben, denn wann hast du schon einmal kein Essen bei mir bekommen?«

»Picknick«, brachte ich hervor. »Picknick am Strand. Ich würde gerne etwas von allem einpacken, wenn das geht.« Anstatt mir auf Anhieb eine Antwort zu geben, breitete sich ein Lächeln auf dem Gesicht meiner Großmutter aus, das ihre Wangen in noch mehr Falten legte. Dennoch wirkte sie jünger denn je.

»Ein Picknick, sagst du?«

»Hast du Geschirr? Zum Einpacken?« Ich wollte nicht erwähnen, dass ich es eilig hatte.

»Wann soll denn dieses Picknick sein? Jetzt?«

»Spontane Entscheidung«, gab ich zu und warf einen Blick in den großen Topf, der an der Küche stand und die am leckersten riechende Suppe der Welt enthielt.

»Und wer begleitet dich? Ich hoffe, Emma.«

»Klar, wer sonst?«, antwortete ich. Wenn ich nicht vor meinem Laptop saß und Peters Zahlen analysierte, verbrachte ich meine Zeit mit Granny oder Emma und der Löwenanteil galt Emma.

»Wer sonst?« piepste Granny, verdrehte die Augen und holte einen Thermobehälter aus dem Schrank. »Junge, wenn ich nicht wüsste, dass du schlau bist, könnte ich dich für etwas langsam halten, wenn du weißt, was ich meine.«

»Eigentlich nicht, aber führe das gerne näher für mich aus«, erwiderte ich, während ich einen Löffel in die Suppe tauchte und kostete.

»Du warst schon damals in sie verliebt. Ich habe mich immer gefragt, ob du irgendwann den Mut findest, mit ihr auszugehen.« Sie schüttelte nachdenklich den Kopf und füllte Suppe ab. »Ich bin mir sicher, das arme Ding war genauso in dich verschossen wie du in sie. Sie hat im ersten Sommer, als du an der Uni warst und nicht mehr in die Sommerfrische kamst, nachgefragt, wo du bleibst.« Ich war sprachlos. Vielleicht sollte ich einfach dankbar sein, dass Granny nicht die ganze Geschichte kannte. »Aber ihr wart damals sowieso zu jung. Das hätte keine Zukunft gehabt. Heute allerdings ...« Sie blickte mich streng an. »Heute sieht das anders aus. Ich hoffe, du bist zu einem Gentleman herangewachsen. Ein Picknick ist ein toller Anfang, um das Herz einer Frau zu erobern. Ich bringe dir nachher noch eine schön warme Decke, und eine Thermomatte habe ich auch. Sucht euch ein einsames Plätzchen und esst in Ruhe.«

»Ich danke dir für deine Hilfe, aber du siehst das völlig falsch. Das hier ist kein Anfang von irgendetwas. Ich reise in Kürze ab.« Auch wenn ich exakt das Gegenteil vom Picknick erwartete, hatte Granny schon recht: Ich wollte Emma mit dem romantischen Setting für mich gewinnen. Den schlechten Eindruck, den ich damals hinterlassen hatte, wieder geraderücken. Nur, was dann? Was, wenn ihre Hand wirklich in meiner läge, was, wenn sie einem Date zustimmte, was, wenn ich sie wieder küssen dürfte. Was dann? Nichts. Einfach nichts. Also besser gar nicht erst irgendwas beginnen. Nur schien das plötzlich keine Option mehr zu sein.

Kapitel 21 – Emma

Mit einem Mal fühlte sich alles wieder so an wie früher, als ich noch ein junges Mädchen war. Eigentlich wollte ich nur schnell duschen und mir frische Kleidung anziehen. Aber der ursprüngliche Vorsatz endete darin, dass ich mich nicht entscheiden konnte, welche Hose am besten zu welchem Oberteil passte und ob sich ein feminines Kleid nicht mehr anschickte, um einen gemütlichen Nachmittag am Strand zu verbringen – trotz der Kälte. Und während in meinem Kopf wirre Gedanken rund um meine Kleidungswahl herumpurzelten, hörte ich eine sehr ruhige und rationale Stimme durchklingen, die mir erklärte, dass ich mich verliebt hatte, denn sonst würde ich mich nicht so benehmen. Beides war mir nicht recht. Weder die Verwirrung rund um die Klamottenwahl noch die sachliche Analyse meiner Gefühle. Ein Blick auf die Uhr stellte zumindest klar, dass mir sowieso keine Zeit mehr blieb. Ich wählte also das Kleid, das ich zuletzt aus dem Schrank gezogen hatte, ließ es mir nicht nehmen, etwas Parfum aufzutragen, und stürmte zum Haupteingang des Strandcafés, um zu sehen, ob er schon da war. Und das war er natürlich.

Er sah gut aus. Wie immer, nur dass ich mir bisher verboten hatte, in ihm mehr als einen Helfer oder Patsys Enkelsohn zu sehen. Aber jetzt, als ich ihn am Eingang stehen sah, während ich durch den kahlen Innenraum des Strandcafés näher zu ihm trat und ihn durch die beiden verglasten Eingangstüren mustern konnte, ohne dass er mich dabei erwischte, erkannte ich den Jungen von damals an vielen Dingen. Die Art, wie er ungeduldig von einem Fuß auf den anderen trat und kleine Kieselsteine, die von Passanten vom Uferweg bis hierher geschleppt worden waren, vor sich hin kickte. Die Art, wie seine Haare vom Wind zerzaust um seinen Kopf flatterten, wenn der Wind wehte. Aber ich begann auch den Mann zu sehen, zu dem er geworden war. Nicht nur die Rolex an seinem Handgelenk zeugte von beruflichem Erfolg, auch die strukturierte Art und Weise, wie er mir zur Hilfe ging und jeden Tag einen neuen Plan oder eine To-Do-Liste an der Hand hatte und systematisch abarbeitete. Er überließ nicht viel dem Zufall und das hatte nichts mehr mit dem easy Surfer-Boy zu tun, der er in meinen Augen einmal gewesen war. Vielleicht hatte er recht und ich sollte ihm eine Chance einräumen mir zu zeigen, wer er jetzt war.

»Hey«, grüßte ich, als ich nach draußen zu ihm in die Kälte trat. »Ich hoffe, du hast nicht zu lange gewartet.«

»Nein. Keine Sorge.« Er hob einen Korb vom Boden auf. »Bereit? Granny hat gekocht.«

»Das ist ja nett. Was gibt es denn?«, fragte ich neugierig.

»Kartoffelsuppe«, sagte er und ich lächelte.

»Das habe ich schon ewig nicht mehr gegessen.«

»Geht mir auch so. Ich freue mich schon, ich bin wirklich hungrig. Kennst du ein angenehmes Plätzchen?«, fragte er und sah sich am Strand um. Hier pfiff uns der Wind ordentlich um die Ohren. Etwas, das für einen Küstenort kaum überraschend war. An Tagen wie heute war allerdings ein windstiller Ort wünschenswert, wenn man vorhatte, sich ein Picknick schmecken zu lassen.

»Vielleicht, wenn wir am Ufer entlang nach vorne laufen und zur Bucht kommen. Da sollten wir Sonne haben und von hinten Windschutz durch die Felswand.« Tim nickte und nahm den Korb vom Boden, dann streckte er mir seine andere Hand entgegen. Ich zögerte, nicht weil ich sie nicht nehmen wollte, sondern weil ich mir nicht eingestehen wollte, wie viel mir diese Geste bedeutete. »Ich weiß nicht. Was ist, wenn uns jemand sieht«, sagte ich deshalb.

»Es wird uns definitiv jemand sehen.« Er nickte zu den vereinzelten Spaziergängern, die die Rauheit des Wetters ebenso genossen wie wir.

»Für dich ist das leicht, du bist in ein paar Wochen weg. Ich bin wieder die, die zurückbleibt.« Es war fast ein Ding der Unmöglichkeit, nicht immer wieder an unseren letzten Abschied zu denken, selbst wenn ich es ihm nicht ewig vorhalten wollte. So war es nun einmal gewesen und er konnte es nicht ändern.

»Was, wenn es dieses Mal anders sein könnte?«, fragte er, zog aber seine Hand zurück, als wir losgingen.

»Das wäre schön.« Mir war klar, dass wir meilenweit in der Zukunft steckten, wenn wir über so etwas sprachen, und ich vor allem gerade zugegeben hatte, dass ich mir eine Zukunft mit ihm wünschte. Und das nach ein paar Wochen gemeinsamer Arbeit, was nicht unbedingt dafürsprach, dass ich mich in den vergangenen Jahren weiterentwickelt hatte. Ich schien also noch immer zu romantisch, zu leichtgläubig und zu naiv zu sein.

»Dann lass uns rasch die Stille der Bucht aufsuchen und einen Plan schmieden, der halten könnte«, schlug er vor. Und das klang ganz klar nach seinem neuen Ich. Nach dem Ich, das ich unbedingt kennenlernen wollte. Ein Ich, das Pläne schmiedete, Listen entwarf und Dinge systematisch abarbeitete. Dieser Charakterzug war mir an dem Jungen von damals nie aufgefallen. Das schenkte mir Hoffnung, dass er sich vielleicht wirklich geändert hatte.

Die Suppe schmeckte grandios, auch wenn sie lange nicht so heiß war, wie sie wahrscheinlich gewesen wäre, wenn sie frisch aus dem Topf serviert wurde. Aber das war halb so schlimm, seit wir in der Sonne saßen und der Felsen hinter uns den ärgsten Teil des Windes von uns fernhielt.

»Und ist es jetzt in Ordnung?«, fragte er, als er seine Hand auf meine legte. Wir saßen auf einer bunten Wolldecke, die verdächtig nach Siebzigerjahren aussah. Er saß zu meiner Rechten, nur getrennt von dem großen Picknickkorb, den Patsy für uns gepackt hatte, wie er mir vorher gestanden hatte.

»Ja«, sagte ich. Nicht nur, weil sonst niemand in der winzigen Bucht zu sehen war, sondern auch, weil ich es mir nicht viel länger verwehren wollte, ihm nach so vielen Jahren wieder nahe zu sein. Ich hatte Lizzy gesagt, dass ich mir einen kleinen Flirt gönnen würde, vielleicht sogar ein bisschen mehr. Jetzt musste ich es nur noch umsetzen. Einfach nur die Zeit genießen und mein Herz nicht zu sehr an ihn verlieren und meine Gedanken nicht zu weit in die Zukunft schweifen lassen.

»Und das?«, fragte er, während er seine Hand, die eben noch auf meiner gelegen hatte, an meine Wange legte. Sein Daumen strich sanft hin und her und mir verschlug es die Sprache, als ich ihn seinen Kopf zu meinem neigen sah. Mein Herz galoppierte, meine Augen schlossen sich und dann schien die Zeit plötzlich stillzustehen, als ich seine Lippen auf meinen spürte. Zuerst zaghaft und sanft, dann in ihrer ganzen Weichheit, Geschmeidigkeit und Wärme.

Kapitel 22 – Timothy

Nichts davon war geplant gewesen, selbst, wenn ich es mir die letzten sieben Jahre hin und wieder in meinen Träumen ausgemalt hatte. Sie jetzt zu küssen, fühlte sich nicht so an, wie ich es in Erinnerung hatte. Es fühlte sich besser an. Sie war nicht mehr das zaghafte Mädchen und ich nicht länger der schüchterne Junge. Ich wusste inzwischen sehr genau, was ich wollte, und ihr schien es ähnlich zu gehen. Trotzdem lösten wir uns nach einer Weile. Sie lächelte und ich hoffte, dass sie denselben Ausdruck in meinem Gesicht fand, wobei ich mir nicht ganz sicher war, ob ich die Kontrolle über meine Mimik schon wieder zurückgewonnen hatte, oder ob alles noch so war, wie es der Kuss zurückgelassen hatte. Ich spürte noch immer die Süße ihre Lippen auf meinen und noch immer kam es mir vor, als läge sie in meinen Armen. Ich fasste mit meiner Hand nach ihrer, so wie vorhin, bevor ich sie geküsst hatte. Als sie meine Berührung spürte, blickte sie hinab zu unseren Händen.

»Vielen Dank«, sagte ich.

»Es war schön«, entgegnete sie und blickte in die Ferne. Das Meer trieb flache Wellen gegen das Steinufer und betonte die Bewegung mit kleinen gurgelnden Lauten. Ich ließ mich zurückfallen und wandte meinen Blick zum Himmel. Weiße Wolkenfetzen zogen vorüber und hin und wieder flog eine Möwe vorbei. Ansonsten war es fast still, wenn man das Rauschen der Wellen verdrängte.

»Ich weiß nicht, warum ich nie wieder zurückgekehrt bin. Es ist schön hier«, sagte ich nach einer Weile.

»Es ging nie um diesen Ort, nehme ich an. Ich habe dich einfach nicht halten können«, sagte Emma.

»Ich war zu sehr mit meinem Studentenleben beschäftigt. Es hatte mit mir zu tun, nicht mit dir.«

»Das natürlich auch.«

»Jetzt fühlt es sich anders an. Eine neu gewährte Chance vielleicht. Ich würde es gerne erneut versuchen«, sagte ich.

»Nach einem Kuss Zukunftspläne schmieden?«

»Warum nicht?« Flirten war okay und gegen Spaß war nichts einzuwenden. Aber ich hatte kein Interesse, mit ihr zu flirten oder nur Spaß zu haben. Mit ihr wollte ich das volle Programm. Ganz oder gar nicht. Wenn es sich am Ende als Irrtum herausstellen sollte, dann war es so, aber es gar nicht versuchen, erneut so zu tun, als bedeutete sie mir nichts, so zu tun, als schlüge mein Herz nicht schneller, wenn ich mit ihr zusammen war? Damals konnte ich all die Gefühle mit dem Wunsch nach Lebenserfahrung und der Tatsache, dass wir zu jung waren, abtun. Aber wie sollte ich es mir heute ausreden, dass ich für sie etwas empfand, das ich zuvor noch nie für jemanden empfunden hatte.

»Warum nicht?«, wiederholte sie und schnaubte leise. »Ich

weiß, du bist auf der Erfolgsstraße. Du hast gerade deine langersehnte Beförderung bekommen, machst gerade Urlaub, hilfst nebenbei noch schnell beim Renovieren und verliebst dich obendrein. Das sieht nach einer Glückssträhne aus und ich kann mir vorstellen, dass du dich gut fühlst, euphorisch, und den Eindruck hast, es könne nichts schiefgehen. Und deshalb denkst du dir vielleicht, du kannst es dir leisten, hier mit mir ein Risiko einzugehen. Aber bei mir sieht es anders aus. Ich habe gerade erfahren, dass der Lebenstraum meiner Eltern sich in Luft auflöst und ich dabei bin, mein Kindheitszuhause zu verlieren, wenn ich es nicht irgendwie schaffe, das Finanzloch zu stopfen, das das Strandcafé aufgerissen hat. Und wäre das nicht genug Drama, taucht genau dann meine Jugendliebe, die mich damals einfach nach meinem ersten Mal hat sitzen lassen, wieder auf und bietet mir Hilfe an. Und ich, so tief gesunken, dass ich nicht ablehnen kann, muss die Hilfe annehmen und mich mit all den Gefühlen auseinandersetzen, mit denen ich mich nicht auseinandersetzen will. Ich sitze vor einem Trümmerhaufen. Und jetzt eröffnest du mir eine zweite Chance, und tust so, als hätten wir eine Zukunft.« Sie schüttelte den Kopf und atmete tief durch. »Selbst wenn ich mich darauf einlassen wollte. Was, wenn es nicht hinhaut? Du kehrst zurück in dein tolles Leben. Ein kleiner Verlust bei all den anderen Siegen. Aber für mich? Für mich ist es ein weiterer Verlust zusätzlich zu allen anderen. Ich kann im Moment kein weiteres Risiko eingehen. Ich habe keine Kraft, mich auch noch mit Liebeskummer auseinanderzusetzen, wenn ich mich jetzt um meine Familie kümmern muss.«

Ich wusste nicht, was ich darauf antworten sollte. Sie hatte recht und gleichzeitig hatte sie unrecht. Nach einer Weile des Schweigens stand ich auf und packte die Sachen zurück in den Korb.

»Du hast recht. Lass uns das Café renovieren und uns nicht in Ablenkungen verlieren.«

»So einfach siehst du das?«, hakte sie nach.

»Nicht einfach, nein. Aber das ist doch das, was du willst, oder? Das, was du brauchst. Wie kann ich dir sonst beweisen, dass ich heute der bin, der dich an die erste Stelle stellt und nicht mich selbst?« Dieses Mal war sie es, die mit Schweigen antwortete. Sie hob die Decke auf und faltete sie zusammen. Wortlos liefen wir nebeneinanderher, bis wir das Café erreichten. »Wir sehen uns morgen, dann streichen wir die Wände«, verabschiedete ich mich.

»Ich danke dir«, sagte sie und trat in das leere Café.

Zu Hause räumte ich das Geschirr in den Geschirrspüler und lockte mit den Geräuschen Granny aus dem Wohnzimmer.

»Ah, du bist zurück. War es nett?«

»Sehr«, flunkerte ich. Immerhin war es nicht ganz gelogen. Der Kuss war perfekt gewesen, nur der Rest ernüchternd.

»Schön. Kommst du mit ins Wohnzimmer. James ist hier. Er erzählt mir gerade davon, einen Privatdetektiv engagieren zu wollen, um seine Familie zu finden. Vielleicht hast du da Erfahrung.«

»Ich bin Anwalt, kein Privatdetektiv.« Am liebsten wollte ich mich in mein Zimmer zurückziehen, meine Wunden

lecken und vielleicht weiter an Peters Konzept für das Strandcafé arbeiten. Vielleicht wäre der Verkauf wirklich die Lösung
für Emmas Dilemma und der Anstoß, den sie brauchte, um
uns erneut eine Chance zu geben. Sie hatte in London studiert. Ich arbeitete in London. Wenn das Strandcafé nicht
wäre, dann würde sie womöglich mit mir zurück nach London gehen, das wäre zumindest ein Stolperstein weniger für
den Beginn einer möglichen gemeinsamen Zukunft.

»Stell dich nicht so an. Du bist zumindest im Durchschnitt
vierzig Jahre jünger als wir beide und kannst uns beim Nachdenken helfen«, sagte Granny. Also goss ich mir eine Tasse
Tee ein und trat mit ihr ins Wohnzimmer.

»Hallo James. Schön, dich wiederzusehen.«

»Groß bist du geworden. Ich hätte dich nicht erkannt,
wenn ich dir über den Weg gelaufen wäre«, sagte James, als er
mir seine Hand reichte. Und ich musste ihm zustimmen. Die
Jahre hatten ihn altern lassen und ich hätte ihn auf offener
Straße genauso wenig erkannt wie er mich.

»Ich bin so stolz auf den jungen Mann, zu dem er geworden ist. Auch wenn er mich viel zu selten besucht hat. Aber
zum Glück gehört das der Vergangenheit an«, verkündete
Granny hoffnungsfroh und ich überlegte im Stillen, ob ich
je wiederkehren würde, wenn sich die Situation mit Emma
nicht lösen ließ. Warum wiederkehren, nur um immer wieder
an die Fehler der Vergangenheit erinnert zu werden, wenn
keine Chance bestand, sie zu korrigieren.

»Was mich zum Punkt bringt. Ich muss endlich wissen,
ob ich einen Sohn oder eine Tochter habe. Ich werde nicht

ewig leben. Ich will meiner Familie etwas hinterlassen, wenn es etwas zu hinterlassen gibt«, sagte James.

»Wir sprechen hier nicht über dein Ableben, James. Wir sprechen über einen Neuanfang für dich«, korrigierte ihn Granny und ich setzte mich aufs Sofa, um mir die ganze Geschichte anzuhören.

Kapitel 23 – Emma

Im Schneidersitz saß ich auf meinem Bett, das noch immer mit der Blümchenbettwäsche bezogen war, die meine Mutter mir irgendwann in meiner Jugend gekauft und seither nie durch etwas Zeitgemäßes ersetzt hatte. Lizzy saß mir gegenüber, beide stocherten wir in einem Tortenstück, das Vater gebacken hatte. In unserer Privatküche wohlgemerkt, weil im Strandcafé unten Chaos herrschte. Von Tim und mir verursachtes Chaos. Ein Chaos, das aber im Vergleich zu den Gefühlen, die in mir tobten, nichts Wildes an sich hatte.

»Und er hat nicht mehr gesagt? Nur, dass es das ist, was du willst?«, fragte Lizzy ungläubig, nachdem ich ihr brühwarm erzählt hatte, dass Tim kaum auf mein Geständnis reagiert und stattdessen einfach alles zusammengepackt und zum Aufbruch gerufen hatte. »Ich meine ein Kuss und Zukunftspläne und dann einfach loslassen?« Ich schnaubte und füllte den Löffel mit Sahne und Schokoladentorte mit Kirschen.

»Ich hätte mir gewünscht, er würde um mich kämpfen. Sagen, dass er mich dieses Mal nicht verlieren wolle, nicht so wie beim ersten Mal. Ich hatte gehofft, dass er sagen würde, dass er sich sein Leben ohne mich nicht mehr vorstellen kann.«

»Das klingt verdächtig nach den Liebesromanen, die wir früher gelesen haben«, sagte Lizzy.

»Ist das wirklich zu viel verlangt?«

»Schließlich hat er angedeutet, dass er eine Zukunft mit dir will«, sagte sie und zuckte mit den Schultern.

»Und da sollte ich einfach ja sagen? Ich war doch nur ehrlich und habe zugegeben, dass ich eine erneute Trennung nicht auch noch stemmen könnte, bei all dem, was jetzt schon zu stemmen ist.«

»Und dann hätte er dir die Ehe versprechen sollen, oder was hast du erwartet, um hundert Prozent sicher zu sein, dass er es dieses Mal ernst meint?« Das war ein Argument. »Und dann wärst du ihm mit der hohen Scheidungsrate gekommen. Er kann es dir sowieso nicht recht machen.«

»Liegt es also an mir? Bin ich nachtragend?«, fragte ich meine Freundin.

»Nein, ich denke, du bist realistisch. Du schätzt das schon richtig ein. Du lebst hier, er lebt in London. Es hat sich nichts geändert. Auch wenn ihr verliebt seid, auch wenn ihr euch eine Chance gebt: Wo soll es hinführen, wenn nicht einer von euch beiden etwas in seinem Leben für den anderen verändert. Da stehe ich auf deiner Seite. Du bist dabei, hier Wurzeln zu schlagen, und er dort. In meinen Augen ist es die richtige Entscheidung, alles von Anfang an im Keim zu ersticken. Auch wenn es sich schrecklich anhört. Du solltest dir stattdessen jemanden von hier suchen.«

»Weil es hier so tolle Kerle gibt«, schnaubte ich. Nicht, dass ich davon etwas wüsste, schließlich war ich erst seit Kurzem hier und hatte nur Augen für das Strandcafé und Tim gehabt. »Deshalb hast du ja bereits einen gefunden, nicht wahr?«

»Nur weil ich niemanden gefunden habe, muss das nicht für dich gelten. Vielleicht liegt es ja an mir und nicht an den Männern.«

»Damit fangen wir gar nicht erst an. Du bist top!«, versicherte ich ihr. Ich wusste, dass sie mit ihren roten Haaren und mit ihren Rundungen haderte.

»Ich weiß.« Sie zuckte mit den Schultern. »Das ist aber eben nicht jedermanns Geschmack.«

»Du brauchst nicht jedermanns Geschmack zu sein. Es genügt, eine Person, die richtige Person, von dir zu überzeugen und dann fühlt sich alles perfekt an«, sagte ich.

»Und fühlt es sich so an mit Tim? Perfekt, meine ich. Das könnte tatsächlich ein Indikator sein, dass es das Risiko wert ist, wenn er der Richtige ist.«

»Ich finde nicht, dass es sich perfekt zwischen uns anfühlt, wenn ich hier sitze und mich mit Kuchen vollstopfe. Aber sonst hat es sich immer perfekt angefühlt.« Ich dachte an den Ausflug nach Canterbury oder den Vormittag im Museum. Die Renovierung im Generellen. Wir hatten immer so viel Spaß.

»Und wenn er hier eine Kanzlei eröffnen würde? Dann hättet ihr eine Chance«, schlug sie vor.

»Klar, weil er seine ganze Zukunft aufs Spiel setzt, nur um mich näher kennenzulernen. Und wenn es dann nicht klappt, dann sehe ich ihn jeden Tag, weil er nun hier lebt. Vielen Dank.«

»Das ist kein Argument. Wenn du dich in einen anderen Mann von hier verliebst, dem würdest du nach der Trennung auch weiterhin begegnen. Insofern wäre es ja ein Segen, dass ihr es per Fernbeziehung versuchen würdet. So weit ist London auch wieder nicht entfernt.«

»Du hast recht! Es hätte sogar einen Vorteil.«

»Dann gibst du ihm eine Chance?«, quietschte Lizzy.

»Ich werde mich für meine Zurückhaltung entschuldigen, denke ich. Wahrscheinlich war ich zu vorschnell.«

»Definitiv! Wohin ist der Flirt- und One-Night-Stand-Vortrag, den du mir kürzlich noch gehalten hast, so schnell verschwunden. Du genießt einfach die Zeit mit ihm und siehst, wohin es führt. Am Ende lässt du ihn entscheiden, ob es nur ein Urlaubsflirt für ihn war oder mehr.«

»Das klingt schrecklich! Als hätte ich keine Kontrolle.«

»Hast du die denn?«

»Warum kennst du mich nur so gut?«

»Ich schwöre dir, ich tröste dich, falls es nicht klappt, und ich kümmere mich um Torten-Nachschub, sooft du willst. Aber wenn es hinhaut, dann bin ich die Brautjungfer und du nennst deine erstgeborene Tochter nach mir.«

»Oh, bitte nicht.«

»Was? Elisabeth ist ein wundervoller Name.«

»Ich finde, der Vater sollte auch mitbestimmen dürfen, und außerdem würde ich nicht wollen, dass meine Tochter so heißt wie meine beste Freundin. Das würde sich komisch anfühlen.«

»Okay. So gesehen verstehe ich das.«

Kapitel 24 – Timothy

James' Geschichte hörte sich erschreckend an. Eine falsche Entscheidung in der Vergangenheit und noch heute bereute er sie.

»Ich frage mich oft, was passiert wäre, wenn ich damals am Telefon anders reagiert hätte. Wenn ich einfach gesagt hätte, dass wir einen Weg finden würden, auch wenn wir beide Angst hatten«, sagte er. »Denn ich hatte Angst, und sie bestimmt auch.« Ich überlegte, was ich an seiner Stelle getan hätte. Es war jetzt natürlich leicht, so zu tun, als hätte ich mich in seiner Situation vorbildlich verhalten, aber hätte ich das wirklich? Was, wenn Emma mich damals angerufen und mir erklärt hätte, dass unsere Nacht Konsequenzen gehabt hatte. Wäre ich bereit gewesen, Vater zu sein? Ich war nicht einmal bereit gewesen, mein Versprechen auf ein Wiedersehen einzuhalten, und das obwohl ich etwas für sie empfunden hatte. Dennoch war mir meine Freiheit wichtiger gewesen. Die langen Nächte mit den Kumpels, das Flirten mit den Frauen, die Unbeschwertheit, das Ausschlafen an den Wochenenden, die Camping-Trips. Es war nicht erstrebenswert, zu früh Vater zu werden. Vielleicht war es überhaupt nicht erstrebenswert, Vater zu werden. Darüber hatte ich noch nie nachgedacht. Ich hatte bisher nur Gedanken für meine Karriere. »Ich spreche nicht von der großen Liebe, aber ich hätte meine Verantwortung wahrnehmen müssen. Ein Fehler, den ich nie wiedergutmachen kann. Ein Fehler, unter dem ich seit Jahrzehnten leide. Aber jetzt, da die Pensionierung ansteht und ich wider Erwarten eine Familie gefunden habe, hoffe ich, dass ich doch noch etwas richtigstellen kann.« Ich zog die Augenbrauen hoch und wartete, was nun kommen würde. Granny legte ihre Hand auf seine.

»Du ziehst wirklich zu ihnen nach Wien?«, fragte sie.

»Nicht gleich. Ich will zuerst hier alles ins Reine bringen, wenn es etwas ins Reine zu bringen gibt, und dann breche ich meine Zelte ab.« Jetzt lächelte er und das veränderte sein ganzes Gesicht. Er wirkte Jahre jünger und glücklicher. »Manchmal gönne ich mir den Frieden, mir vorzustellen, dass Patrizia meine Tochter sein könnte oder Anton mein Sohn. Die Vorstellung, dass das mein Leben hätte sein können, bereits all die Jahre zuvor. Das schenkt mir manchmal so viel Freude und Frieden. Und die Kinder erst. Oh, die Kinder. Für sie bin ich wirklich ihr Großvater. Sie verstehen noch nichts von Blutsverwandtschaft. Für sie bin ich einfach Opa. Und wenn ich die Kleine im Arm halte, überlege ich, ob es sich so angefühlt hätte damals, ein Kind im Arm zu halten ... ob ich dieselbe Freude empfunden hätte.« Ich verstand sein Dilemma. Was er damals für richtig gehalten hatte, schien es heute nicht mehr zu sein. Nur war es uns allen meist nicht möglich, Entscheidungen der Vergangenheit zu korrigieren. Mit gewissen Ausnahmen, und da kam ich ins Spiel.

»Ich würde es über die sozialen Medien versuchen. Hast du ihren Namen ermittelt und versucht, sie zu finden?«, fragte ich.

»Ich erinnere mich nicht mehr an ihren Nachnamen«, sagte James. »Ich könnte unseren ehemaligen Arbeitgeber kontaktieren und nachfragen. Aber die Wahrscheinlichkeit, dass sie geheiratet hat und nun anders heißt, ist groß. Dann nützt mir der Name nichts.« Er legte seine Stirn in die Hände. »Patrizia und Anton kommen bald auf Urlaub her. Ich wollte sie mit den Neuigkeiten überraschen. Die Kinder fragen mich fast jeden Tag, wann ich komme. Ich möchte endlich einen Abschluss finden und dann einen Neubeginn wagen.«

»Wir helfen dir. Nicht wahr, Timmi? Mein Timmi macht das.« Langsam erkannte ich ein Muster. Granny litt an einem Helfersyndrom und ich war der, der an ihrer Seite saß und es nicht wagte, ihr zu widersprechen.

»Natürlich«, versprach ich und ließ mich von ihr verplanen, wie sie mich schon für die Renovierungsarbeiten bei Emma verplant hatte.

»Was hältst du davon, wenn wir den einen Teil an meinen Enkel übergeben und den anderen an Gott?«, sagte sie an James gewandt. »Wir könnten in die Kirche gehen und eine Kerze anzünden und für Gottes Segen beten.« Ihre Planung passte nicht wirklich in meine berufliche Vorgehensweise, aber wenn es sie besser fühlen ließ und vor allem James, dann hatte ich nichts dagegen.

»Wenn ich davor noch so viele Details haben könnte wie möglich, kann auch ich mich an die Arbeit machen. Name, Alter, Haarfarbe, Augenfarbe, Arbeitgeber, Wohnort, Geburtsort – alles, was dir einfällt.«

»Ich weiß, sie kam aus Schottland. Sie ging noch zur Schule, hatte aber ein Praktikum, das sie in der Küche absolvierte. Den Nachnamen habe ich vergessen, aber ihr Vorname war Deborah. Wir haben sie immer Debby genannt. Ihr Vater war Steinmetz, das hatte sie erwähnt. Viel mehr weiß ich nicht. Wir hatten vier gemeinsame Wochen. Harte Arbeit, wenig Freizeit. Wir waren nicht verliebt, es war eher Spaß, denn wir waren jung.« Er zuckte mit den Schultern.

»Ich telefoniere mit ein paar Leuten, die vielleicht helfen können. Ich halte euch auf dem Laufenden.«

»Ich danke dir«, sagte James sehr ernst und ergriff meine Hand.

»Ich sagte doch, dass mein Junge das macht«, hörte ich Granny sagen, als ich den Raum verließ. »Du musst dir keine Sorgen machen, James. Alles wird gut.«

Manchmal fragte ich mich, woher sie diese Zuversicht nahm. Ich konnte mich tatsächlich mit James Geschichte identifizieren. Zwar war Emma nicht schwanger gewesen, aber dennoch hatte ich sie im Stich gelassen. Zumindest hatte es sich für sie so angefühlt und ich konnte verstehen, warum, schließlich hatte ich ihr die Welt versprochen. Ich war also auf meiner eigenen Mission, alles wieder ins Lot zu bringen und ihr zu beweisen, dass ich nicht mehr der Junge war, der leere Versprechen gab, sondern dass ein Mann aus mir geworden war, der zu seinem Wort stand, wenn er es einmal gab. Und dieses Mal war mein Interesse an ihr ernst, und dieses Mal würde ich es ihr auch beweisen. Deshalb musste ich mich bestmöglich um Peters Auftrag kümmern. Je schneller und je hochpreisiger ich den Verkauf durchbrachte, umso besser würde es für Emma und mich sein. Denn wenn ich eines wusste, dann, dass sie am Café nur wegen ihrer Eltern festhielt und nicht wegen ihr selbst. Wenn sie wählen könnte, dann wäre sie in London und würde an Projekten arbeiten wie dem im Naturhistorischen Museum. Nie hatte ich ihre Augen mehr leuchten sehen. Und meine Gedanken kreisten auch um James. Wenn ich ihm ein Happy End verschaffen konnte, dann bestimmt auch mir.

Kapitel 25 – Emma

Die Musik spielte laut im Hintergrund und führte mich in Versuchung, meine Hüften im Takt zu bewegen. Aber ich war nicht alleine hier. Tim war hier. Obwohl wir uns geküsst hatten, fühlte ich mich ihm gegenüber distanzierter als je zuvor. Es herrschte eine seltsame Stille zwischen uns, deshalb auch die laute Musik. Sonst war nur das Rascheln der Plastikfolie unter unseren Füßen zu hören und das nach im Matsch watend klingende Rollen der Farbrolle an der Wand. Ich musste gestehen, dass die Wände schön wurden, wenn man bedachte, dass wir beide noch nie zuvor gestrichen hatten. Aber die Einführung meines Vaters hatte Wunder gewirkt und als er und Mutter helfen wollten, hatte ich darauf bestanden, dass das *mein* Projekt war. Kurz darauf hatte Tim vor der Tür gestanden, als wäre gestern nichts Besonderes zwischen uns vorgefallen, und er hatte sich nicht von mir verscheuchen lassen.

»Pause?«, rief er über die Musik hinweg. Ich sah zu ihm, er war mit seiner Wand bereits fertig. Mir fehlte noch etwa ein Viertel. Das Streichen war anstrengender als gedacht.

»Ich brauche noch kurz«, sagte ich.

»Dann kümmere ich mich in der Zwischenzeit um Kaffee und etwas Essbares.« Ich tunkte die Rolle erneut in die Farbe und rieb dann über das blaue Abtropfgitter, bevor ich sie an die Wand lehnte und vorsichtig begann, auf- und abzurollen. Mit der Aussicht auf eine Tasse Kaffee und weil ich mich von Tim beobachtet fühlte, wurde ich letztlich doch schneller fertig.

»Erledigt!«, rief ich, als ich endlich das Ende der Wand erreichte, das in seine überging, die er vorhin gestrichen hatte. Wir hatten uns für Weiß entschieden, das machte am wenigsten Aufwand, um saubere Abgrenzungen zur Decke und zu den anderen Wandkanten hinzubekommen.

»Sieht gut aus. Wir sind echte Profis«, befand Tim und stellte zwei bunte Tassen auf die Theke.

»Woher hast du das Geschirr?«, fragte ich ihn, denn es kam sicher nicht von hier. Wir hatten den ganzen Altbestand in die Container geworfen. Ehrlich gesagt war das mit schlechtem Gewissen passiert, denn wahrscheinlich hätte ich auf einem Basar noch etwas Geld damit machen können. Oder es zu spenden wäre eine gute Alternative gewesen. Aber aufgrund des Zeitdrucks, unter dem ich stand, war Wegwerfen der einfachste Weg gewesen.

»Einstandsgeschenk? Keine Ahnung, ich hatte es nach unserem Besuch in Canterbury bestellt. Ich fand, bunt passt an den Strand. Es erinnert mich an all die Schwimmreifen, Handtücher und Sonnenschirme, die den Strand im Sommer in alle Farben kleiden und dieses typische Sommerfeeling entstehen lassen. Und im Winter lässt es Vorfreude aufkommen auf einen wundervoll geschmückten Weihnachtsbaum, bunt verpackte Geschenke darunter, Kerzen in allen Farben und viele weitere Lichter.« Ich ließ mich einen Moment auf seine Schilderung ein und sah mich mit ihm einen Baum schmücken und das Strandcafé in weihnachtliches Flair hüllen, mit roten Kissen und grünen Schleifen an den Stühlen, vielleicht ein paar Goldelementen, und natürlich Windlichtern auf den Tischen. Er hatte recht: Das Geschirr passte perfekt!

»Die sind wirklich für das Café?«, fragte ich und streckte meine Hand nach der hellblauen Tasse aus, die auf einem orangen Unterteller stand. Auf der Innenseite war die Tasse weiß, was das Kaffeetrinken gleich etwas appetitlicher machte.

»Gefallen sie dir denn?«, fragte Tim.

Ich schob meine Finger durch den Griff an der Tasse und betrachtete die vielen kleinen weißen Farbsprenkel auf meiner Haut.

»Ja. Ich finde das Service schön«, sagte ich und betrachtete seine Tasse. Sie war gelb auf einem blauen Unterteller, der auch zu meiner Tasse hätte gehören können.

»Gut. Ich habe nämlich fünf Sets bestellt. Aber du wirst mehr benötigen. Das nächste Service kannst du dir aussuchen«, sagte er. Ich schüttelte den Kopf und lachte. Ich mochte die Art, wie er in die Offensive ging. Der Besuch in Canterbury, das Museum in London, jetzt das Service, vielleicht sollte ich mir ein Beispiel an ihm nehmen und nicht immer so lange und so ernst über Dinge nachdenken, sondern sie einfach machen.

»Machst du immer, was Spaß macht?«, fragte ich deshalb.

Dabei überlegte ich, welche Art von Service als Zusatz zu diesem Geschirr passen könnte.

»Wer spricht denn von Spaß«, gab er zurück und zog eine durchsichtige Plastikbox unter dem Tresen hervor, in der Scones, Clotted Cream und Jam waren.

»Du bist genial«, sagte ich.

»Das höre ich gerne«, sagte er und zwinkerte mir zu.

»Von der neuen Bäckerei?«

»Ich weiß nicht, wer diesem Geruch widerstehen und einfach vorbeigehen kann. Ich musste hinein und etwas für uns holen.«

»Ich danke dir.« Malen machte hungrig. Ich halbierte meinen Scone, füllte ihn großzügig mit Creme und Marmelade und biss genüsslich hinein. »Mhmh.« Es gab einfach Dinge, die waren einzigartig lecker.

»Du sagst es«, meinte Tim zustimmend, und als ich meine Augen öffnete und zu ihm sah, musste ich lachen. In seinem Dreitagebart hatte sich ordentlich Creme verfangen. »Was?«

»Nichts.« Es hätte keinen Nutzen, wenn er die Creme wegwischen würde. Spätestens beim nächsten Bissen würde er wieder so aussehen, vermutete ich. Ich beschloss daher, den Anblick und das Amüsement zu genießen und ihn erst nach unserer Pause darauf hinzuweisen. »Spaß, wir waren bei Spaß, und du sagtest, es wäre keiner.« Er schüttelte den Kopf.

»Nein, es macht mir keinen Spaß, Geschirr zu kaufen oder Wände zu streichen.« Ich verstand ihn nicht ganz.

»Aber warum bist du dann hier?« Ich hatte ihm heute Morgen doch angeboten zu gehen.

»Weil Granny mich zwangsverpflichtet hat. Und weil du meine Hilfe brauchst.« Ich legte meinen Scone zur Seite und sah ihn streng an.

»Aber das will ich nicht. Ich meine, am Anfang, gerade beim Ausräumen, war das superwichtig. Aber jetzt? Ich denke, ich komme alleine klar. Ich will nicht, dass du deine Zeit mit etwas verbringst, das dir keinen Spaß macht.«

»Du willst mir also erklären, dass es dir Spaß macht, hier zu renovieren?«, stellte er mich auf die Probe. Und ehrlich gesagt, tat es das sogar. Obwohl es weniger mit dem Wände Streichen zu tun hatte, sondern viel mehr mit der Tatsache, mit ihm zusammen zu sein.

»Irgendwie schon«, gab ich zu.

»Definiere das Wort irgendwie.«

»Kann ich nicht.«

»Natürlich kannst du«, sagte er. »Du willst also zukünftig öfter renovieren, weil es so viel Spaß macht. Du machst es zu deinem Hobby und hilfst Menschen, wenn sie ihre Häuser und Wohnungen neu streichen wollen. Du hilfst ihnen, Möbel auszuwählen und Teppiche herauszureißen, weil es so viel Spaß macht«, sagte er und zog dabei seine Stirn in Falten.

»Nein, wenn du es so sagst, nicht. Dann macht es mir keinen Spaß. Es macht mir nur jetzt Spaß. Hier, mit dir«, gab ich zu.

»Es liegt also an der Gesellschaft und nicht an der Tätigkeit«, brachte er meine Aussage auf den Punkt und konnte sich ein selbstgefälliges Grinsen nicht verkneifen.

»Für dich gilt doch dasselbe. Sonst hättest du doch schon

längst das Weite gesucht.« Wie damals, hätte ich fast gesagt, aber biss mir noch rechtzeitig auf die Zunge. Ich musste unsere Vergangenheit endlich loslassen und von Neuem beginnen.

Kapitel 26 – Timothy

Keine Ahnung, was ich darauf erwidern sollte. Dass ich zu Beginn, als ich an die Küste kam, um tatsächlich meinen ersten Urlaub seit Jahren zu genießen, alles andere im Sinn hatte, als zu arbeiten. Oder sollte ich ihr sagen, dass Zeit mit ihr zu verbringen so ziemlich das Erholsamste war, das ich in den letzten Jahren erlebt hatte, selbst wenn es einen Muskelkater vom Möbel Schleppen und vom Überkopfstreichen beinhaltete. Ich war es gewohnt, geistig zu arbeiten. Körperliche Arbeit war mir bis vor ein paar Wochen völlig fremd gewesen, aber ich musste zugeben, ich genoss es. Denn nur dadurch war mein Geist endlich frei. Endlich drehten sich meine Gedanken nicht mehr nur um Paragrafen, die Auswahl des idealen Anzugs, um den perfekten ersten Eindruck zu hinterlassen, und auch nicht um Manschettenknöpfe und den Haarschnitt. Ich genoss die Ruhe in meinem Kopf, die das monotone Schlurfen der Farbrolle, die über die Wand glitt, begleitete. Ich genoss das Gefühl des Stolzes, wenn ich sah, was ich an einem Tag für einen Fortschritt erzielt hatte.

»Ich denke, Spaß ist das falsche Wort. Sinn trifft es eher. Es ergibt Sinn, hier zu sein«, sagte ich nach einer Weile. Das konnte sie nun auslegen, wie sie wollte. Natürlich ergab es Sinn, ihr zu helfen. Was für ein Mensch wäre ich, wenn das keine Rolle mehr spielen würde. Es ergab aber auch Sinn, das Strandcafé am Leben zu erhalten. Es war ein Faktor für die Region und die Menschen, die hier lebten. Und inzwischen hatte ich ein paar interessante Ideen entwickelt, die auf Papier relativ gut aussahen. Es ergab auch Sinn, dass ich Zeit mit Emma verbrachte. Nicht weil ich hier sonst fast niemanden kannte oder nur flüchtig, nein, es ergab Sinn, weil ich mit einem Mal wusste, dass im Leben mehr wichtig war als nur die Karriere. Außerdem war ich schon immer ein zielstrebiger Mensch gewesen. Jetzt, da ich diesen Karrieresprung vollbracht hatte, konnte es nicht schaden, mir ein neues Ziel zu setzen. Und das konnte durchaus ein privates Ziel sein, nachdem ich so lange nur auf mein berufliches Vorankommen geblickt hatte. Ich würde bald dreißig werden. Eine Beziehung, eine Familie könnte mir schon gut gefallen. Emma war definitiv die Art von Frau, mit der ich mir mehr vorstellen konnte, als nur Dates zu haben. Mit ihr konnte ich mir verschlafene Sonntage vorstellen, verregnete Nachmittage und abenteuerliche Urlaube.

»Ich halte fast nichts für sinnloser, als hier unsere Zeit zu verschwenden, ohne zu wissen, ob sich die Arbeit je lohnen wird«, entgegnete sie.

»Du bist zu pessimistisch.«

»Finde ich nicht. Was im Leben ergibt schon wirklich Sinn? Hast du dich das nie gefragt?«

»Bisher nicht«, gab ich zu.

»Gerade in meinem Beruf, oder in dem, den ich ergreifen wollte, begleitet mich die Frage permanent. Wenn wir Fossilien entdecken, die uralt sind, ich meine so alt, dass du es dir kaum vorstellen kannst, überlegst du dir, wie die Welt damals aussah und was seither alles passiert ist. Wie viele Menschen gelebt haben, gestorben sind und niemand weiß mehr etwas von ihnen. Es ist, als wären sie nie existent gewesen. Und so wird es uns auch ergehen. In 100 oder 200 Jahren weiß niemand mehr, dass wir beide hier waren an diesem Tag, um die Wände zu streichen. Unsere Träume, Hoffnungen, alles, was wir denken und fühlen, hat keinerlei Bedeutung. Für niemanden.« Sie zuckte mit den Schultern und spielte mit der Kaffeetasse, die vor ihr stand. Ich war froh, dass ihr das neue Geschirr gefiel.

»Aber für dich und mich hat es Bedeutung«, wandte ich ein.

»Warum halte ich an dem Café fest? Es wäre viel einfacher, loszulassen und mir meinen Traumjob zu suchen. Warum tue ich das? Warum streiche ich hier Wände, wenn ich genauso gut vor dem Kamin sitzen und das Leben genießen könnte?«

»Das ist eine gute Frage.« Ich packte die Gelegenheit beim Schopf, denn das war relevant, wenn sie bald erfahren würde, dass ihr Vater den Verkauf längst beschlossen hatte und die ihr gewährte Frist eher ein Akt war, um den Familienfrieden zu wahren, als wirklich sein ernsthafter Wunsch, das Ruder nochmals herumzureißen. Bis jetzt glaubte Emma noch, er wolle auch einen letzten Versuch zur Rettung des Cafés unterstützen. »Warum hältst du daran fest? Warum sitzt du nicht vor dem Kamin oder arbeitest in deinem Traumberuf. Glaubst du wirklich, es ist einfacher festzuhalten als loszulassen? Ich denke eher, es ist das Schwierigste der Welt.«

»Puh«, stöhnte sie und ließ sich in ihrem Stuhl zurückfallen. »Das ist meine Kindheit. Dieses Café, dieses Haus, dieser Strand. Was bleibt mir, wenn es weg ist?«, fragte sie.

»Ich glaube, dann bleibst du. Nur du. Das, was dich ausmacht.«

»Und das wäre?« Am Glänzen ihrer Augen sah ich, dass es keine einfache Retourkutsche war, sondern eine echte Frage.

»Das kann ich dir nicht beantworten. Dafür kennen wir uns zu kurz oder nicht lange genug.« Ich zuckte mit den Schultern, denn ich hatte kein Recht, mehr zu sagen. »Alles, was ich sage, könnte falsch sein. Ich kann mich irren. Ich hatte nur immer den Eindruck, dass du frei sein wolltest. Du hast die Natur geliebt, den Strand und deine Dinosaurierknochen. Vielleicht habe ich mich deshalb so gefreut, als ich gehört habe, du hättest dir deinen Traum von einem Paläontologie-Studium erfüllt. Und ich war sehr überrascht über die Information, dass du das Strandcafé übernehmen willst.«

»In deinen Augen ist es also ein Fehler, wenn die Familie zusammenhält. Wenn man an dem festhält, was man gemeinsam aufgebaut hat.«

»Hast du denn schon mit deinem Vater gesprochen? Wollte er denn ein Familienunternehmen aufbauen. War es von Anfang an sein Wunsch oder seine Erwartung, dass du das Café übernimmst?«

»Du weißt, dass er verkaufen will.«

»Dann lass es zu und geh deinen eigenen Weg. Würde dich das nicht glücklicher machen? Wäre es nicht das, was du unter Spaß verstehen würdest.«

»Wir waren uns doch einig, dass Spaß das falsche Wort ist und Sinn hier besser passt. Und es ergibt Sinn, meinem Vater zu helfen.«

»Aber er will deine Hilfe ja gar nicht. Er will verkaufen.«

»Das sagt er nur, um die Last von meinen Schultern zu nehmen. In Wahrheit würde er nie verkaufen wollen. Das war immer sein und Mutters Traum. Wenn es um Träume geht, weiß ich, von was ich spreche. Ich habe genug eigene Träume.«

»Und warum darfst du sie dann nicht verfolgen?«

»Dafür ist noch Zeit. Das Café braucht mich aber jetzt.«

Kapitel 27 – Emma

Ein lautes Pochen an der Tür riss uns aus unserem Gespräch. Ich sah eine wild winkende Gruppe von Menschen und erkannte Patrizia, die ehemalige Geschäftsführerin des Küstenhotels sofort. Sie war nur eine Saison hier gewesen, aber wir hatten uns in der Zeit, die ich während des Studiums zu Hause verbrachte, angefreundet. In den darauffolgenden Sommerferien war sie jedoch schon wieder weg gewesen. Aber natürlich hatte ich alle Details rund um ihre Liebesgeschichte aus unterschiedlichen Quellen erfahren. Allen voran natürlich Lizzy, die ihre Nachfolge im Küstenhotel angetreten hatte und daher vieles aus erster Hand wusste. Aber auch Patsy hatte bei dem einen oder anderen Tässchen Kaffee hier bei mir im Strandcafé aus dem Nähkästchen geplaudert. Patrizia, die jetzt in einen grünen Mantel gehüllt und mit einem Baby auf der Hüfte vor der großen Glastür stand, kam nicht von hier. Sie war wohl so etwas wie eine Weltenbummlerin gewesen, die sich von einem Job zum nächsten hatte treiben lassen. Hauptsache, sie konnte die Welt bereisen. So war sie hier im Küstenhotel gelandet. Und dann kam offenbar alles anders als geplant, wenn ich Lizzys Erzählungen Glauben schenken durfte. Sie verliebte sich nämlich in einen Hotelgast. Anton. Der Mann, der jetzt an ihrer Seite stand. Er hatte zwei Kinder mit in die Beziehung gebracht. Seinen Sohn Paul und seine Tochter Sophie. Später stellte sich dann heraus, dass Sophie nicht seine Tochter war, sondern in Wahrheit Patrizias Nichte. Das war nämlich der Grund, warum er hier Urlaub gemacht hatte, er hatte sie ausfindig machen wollen. An der Stelle war ich verwirrt gewesen und Lizzy musste weit in der Familiengeschichte Patrizias ausholen. Das Drama war jedenfalls perfekt. Aber es schien, dass die Liebe stärker war als alle Missverständnisse, denn sie waren zusammen und hatten inzwischen ein gemeinsames Kind.

»Kennst du die Leute?«, fragte Tim und riss mich damit aus meinen Gedanken.

»Klar!« Ich sprang vom Stuhl auf und lief zur Tür. »Hallo! Das ist ja eine Freude!«, rief ich.

»Hallo. Wir hatten auf Kuchen und heiße Schokolade gehofft, aber James sagte, du renovierst.«

»Tut mir leid. Ich weiß, das ist eine Katastrophe.«

»Das Strandcafé ist kaum wiederzuerkennen. Verrückt, was eine Renovierung ausmachen kann.«

»Ohne Tim wäre das alles nicht möglich«, sagte ich und winkte ihn zu uns an die Tür. »Ich würde euch hereinbitten, aber es ist alles voller Farbe, das ist für die Kinder wohl nicht so prickelnd, und ich kann euch wirklich nichts anbieten außer Wasser und Kaffee.«

»Alles gut. Ein Tag am Strand gehört zum Urlaub einfach dazu und da dachten wir, wir schauen trotzdem vorbei.«

»Seid ihr gerade erst angekommen?«

»Gestern, ja.« Sie warf Anton einen vielsagenden Blick zu und er lächelte sanft.

»Und wie lange bleibt ihr? Vielleicht seht ihr das Café noch, wenn es fertig ist.«

»Wir sind für zwei Wochen hier.« Sie räusperte sich. »Es ist so etwas wie unsere Hochzeitsreise. Wir werden am Wochenende heiraten. Und wir freuen uns, wenn du kommen würdest. Es ist nur eine kleine Zeremonie. Aber wir wollten sie hier abhalten, weil alles an diesem wundervollen Ort begonnen hat.« Anton zog ein Kuvert aus der Innentasche seines Mantels und reichte es mir.

»Danke. Ich freue mich für euch«, sagte ich.

»Mit Begleitung natürlich«, sagte Anton und nickte Tim zu.

»Oh, ja, ähm. Danke.« Ich wusste nicht, ob er vorhatte, mit mir hinzugehen.

»Danke«, sagte Tim und ich blickte zu ihm. Er lächelte mich an und schüttelte den Kopf.

»Können wir an den Strand?«, fragte Paul und Sophie sprang neben ihm auf und ab. Sie hatte bereits eine rosarote Schaufel in der Hand und schwang einen kleinen Kübel an ihrer Seite. Mein Blick wanderte zum Baby auf Patrizias Arm, dessen Namen ich noch nicht kannte.

»Wie heißt denn die Kleine?«, fragte ich.

»Das ist Ida, unsere kleine Prinzessin.« Als ob sie verstanden hatte, dass sich das Gespräch jetzt um sie drehte, begann sie auf Patrizias Arm auf und ab zu hüpfen und quietschende Laute von sich zu geben.

»Lass uns losgehen«, sagte Anton.

»Das kann ich nur empfehlen. Der Strand ist grandios und das Wetter heute auf der milden Seite«, sagte Tim.

»Und für Kaffee sind wir im Notfall immer da«, bot ich ihnen an. Ich hatte wirklich ein schlechtes Gewissen meinen Gästen gegenüber, dass ich genau jetzt geschlossen hatte, wo Wind und Kälte Einzug hielten und ein warmer Rückzugsort oft Wunder wirkte. Aber auch draußen konnte man es sich gemütlich machen, wenn ich an das wundervolle Picknick mit Tim dachte.

»Habe ich mich eigentlich für das Picknick bedankt?«, fragte ich ihn, nachdem ich die Tür wieder geschlossen hatte.

»Das kommt dir jetzt in den Sinn?« Ich zuckte mit den Schultern.

»Ich finde es schrecklich, dass sich jeder selbst um seine Verpflegung kümmern muss, da wir geschlossen haben. Und dann fiel mir unser Picknick ein und dass es nicht schrecklich war«, erklärte ich.

»Nein, das war es nicht«, sagte Tim und kam näher. »Vor allem nicht der Kuss.« Er langte nach meiner Hand und ich nickte. Der Kuss hatte sich gut angefühlt. Die Zeit mit ihm fühlte sich überhaupt gut an.

»Ich habe überreagiert. Ich will … Ich will schon. Also, du weißt schon …« Er lachte kurz auf und zog mich in eine Umarmung.

»Ehrlich gesagt weiß ich gar nichts. Aber das ist schon okay, wenn du mir jetzt sagst, dass ich dich küssen darf, dann genügt mir das.« Ich nickte und blickte zu ihm auf. Zuerst in seine Augen, die so blau waren wie das Wasser und der Himmel draußen vor der Tür. Dann auf seine Lippen, die so rosa waren, wie die Marmelade, die ich vorhin noch auf meine Scones gestrichen hatte, und die ich mir mindestens so süß vorstellte. Die Bestätigung folgte, als er seine warmen und weichen Lippen auf meine legte, die definitiv nach Marmelade schmeckten.

»Und nimmst du mich mit?«, fragte er, nachdem er sich wieder von mir gelöst hatte.

»Wohin?« Ich war noch etwas benebelt von unserem Kuss. Mein Magen flatterte, mein Herz schlug viel zu schnell und dennoch schien die Zeit stillzustehen und ich wollte mich ewig in diesem Moment aufhalten und Tim erneut an mich drücken und meine Lippen auf seine legen.

»Auf die Hochzeit. Nimmst du mich als Begleitung mit, oder jemand anderen?«

»Wenn das deine Art ist, zu fragen, ob ich sonst jemanden treffe, dann nein, ich bin solo.«

»Das war zwar nicht meine Frage, aber das höre ich gerne. Im Übrigen halte ich es gleich. Ich treffe mich nur mit dir.« Es fühlte sich an, als würde ich rot werden, ich hasste es. Aber seine Worte fühlten sich so gut an.

»Wenn du möchtest – ich nehme dich gerne mit. Aber du kennst die beiden ja nicht, interessiert es dich denn?«

»Ich würde wegen dir hingehen. Mit dir hingehen«, sagte er und zuckte mit den Schultern. »Ich müsste mir allerdings einen Anzug besorgen. Ich habe für meinen kleinen Urlaubstrip nichts Festliches gepackt.« Er schenkte mir ein verschmitztes

Lächeln und zuckte erneut mit den Schultern. Ein kleiner Tick vielleicht.

»Ich freue mich, wenn du mich begleitest«, sagte ich.

»Ein Date?« Jetzt war ich es, die mit den Schultern zuckte.

»Wenn du willst?«, wagte ich mich aus der Defensive.

»Sehr«, sagte er und dann zog er mich wieder in seine Arme und ich bekam einen weiteren heiß ersehnten Kuss. Und was das für ein Kuss war.

Kapitel 28 – Timothy

Die Renovierungsarbeiten gingen gut voran. Ähnlich gut lief es mit der Bearbeitung des Konzepts für Peter. Einzig und allein meine Recherchen für James' Belange gingen schleppend voran. Die vorhandenen Informationen waren spärlich, dennoch versuchte ich über befreundete ehemalige Studienkollegen in Schottland, Steinmetz-Betriebe ausfindig zu machen und nachzuforschen, ob es eine Tochter mit dem Namen Deborah gab. Wenn alle Stricke rissen, musste James wirklich einen Privatdetektiv beauftragen.

Dafür erstellte ich ihm bereits eine passende Auswahl und holte Angebote ein. Für Emma und mich sah es vielversprechend aus. Die Tage im Café waren von Arbeit geprägt, aber auch von Küssen und süßen Worten. Ich konnte die Finger kaum von ihr lassen, und hätte ich nicht ständig einen Farbroller in der Hand oder Bürsten und Geräte aller Art, um den Boden auf Hochglanz zu polieren, könnte ich nicht garantieren, dass wir am Ende des Arbeitstages noch Kleidung trugen und irgendwo im Hinterzimmer verschwunden wären. Aber so war es nicht. Wir hatten viel Arbeit und Emma erinnerte mich täglich an all die Dinge, die noch zu erledigen waren, auch wenn die Liste allmählich kürzer wurde. So wie sich auch die Anzahl der Tage stetig verringerte, die mir hier noch blieben. Ich bewunderte ihr Engagement, aber ich wusste, dass es vergebens war. Und es war an der Zeit, dass Peter die Karten auf den Tisch legte.

Ich schickte ihm meine aktuellen Erkenntnisse per Mail. Dann rief ich ihn an, damit er die Mail auch wirklich las. Ich hatte in meiner Jugend einen Mail-Account mit dem Usernamen *Timyouknow* eingerichtet, das funktionierte damals unter Freunden grandios. Später lief mein Mailkontakt immer über meine offizielle Geschäftsmailadresse. Die private hielt nur noch für Bestellungen her und für diverse Newsletter-Abos. Aber jetzt, zwischen zwei Jobs, war meine private die einzige Mail-Adresse, die ich hatte, und ich wollte nicht, dass Peter sie direkt in den Spamordner verschob.

»Hallo Tim«, grüßte er mich, als er das Telefon abnahm.

»Hey Peter, ich habe dir eine Mail gesendet mit allem, was ich dir bis jetzt zusammentragen konnte.«

»Das klingt gut«, meinte er.

»Ich will nur sichergehen, dass es ankommt. Mein Username klingt etwas eigenwillig: *Timyouknow*.«

»Klar, Tim, klingt plausibel.« Ich lachte. Der Witz ging auf meine Kosten, das war schon immer so gewesen, deshalb hatte ich den Namen ja gewählt: Weil er irgendwie lustig war.

»Nein, der Username ist *Timyouknow*«, wiederholte ich.

»Ah, ich sehe die Mail.«

»Perfekt. Ich wollte nur nicht, dass sie im Spam landet.«

»Und wie sieht es aus?«, fragte Peter.

»Gut. Also es kommt darauf an, aus welcher Perspektive du es betrachten willst.«

»Können wir uns treffen? Kannst du mir die Inhalte präsentieren oder muss ich mich selbst durch die Unterlagen quälen?«

»Ein Bier im Pub? Ich frage, ob sie ein lauschiges Eckchen für uns haben«, schlug ich vor. »Es sei denn, du willst bei Granny am Küchentisch sitzen, aber dann weiß bald das ganze Dorf Bescheid.« Was mir eigentlich nur recht wäre. Es fühlte sich nicht richtig an, vor Emma so ein großes Geheimnis zu haben. Eines, das ihr das Herz brechen würde, wenn sie das Ausmaß der Pläne ihres Vaters erfahren würde, selbst, wenn ich es für das Richtige hielt.

»Das könnte uns im Pub genauso passieren. Ich würde dich ja ins Strandcafé oder zu mir nach Hause einladen, aber noch will ich Emma aus der Sache raushalten.«

»Du weißt, dass ich das anders sehe«, sagte ich.

»Das ist eine Familienangelegenheit«, entgegnete Peter. Ich biss mir auf die Zunge, damit mir nicht herausrutschte, dass ich Teil der Familie sei, denn das stimmte nicht. Wahrscheinlich war hier der Wunsch Vater des Gedankens. Wenn Emma und ich über die ersten Rendezvous hinauskämen und einen ernsthaften Versuch in London starteten, dann könnte ich vielleicht in ein paar Jahren wirklich Teil dieser Familie sein. Ein weiterer Grund mehr, den besten Deal für das Strandcafé zu erzielen, der möglich war. »Was hältst du vom Küstenhotel? Ich frage, ob James uns das Sitzungszimmer zur Verfügung stellt. Dort bekommen wir sicher ein Bier.«

»Das passt für mich.«

»Gut, du hörst von mir, sobald der Termin steht. Ich danke dir.«

»Gerne.« Mehr denn je war ich dankbar, dass er sich mit seinem Anliegen an mich gewandt und ich dadurch die Kontrolle über den Verkauf des Strandcafés hatte und nicht irgendjemand, der mehr seine eigenen Interessen verfolgte statt die von Emma und ihrer Familie. Jetzt musste ich die beiden nur noch an einen Tisch bekommen. Ich musste Peter davon überzeugen, mit seiner Tochter zu sprechen, und Emma musste ich überzeugen, dass sie ihrem Vater zuhörte und erkannte, dass ein Verkauf die beste Option war.

»Ich hätte hier nicht nur die Sommerferien verbringen sollen, sondern mein ganzes Leben«, sagte ich zu Granny, als ich mein Zimmer verließ und zu ihr in die Küche trat. Es roch köstlich. »Was zauberst du uns?«, fragte ich.

»Ein Curry. Das liebst du doch. Es gibt Reis und Naan-Brot, das gehört dazu. Und frische Gewürze vom Markt. Ich habe dir doch gesagt, dass ich mit dem Bus zum Markt gefahren bin.«

»Stimmt, das hatte ich vergessen.«

»In deinem Alter solltest du noch nicht vergesslich sein. Wo hast du deinen Kopf? Aber ich kann mir schon denken, wo er ist: Bei der lieben Emma.« Ihr Lächeln war so breit, sie hätte wahrscheinlich den ganzen Currytopf verschlucken können. »Ach, junge Liebe, das ist so schön mit anzusehen.«

»Ich weiß nicht, was du siehst, aber ich denke, du solltest

zum Augenarzt«, sagte ich. Keine Ahnung, warum ich abtat, was ich für Emma empfand und sie offenbar auch für mich. Am Wochenende hatten wir unser erstes offizielles Date. Jeder würde dann wissen, dass wir zusammen waren. Oder zumindest Interesse daran hatten, zusammen zu sein.

»Tu nicht so. Ich habe dich zu Besserem erzogen, als zu lügen.«

»Du hast mich gar nicht erzogen. Das waren Mutter und Vater und natürlich die Betreuer im Internat.«

»Und wer hat deinen Vater großgezogen?«

»Du«, sagte ich und verdrehte die Augen.

»Das heißt, dass meine Erziehung durchschlägt. Also sei ein guter Junge und sei ehrlich mit einer alten Frau.« Sie klimperte mit ihren Augen und wenn ich mich nicht täuschte, war ihr Lächeln jetzt noch breiter als vorhin.

»Also gut. Zustimmung. Junge Liebe und so. 100 Punkte für dich. Deine Augen scheinen in Ordnung zu sein.«

Kapitel 29 – Emma

Mich ganz besonders hübsch zu machen und das perfekte Kleid tragen wollen, mit den farblich passenden Schuhen samt der dazugehörenden Handtasche, das gab es sehr selten in meinem Leben. Für die Uni-Kurse hatte ich mich in Jeans und Pullover geschmissen. Die Arbeit im Strandcafé erforderte auch nicht viel mehr als Hose und Oberteil. Abends fürs Restaurant bot sich ab und zu ein Kleid an, aber alles, was ich in meinem Kleiderschrank fand, war alltagstauglich und praktisch. Es war ein Fest gewesen, mit Lizzy nach Exeter zu fahren und nach hochzeitstauglichen Kleidern Ausschau zu halten. Ich hatte mich für ein dunkelblaues Chiffonkleid mit einer hellbraunen, aus noblem Garn gehäkelten Weste entschieden. Meine Schuhe waren ebenso naturfarben wie die Clutch, die ich ausgewählt hatte. Meine Haare hatte ich in einen lockeren Dutt hochgesteckt und ein dezentes Make-up brachte meine Haut zum Strahlen. Ich fühlte mich wie eine Prinzessin. Ich fand mich hübsch. Definitiv hübscher als an den normalen Tagen in der letzten Zeit, wo meine Haut von Farbsprenkeln bedeckt und meine Kleidung wahllos zusammengestellt war, damit sie im Notfall im Müll landen konnte, sollte ich sie ruinieren. Ich erkannte mich kaum wieder, als ich vor den großen Ganzkörperspiegel in unserer Garderobe trat.

»Du siehst toll aus«, sagte meine Mutter.

»Danke. Es sollte mehr solche Anlässe geben.« Ich erinnerte mich an meinen Abschlussball, da hatte ich mich ähnlich märchenhaft gefühlt wie heute. Aber solche Events waren rar. Ich überlegte, ob ich mich auf meiner eigenen Hochzeit auch so fühlen würde, wenn ich einmal in einem weißen Kleid vor diesen Spiegel treten würde. »Wie hast du dich an deinem Hochzeitstag gefühlt?«, wollte ich von meiner Mutter wissen. Ich kannte die Bilder und die Erzählungen, aber es war immer um die Feier selbst gegangen. Jetzt interessierte mich mehr das, was auf den Bildern nicht zu sehen war.

»Ich habe so viel gefühlt. Das kann ich gar nicht in Worte fassen. Einerseits ist es ein bisschen künstlich. Du trägst ein Kleid extra für diesen Tag, das du nie wieder tragen wirst. Ich ließ mich schminken und mir die Haare machen, die Hände natürlich auch. Alles war perfekt. So wie es das im echten Leben eben nicht ist. Und ich wusste, dass Peter, wenn ich ihn nachher am Altar sehen würde, auch nicht der perfekte Mensch war, wie sein Anzug und sein Haarschnitt mir weismachen wollten. Dennoch war es einer der schönsten Momente, vor den Spiegel zu treten und mich selbst auf diese Weise zu sehen. Und ich bilde mir ein, es sei eine Art Illusion oder vielleicht eine Vision. Eine Art Ausblick auf die Möglichkeiten, die vor uns liegen. Dass wir perfekt sein könnten. Und dass wir beide es auch füreinander sind und uns so sehen, auch wenn es nicht immer der Wahrheit entspricht.« Sie zuckte mit den Schultern. »Aber heute ist nicht dein Hochzeitstag. Heute bist du zu Gast. Warum fragst du?«

»Denkt man nicht über die eigene Hochzeit nach, wenn man auf die Hochzeit von anderen Menschen geht?«

»Vielleicht. Und du? Denkst du an deine Hochzeit? Ich habe nicht gewusst, dass das ein Thema für dich ist. Gibt es da jemanden, von dem ich nichts weiß?«, fragte sie.

»Nicht auf diese Art. Ich habe mich einfach gefragt, wie es wäre, in einem weißen Kleid vor diesem Spiegel zu stehen.«

»Du kannst dir mehr mit ihm vorstellen?«

»Mit wem?«

»Tim. Ich weiß doch noch, wer Tim ist.« Sie warf mir einen vielsagenden Blick zu. »Du kannst deinem Vater vorwerfen, dass er kein Auge für so was hat, aber ich habe damals schon all die Eistüten kostenlos über die Kiosktheke wandern sehen. Und all die Blicke und das Kichern und das Rotwerden. Ich war halt auch mal jung. Und dann waren da noch die Grillabende und die gemeinsamen Ausflüge. Ich habe mich immer gefragt, ob ihr nur befreundet seid oder ob da noch mehr ist. Als Mutter darf ich mich das fragen. Erinnerst du dich an unser Gespräch damals?«

»Wie könnte ich das vergessen!« Ich legte mein Gesicht in die Hände, aber dann fiel mir mein Make-up wieder ein. Es war das wohl peinlichste Aufklärungsgespräch der Welt gewesen, aber zugegeben, sie hatte es ansprechen müssen.

»Als Tim weg war, hatte ich meine Antwort. Er hat dir das Herz gebrochen, das war unübersehbar.«

»Wir waren zu jung. Jetzt ist es anders.«

»Er wird trotzdem abreisen«, sagte sie.

»Das stimmt.«

»Ich hoffe, du kannst dich besser abgrenzen. Ich sehe, wie du ihn anschaust. Und er dich.«

»Dafür ist es schon zu spät. Wir sind zusammen. Oder zumindest besteht die Möglichkeit. Heute Abend haben wir ein Date, denn ich mag ihn wirklich.«

»Erinnert dich das nicht alles an damals? Hast du nicht das Gefühl, das sei alles schon einmal passiert? Und du weißt, wie es damals geendet hat und vermutlich dieses Mal wieder enden wird. Nur weil du jetzt älter bist, heißt es nicht, dass es weniger weh tut.«

»Ich habe nur keine Wahl. Ich bin verliebt. Was soll ich machen?« Sie schüttelte den Kopf und lächelte mir zu.

»Ich wünsche euch einen schönen Abend. Grüß ihn herzlich von mir.«

Tim hatte versprochen, mich abzuholen, und das tat er. Ein kleiner schnittiger schwarzer Sportwagen fuhr in unsere Auffahrt, die auf der Rückseite des Strandcafés war. Unsere Privaträume befanden sich im Obergeschoss.

»Deiner?«, fragte ich.

»Leihwagen. In London brauche ich kein Auto. Hier eigentlich auch nicht, aber ich wollte ungern in nobler Kleidung den Küstenweg hoch ins Dorf wandern.«

Da hatte er recht.

Aber mein Vater hätte uns bestimmt gefahren. Ich verwarf

den Gedanken sofort, das erinnerte mich wirklich zu sehr an meinen Abschlussball.

»Er sieht schick aus. Ich danke dir, dass du mich mitnimmst.«

»Ist es nicht eher umgekehrt? Es war deine Einladung und du hast mich als Begleitung gewählt.« Ich lachte, als er die Autotür für mich öffnete und ich mich in den Wagen setzte. Dann schloss er die Tür und ging um den Wagen, um selbst einzusteigen. Das war definitiv ein Prinzessinnen-Feeling.

Kapitel 30 – Timothy

Es war eine Weile her, seit ich die kleine Steinkirche das letzte Mal betreten hatte. Es war in den Sommern gewesen, die ich bei Granny verbrachte und als ich noch zu klein war, um alleine zu Hause zu bleiben, und sie mich daher mitnahm zum Gottesdienst. Der nasskalte Geruch katapultierte mich zurück in meine Kindheit. Ich wusste, dass ich in dieser Kirche getauft worden war und meine Eltern hier getraut worden waren. Ich überlegte, ob ich, wenn ich einmal heiraten würde, es auch hier täte. Ich warf einen Blick zu Emma, die ruhig neben mir saß und das Mauerwerk und die Fenster musterte, als wäre sie nicht hier aufgewachsen.

»Schön, oder?«, fragte ich.

»Ich mag, wie klein die Kirche ist und wie einfach.«

»Kein Vergleich zu der Kathedrale in Canterbury, nicht wahr?«

»Glaubst du mir, wenn ich sage, dass ich mich hier wohler fühle? Irgendwie zugehöriger.« Unser Gespräch verstummte, als die Musik einsetzte. Ich war noch nicht auf vielen Hochzeiten gewesen. Vielleicht auf ein paar als Kind und Jugendlicher. Aber die meisten meiner Freunde waren noch unverheiratet.

Es war also meine erste Hochzeit, die ich mit reiferem Blick erlebte. Mit Fragen im Herzen, wann man sich sicher sein konnte, sich für einen einzigen Menschen zu entscheiden.

Ich sah dem Bräutigam die Nervosität an, vielleicht war es aber auch Vorfreude und Ungeduld. Schwer zu sagen. Dann ging ein Raunen durch die Menge und ich wandte den Kopf, um zu sehen, dass der Junge und das Mädchen die Kirche betraten. Sie sahen selbst aus wie ein Miniatur-Brautpaar. Das Mädchen mit einem weißen Kleid und der Junge in einem schwarzen Anzug samt Gilet und Fliege. Beide hielten einen weißen Korb in der Hand und begannen, Blumen zu streuen. Und dann sah ich die Braut. Sie hatte nur Augen für ihren Verlobten, der vorne am Altar auf sie wartete und jetzt über beide Ohren strahlte. Langsam schritt sie auf ihn zu, bis sie nahe genug war und er ihr seine Hand reichte.

Die Zeremonie selbst war schlicht und einfach. Der Priester sprach ein paar private Worte und ich erfuhr mehr über die turbulente Geschichte, die Anton und Patrizia verband und zueinander geführt hatte. Er stellte klar, dass selbst traurige Momente wie der Tod eines geliebten Menschen zu etwas Positivem wie diesem Ereignis führen konnten. Im Gedenken an Patrizias Schwester Tamara wurde eine Kerze angezündet und ich hörte Emma neben mir leise schniefen.

»Alles okay?«, fragte ich.

»Das ist so traurig und trotzdem so schön«, sagte sie.

Nach der Trauung gab es einen Sektempfang im Küsten-hotel. Der Blick von der exponierten Terrasse, auf der überall

Heizstrahler verteilt waren, über die südenglische Jurassic Coast war atemberaubend. Die untergehende Sonne malte die schönsten Muster an den aufkommenden Nachthimmel und unterstrich die Magie des Moments.

»Traumhaft. Man hätte es nicht besser bestellen können«, schwärmte James.

»Ja.« Ich nickte. Er hielt mir ein Glas Sekt hin und ich nahm es an.

»Wo hast du deine Begleitung gelassen?«, fragte er.

»Sie unterhält sich dort drüben.« Ich nickte zu Lizzy und zwei weiteren Frauen, die ich nicht kannte und die bei Emma standen.

»Da wird wahrscheinlich die nächste Hochzeit geplant«, meinte James.

»Herzliche Gratulation. Du bist ja so was wie der Vater der Braut und des Bräutigams.« James lachte auf.

»O ja. Ein richtiger Festtag für mich. Ich freue mich so für die beiden, dass sie es endlich offiziell gemacht haben, es war höchste Zeit. Am liebsten würde ich sagen, ich habe es vom ersten Tag an kommen sehen, aber das stimmt nicht ganz.«

»Ah, ja, ich erinnere mich, sie haben sich hier im Hotel kennengelernt. Du kennst die Liebesgeschichte also aus erster Hand.«

»Was heißt kennen. Ich habe sie eingefädelt. Die beiden haben ein bisschen Unterstützung gebraucht. Patsy war auf meiner Seite, nur um das gleich klarzustellen.« Er lachte, dann winkte er dem Jungen zu, der sich suchend in der Menge umblickte und ein Mädchen an der Hand hielt. »Darf ich vorstellen. Das ist Paul mit seiner Schwester Sophie«, sagte James.

»Hey, ich bin Tim!« Ich reichte beiden meine Hand. »Du siehst wie eine Prinzessin aus, Sophie«, sagte ich zu der Kleinen, und ihr Strahlen verriet mir, dass ich den richtigen Ton getroffen hatte. Während ich ein Kompliment suchte, das ich dem Jungen machen konnte, half sie mir auf die Sprünge.

»Und Paul? Sieht er aus wie ein Prinz?«

»Natürlich! Der perfekte Gentleman«, sagte ich und nickte ihm zu. Seine Laune schien sich aufgrund meiner Aussage jedoch zu verschlechtern.

»Ich bin kein Prinz. Prinzen dürfen sich die Hände nicht schmutzig machen. Ich bin ein Abenteurer. Abenteurer werden schmutzig. Das gehört dazu.«

»Du bist kein Abenteurer. Du bist ein Träumer. Es gibt keine Dinosaurier mehr«, sagte Sophie. James lachte. »Paul ist hier auf den Spuren von Mary Anning, sie hat irgendwann in den 1800er-Jahren Fossilien unten am Strand gefunden.«

»Ja, ich weiß«, trumpfte ich auf. »Die Funde sind sogar im Naturhistorischen Museum in London ausgestellt.«

»Da müssen wir hin, James«, bat ihn der Junge.

»Kennst du Emma? Du hast sie letztens gesehen, als ihr uns im Strandcafé besucht habt.« Paul schüttelte den Kopf. »Sie ist Paläontologin. Mit ihr könntest du über alles rund um die Fossilienfunde sprechen. Das ist bestimmt spannend.« Der Junge nickte.

»Bring ihn nur nicht auf Ideen. Er hat schon genug Bücher zu diesem Thema. Wenn wir ihn jetzt auch noch mit einer

Expertin sprechen lassen, dann will er bald an Ausgrabungen teilnehmen.«

»Ja, genau, das sage ich ja schon die ganze Zeit«, betonte Paul.

»Was haltet ihr von Essen?«, fragte James die Kleinen.

»Hast du gekocht?«, wollte das Mädchen wissen.

»Heute nicht, Sweetie. Heute wollte ich mit euch in der Kirche sein«, sagte er.

»Hat das Hotel einen neuen Koch?«, wollte sie wissen und James nickte.

»Wir arbeiten oft gemeinsam, und bald übernimmt er die Küche.«

»Dann kommst du endlich zu uns nach Wien?«, fragte sie hoffnungsfroh. Mir fielen all die privaten Details ein, die James mir bei unserem letzten Gespräch mitgeteilt hatte.

»Ja, jetzt dauert es nicht mehr lange, dann ziehe ich zu euch«, versprach er.

»Auch, wenn der andere nicht gut kocht?«, fragte Sophie.

»Wie kommst du denn darauf?«, wollte James wissen.

»Niemand kocht so gut wie du«, betonte das Mädchen und James beugte sich nieder, um sie hochzuheben.

»Das ist ein liebes Kompliment, aber Ralph ist sogar ein besserer Koch als ich. Komm, ich beweise es dir. Du musst seine Pastete versuchen, oder den Pie, den er gemacht hat.«

»Kocht er auch Nachtisch?«, fragte das Mädchen und ich sah James nach ihrer Nase greifen, während sie sich entfernten und mich wieder dem Sonnenuntergang überließen.

Kapitel 31 – Emma

Ich trat zu Tim an die Balustrade und klinkte mein Glas gegen seines, bevor ich anfing zu sprechen. Ich schien ihn aus seinen Gedanken zu reißen.

»Hey, so ganz alleine?«

»Das ist wohl der Nachteil, wenn man niemals hier gelebt hat und nur der Junge ist, der auf Sommerfrische kam, und selbst das habe ich vor Ewigkeiten aufgegeben.« Er zuckte mit den Schultern.

»Zumindest bist du kein Junge mehr, sonst müsste ich dir das Sektglas abnehmen.«

»Aber am Rest hat sich nicht viel geändert. Ich bin nur auf Urlaub hier.«

»Das hat das Ganze schon von Anfang an so schwierig gemacht«, sagte ich und dachte zurück an unsere ersten schüchternen Sommerflirts. »Erinnerst du dich, als wir da unten am Strand entlang spazierten und du zum ersten Mal meine Hand nahmst?« Ich nickte nach unten zum Strand. Er lachte.

»Ich glaube, ich habe mich tausend Mal umgedreht, um sicherzustellen, dass wir außer Sichtweite des Strandcafés waren und deine Eltern uns nicht sehen würden. Aber dann habe

ich es gewagt.« Jetzt lachte auch ich. Es war eine schöne Erinnerung. Es war eine Zeit gewesen, wo die Sorgen des Alltags
aus nicht gemachten Hausaufgaben bestanden, oder daraus,
dass mir das Essen, das es zu Hause gab, nicht schmeckte.

»Diese Unbeschwertheit war schön«, sagte ich.

»Unbeschwertheit? Mein Herz raste wie wild, wahrscheinlich hatte ich mich noch nie so sehr vor etwas gefürchtet, wie
von dir zurückgewiesen zu werden.« Ich schüttelte den Kopf.

»Das hätte ich nie getan, ich war Hals über Kopf in dich
verliebt, und das hast du gewusst.« Ich griff nach seiner Hand
und verschränkte unsere Finger, denn mir war egal, ob uns
jemand sah.

»Ich habe es vermutet«, gab er zu.

»Und jetzt? Was vermutest du jetzt?«, fragte ich. Er sah
mich nachdenklich an und atmete lange aus, bevor er meine
Hand drückte und seinen Blick dann wieder über das Meer
in die Ferne schweifen ließ.

»Ich vermute, dass jetzt alles noch viel komplizierter ist als
früher.« Er schüttelte den Kopf, dann löste er unsere Hände.
»Wenn wir in London wären, wenn die Entfernung nicht
zwischen uns wäre, könnte ich mir sehr viel vorstellen, dann
könnten wir uns ganz oft treffen und einfach schauen, wohin
es führt.«

»Aber ich bin nicht in London«, sagte ich, auch wenn
ich es vielleicht gerne wäre. Aber mein Job, oder der, den ich
mir in meinen Wunschträumen ausmalte, war mit Projekten
verbunden, die an verschiedensten Orten sein konnten.

»Würdest du mir glauben, wenn ich dir dasselbe wie damals

vorschlage, nur dass ich mich dieses Mal auch daran halte?«
Ich wusste, was er meinte. Wir hatten uns damals versprochen
zu telefonieren, uns zu schreiben, uns zu besuchen. Nichts
davon war eingetreten. Dennoch nickte ich.

»Einen Versuch wäre es wert. Wie lange bist du noch hier?«,
wollte ich wissen.

»Fragst du, weil du mich vermissen wirst, wenn ich weg
bin, oder geht es dir ums Strandcafé und die Renovierung?«,
erwiderte er verschmitzt und stellte sein leeres Glas auf einen
nahegelegenen Beistelltisch. »Ich denke, wir sollten reingehen.
Wahrscheinlich hat das Essen schon begonnen.« Ich blickte
mich auf der inzwischen fast leeren Terrasse um.

»Was hältst du davon, wenn wir einfach abhauen? Du hast
vorhin gesagt, du kennst niemanden – und ich, ich bin nur eine einzige Person, mich wird niemand vermissen.« Ich wollte
es nicht zugeben, aber ich wollte jede freie Minute mit ihm
verbringen, denn jede von ihnen war kostbar. Das Ende war in
Sicht, auch wenn er vorhin auf meine Frage zu seiner Abreise
nicht geantwortet hatte.

»Früher haben wir alles daran gesetzt, in eine Party reinzu-
kommen, nicht von ihr zu fliehen.«

»Sieh es als das Privileg des Alters. Wir dürfen jetzt alles
tun, was wir wollen.«

»Oh, das klingt gefährlich«, sagte er und wackelte mit den
Augenbrauen.

»Ich habe an einen Strandspaziergang gedacht, nicht wirklich gewagt, aber romantisch.«

»Jetzt setzt du mich unter Druck.«

»Überhaupt nicht, schau nach oben. Die Sterne und der Mond übernehmen die ganze Arbeit für dich, da bleibt sonst nicht mehr viel zu tun.«

»Außer das vielleicht«, sagte er, schlüpfte aus seiner dicken Jacke und legte sie mir über die Schultern. Dann griff er nach meiner Hand und führte sie zu seinem Mund, um ein kleines Küsschen auf meinen Handrücken zu hauchen. Die kleinen Härchen an meinem Arm stellten sich auf und alles kribbelte in mir.

»Du hast den Dreh echt raus«, sagte ich, um die Stimmung zu lockern, die plötzlich so intensiv geworden war. »Danke für die Jacke«, schob ich zögernd nach. »Mir ist warm genug, du frierst ohne sie.« Ich gab sie ihm zurück. Obwohl ich nur einen leichten Wintermantel trug, der zum Kleid passte, wollte ich nicht, dass er nur im Sakko durch die Winterlandschaft lief.

»Behalte die Jacke. Ich kenne eine Abkürzung«, sagte Tim und reichte mir seine Hand. Ich zog seine Jacke wieder über und wartete gespannt, mit welcher Abkürzung er als Ortsfremder aufzuwarten hatte, folgte ihm aber bereitwillig. Rasch erkannte ich, dass er nicht wie geplant den Weg zum Strand einschlug, sondern mich ins Ortsinnere führte.

»Das ist die falsche Richtung.«

»Vertrau mir, es ist nur ein kleiner Umweg.« Es dauerte nicht lange und wir kamen zum einzigen Pub des Ortes. Er war winzig und noch älter als das Strandcafé, und ich fragte mich nicht zum ersten Mal, wie sich Marty's über Wasser hielt, wenn das Strandcafé bei definitiv besserer Lage strauchelte.

»Hunger?«, durchbrach Tim meine Gedanken. »Wenn wir schon das edle Galadinner verpassen, wie wäre es stattdessen mit Fish and Chips?«

Kapitel 32 – Timothy

Das Pub war an diesem Abend besser gefüllt als an regulären Wochentagen, dennoch fanden wir leicht einen freien Tisch nur für uns alleine. Als wir uns setzten, reichte ich Emma die Speisekarte und schlug meine eigene auf. Die Seiten waren vergilbt und auf manchen waren Fingerabdrücke und Flecken. Ich schüttelte den Kopf.

»Hast du dir die Bewertungen von Marty's schon einmal angesehen?«, fragte ich sie, denn ich hatte es im Rahmen der Konkurrenzanalyse getan. Emma blickte von ihrer Speisekarte auf und schüttelte den Kopf. Sie war so wunderschön. Ich konnte kaum an etwas anderes denken, als sie in den Arm zu nehmen und zu küssen. Ich wollte ihr über ihr Haar streichen oder über die zarte Haut an ihren Armen.

»Aber ich habe mich gerade vorhin gefragt, wie Marty's überlebt, während das Strandcafé den Bach runtergeht«, sagte sie. Das war aus meiner Sicht schnell erklärt. Ich nickte zu den Männern an der Bar.

»Das Bier fließt hier in Strömen.« Ich zuckte mit den Schultern. »Ohne zu urteilen, aber ich denke, es gibt Männer, die trinken nach der Arbeit gerne ein oder zwei oder mehr Gläser.

Und wenn zu Hause niemand auf einen wartet, was spricht denn dagegen?« Ich dachte über meine Abende nach, die bis vor ein paar Wochen auch nur aus Einsamkeit bestanden hatten. Nur, dass ich nie alleine in einer Bar abhing. Ich favorisierte das Sofa und eine Netflix-Serie, zu viel mehr hatte ich nach einem harten Arbeitstag inklusive Überstunden keine Kraft mehr. Ich nickte zum großen Bildschirm an der Wand, auf dem gerade ein Dart-Spiel übertragen wurde. »Außerdem sorgt Marty's für Unterhaltung. Ich will damit Folgendes sagen: Die Männer haben keinen anderen Ort, um zu entspannen oder sich mit anderen zu treffen.« Sie blickte sich um und studierte die Männer.

»Kaum einer von ihnen war je im Strandcafé«, sagte sie nachdenklich.

»Warum auch? Sie wollen ihre Ruhe, sie wollen unter sich und ihresgleichen sein. Warum sich mit Badegästen und Touristen auseinandersetzen oder älteren Damen wie Granny, die eine Tasse Tee trinken wollen.«

»Stimmt«, gab sie zu.

»Es ist alles eine Frage der Zielgruppe. Du wirst die Männer auch nie im Küstenhotel antreffen, einfach, weil das Bier dort teurer und das Ambiente zu gehoben ist.«

»Und was heißt das für mich? Wo ist meine Zielgruppe? Im Strandcafé jedenfalls nicht.«

»Darum kümmern wir uns. Aber heute haben wir frei. Du hast dich doch nicht so in Schale geworfen, damit wir übers Strandcafé nachdenken, das tun wir sowieso schon jeden Tag. Lass uns heute einfach Spaß haben«, schlug ich ihr vor, nahm ihre Hand und führte sie erneut an meine Lippen. Und ich genoss es, die Überraschung in ihrem Gesicht zu sehen und wie ihre Wangen sanft anliefen und sich ein verlegenes Lächeln breitmachte. Ich war nicht der Einzige, der die Magie zwischen uns spürte. Sie spürte sie auch. Definitiv.

Ich zog sie an der Hand mit mir, als wir das Pub verließen.

»Ich habe dir einen Strandspaziergang versprochen«, sagte ich.

»Ich bin so satt, ich will nur noch im Bett liegen«, murrte sie. Ich lachte und blickte auf die Uhr, aber ich erriet die Uhrzeit mehr, als sie wirklich in der Dunkelheit zu erkennen.

»Es ist zu früh, um schlafen zu gehen. Wir haben uns doch nicht wie wild rebellierende Teenager von der Hochzeit geschlichen, nur um jetzt wie Vorzeige-Kinder früh schlafen zu gehen.«

»Nein, auf keinen Fall«, kicherte sie. »Also, dann zum Strand wild rebellierender Teenager.« Jetzt lachte auch ich.

»Eigentlich bin ich ein sehr ernst zu nehmender Erwachsener«, stellte ich klar und ging los, während ihre Hand noch immer in meiner lag. Und noch immer jagte diese Tatsache ein Hochgefühl durch meinen Körper.

»Stimmt. Du bist Anwalt«, sagte sie, es lag noch immer ein Lachen in ihrer Stimme. Aber ich spürte auch den Ernst ihrer Worte. Ich würde bald abreisen. Es war nicht hinauszuzögern, und weil ich einen neuen Job antrat, konnte ich gerade keinen weiteren Urlaub beantragen. »War das immer dein Traumberuf?«, wollte sie wissen. Die Frage überraschte mich. Das hatte mich schon ewig niemand mehr gefragt. Im Gegenteil, die meisten gingen davon aus, dass der Job der ultimative Erfolgsgarant war. Er hatte Prestige und verschaffte mir durchaus einen gewissen Respekt.

»Ich weiß es nicht«, gab ich zu. Ich hatte nie darüber nachgedacht.

»Was wolltest du denn werden, als du ein kleiner Junge warst?«, fragte sie.

»Wahrscheinlich Polizist oder Feuerwehrmann oder Cowboy. Wollen das nicht alle Jungs?« Ich war mir sicher, dass ich mich hin und wieder verkleidet und so getan hatte, als rettete ich die Welt.

»Und dann, als es an die Uni ging, wurde plötzlich Recht daraus? Was ist passiert?«, hakte sie nach. Aber ich hatte keine echte Antwort darauf.

»Ich denke, ich bin erwachsen geworden und habe getan, was alle getan haben und habe mir einen Job ausgesucht, der Geld versprach und auch ein bisschen Macht.«

»Sehr männlich«, sagte sie und drückte meine Hand.

»Ich habe wirklich keine Ahnung, aber ich denke, es haben nicht alle das Glück, so früh zu wissen, was sie wirklich wollen wie du.« Dafür hatte ich sie damals schon bewundert und tat es noch heute. Ein Ziel zu haben, dieses zu verfolgen und anzukommen, das schien mir neben wenigen anderen Dingen fast schon ein Privileg zu sein.

»Und wohin hat es mich geführt? Ich bin noch immer hier. Keinen Zentimeter weiter. Noch immer so nahe an meinem Traum und doch so weit von ihm entfernt.«

»Wie meinst du das?«

»Der Strand«, sagte sie. »Mit diesem Strand und den Ausgrabungen hat alles angefangen. Und noch immer bin ich hier. Aber ich will doch selbst etwas entdecken, selbst etwas beitragen, selbst forschen und Fragen beantworten. Nicht nur zusehen, nicht nur staunen.«

»Und das alles scheint mit einem Mal unmöglich«, stellte ich für sie fest. Ein Gefühl, das ich nicht kannte. Bisher hatten sich meine Pläne immer in die Tat umsetzen lassen.

»Hattest du schon mal eine Wahl? Ich meine, zwischen dem was richtig ist und dem, was du willst?«, fragte sie. Ich wusste, dass sie ihren Job meinte, auf den sie mit dem Studium hingearbeitet hatte, der aber plötzlich so weit entfernt schien wegen des Strandcafés, das immer Teil ihres Lebens gewesen war, ohne je einen Beitrag ihrerseits zu fordern. Aber das hatte sich plötzlich geändert.

Kapitel 33 – Emma

Der tiefe Atemzug, den er nahm, gab mir zu verstehen, dass er das Gewicht der Frage verstand und vielleicht auch die Verantwortung, die er mit der Beantwortung übernahm. Er war nicht irgendjemand für mich. Das war er nie gewesen. Seine Meinung zählte für mich, nicht nur weil ich ihn für klug hielt, sondern weil er mir etwas bedeutete. Ich wollte nicht nur seine Unterstützung für die Renovierung, ich wollte, dass er hinter mir stand, grundsätzlich gut fand, was ich tat und sich an meiner Stelle auch so entscheiden würde. Vielleicht war das zu naiv gedacht oder zu emotional, aber es war das, was ich im Moment fühlte. Ich brauchte sein Gutheißen. Ich brauchte sein Verständnis und vielleicht brauchte ich auch seine Hoffnung und seine Zuversicht. Dieses Lächeln, das ständig um seinen Mund spielte, der Charme, der jede Aussage begleitete. Ich brauchte mehr davon, mehr in meinem Leben und mehr davon im Strandcafé.

»Nein. Ich habe noch nie vor so einer Wahl gestanden«, gab er zu.

»Und wenn du vor der Wahl stehen würdest? Was würdest du tun?«

»Ob ich das Strandcafé halten würde? Nein, das würde ich nicht. Wenn man alle Emotionen außen vorlässt und nur die Zahlen betrachtet, dann würde ich es abstoßen«, erklärte er mir.

»Aber da sind eben nicht nur Zahlen«, gab ich zu bedenken.

»Du willst also wissen, was ich an deiner Stelle tun würde? Du willst wissen, was ich tun würde, wenn meine Eltern mir ein Familienunternehmen hinterlassen würden?«

»Wahrscheinlich.« Ich hatte keine Ahnung, was seine Eltern beruflich machten, wir hatten nie über sie gesprochen, immer nur über Patsy, weil ich sie kannte. An seinen Vater, der von hier war, konnte ich mich kaum erinnern.

»Glaubst du mir, wenn ich sage, dass es diese Möglichkeit gab? Aber ich habe sie nie gesehen und meine Eltern haben meine Interessen nie gelenkt.« Er schüttelte den Kopf und blieb kurz stehen. »Das wird mir erst jetzt bewusst, ich denke, ich muss mich bei ihnen bedanken, dass sie nie Druck ausgeübt haben.«

»Was meinst du?«

»Mein Vater ist Arzt. Er hat eine kleine Praxis. Ich habe nie darüber nachgedacht, ob er sich gewünscht hätte, dass ich in seine Fußstapfen trete.«

»Er wird die Praxis also schließen, wenn er in Rente geht?«, fragte ich.

»Das denke ich nicht, er hat bereits einen jungen Arzt bei sich, mit dem er zusammenarbeitet, vielleicht übernimmt er sie. Keine Ahnung. Es ist nicht so, dass wir viel über unsere

Jobs sprechen, wenn wir beisammen sind.« Das konnte ich verstehen. Wir sprachen zu Hause auch über andere Dinge. Vielleicht hatte Vater deshalb nie die finanzielle Situation des Strandcafés erwähnt.

»Ich nehme an, du hast keine emotionale Bindung zur Praxis. Du bist dort nicht aufgewachsen.« Er schnaubte tief und wusste natürlich, auf was ich anspielte. Das Strandcafé war, ist mein Zuhause.

»Das ist doch kein Wettbewerb, Emma. Und vor allem ist es nichts, das etwas mit mir zu tun hat«, sagte er. »Und ehrlich gesagt hat es auch nichts mit dir zu tun. Es ist die Angelegenheit deines Vaters und du solltest sie ihm überlassen, während du dich um dein eigenes Leben kümmerst. Um deine Träume und das, was du willst. Und dann, eines Tages, wenn du selbst Kinder hast, kannst du ihnen davon erzählen, wie es war, als Paläontologin zu arbeiten. Das wird sie inspirieren, an ihre eigenen Träume zu glauben«, sagte er.

»Ich habe noch nie über Kinder nachgedacht«, gab ich zu, auch wenn ich vorhin übers Heiraten nachgedacht hatte, aber das musste er nicht wissen. Das Thema Kinder und Familie schien mir noch so weit weg. Ich war gerade noch selbst ein Kind gewesen und hatte mich darauf konzentriert, meine Ausbildung zu beenden und meinen Traumjob zu finden. Für viel mehr Gedanken war keine Zeit gewesen. Aber in meiner Zukunft stellte ich mir schon eine eigene Familie vor. Manchmal hatte ich das Gefühl, ich kannte ihn erst kurz und andere Male hatte ich das Gefühl, ich kannte ihn ewig und komischerweise stimmte beides. Wir kannten uns seit

Kindertagen, nur nicht gut genug, dennoch konnte ich mir ein Leben mit ihm vorstellen, das war schon immer so gewesen. Wenn jeder Tag mit ihm so wäre wie die vergangenen Tage hier, dann wäre die Welt für mich in Ordnung. Nichts anderes würde ich mir wünschen. »Aber was, wenn die Kinder fragen würden, wenn wir uns vielleicht Bilder von früher ansehen, was mit dem Strandcafé passiert ist, und ich sagen muss, dass es verkauft worden ist, weil es finanziell nicht zu retten war. Was, wenn sie fragen, warum ich es nicht übernommen habe?«

»Ja, was würdest du dann antworten?«, fragte er. Aber ich hatte keine Antwort, die nicht egoistisch klang, auch wenn es sich nur um ein fiktives Szenario handelte. »Du könntest sagen, dass du dich für deine Träume entschieden hast. Wäre das nicht das, was du deinen Kindern vorleben wollen würdest? Ich meine, würdest du von deinen Kindern erwarten, dass sie das Strandcafé nach dir übernehmen? Oder würdest du sie zwingen, Paläontologie zu studieren? Ich persönlich würde von meinen Kindern nicht erwarten, dass sie Jura studieren und Anwalt werden. Selbst wenn ich auf meine alten Tage eine eigene Kanzlei eröffnen sollte, wünschte ich nicht, dass sie in meine Fußstapfen treten«, sagte er.

»Hast du darüber schon öfter nachgedacht, oder fällt dir das gerade alles spontan ein?«, wollte ich wissen. Es fühlte sich nämlich eigenartig an, mit ihm über Kinder zu sprechen, als ob wir Zukunftspläne schmiedeten, wo wir doch nicht einmal die Gegenwart im Griff hatten.

»Ich habe immer nur über das Hier und Jetzt nachgedacht. Meinen nächsten Karriereschritt und den darauffolgenden.

Aber seit ich hier bin ...«, er hielt inne, blieb erneut stehen und drehte sich zu mir um. »Seit ich hier bin«, fuhr er fort, »haben sich meine Prioritäten verändert. Ich freue mich auf die neue Stelle und die neue Herausforderung. Aber das Meer und die Weite machen etwas mit mir. Sie haben meinen Horizont erweitert, wenn du so willst. Ich meine, es ist schon okay, wenn ich mich jetzt auf meine Karriere fokussiere, aber ich werde nicht ewig jung sein. Und vielleicht ist es an der Zeit, Ziele im Privaten zu setzen. Das ist es, was ich hoffe, hier mit dir zu tun. Ich würde gerne Zukunftspläne schmieden, die nichts mit meinem Job oder deinem zu tun haben, dafür mit uns und dem, was wir privat wollen.« Er hielt inne und lachte kurz auf. »Ich meine, wenn du mich das vor ein paar Wochen gefragt hättest, dann hätte ich dir erklärt, dass ich vielleicht in fünfzehn Jahren über diese Dinge nachdenken würde, aber jetzt, jetzt kann ich ... ich weiß nicht. Die Dinge haben sich geändert«, schloss er und ich wusste, dass das nur mit mir zu tun hatte. Einzig und alleine mit mir und das ließ mein Herz einen Freudensprung machen.

Kapitel 34 – Timothy

Die Dinge hatten sich definitiv verändert, wenn ich mich selbst sprechen hörte. Ich hatte keine Ahnung, woher die Worte kamen, vor allem, weil ich sie zum ersten Mal selbst hörte. Weil ich sie noch nie zuvor ausgesprochen hatte, und weil ich sie nie zuvor gedacht hatte. Ich legte meinen Kopf in den Nacken und blickte nach oben zu den Sternen und lauschte dem Knirschen der Kieselsteine unter unseren Füßen. Jetzt war es nicht mehr weit bis zum Strand. Ich glaubte, bereits die Wellen zu hören, aber das konnte auch das Rauschen des Blutes in meinen Ohren sein. Ich war mindestens so nervös wie vor einer meiner größten Prüfungen, dabei wusste ich nicht einmal warum.

»Die Dinge haben sich geändert, das stimmt«, sagte Emma. Sie wirkte allerdings nicht glücklich, als sie das sagte. »Ich kann aber nicht von hier weg und alles stehen und liegen lassen. Das fühlt sich einfach nicht richtig an. Und so gerne ich über eine Zukunft nachdenken würde, eine, die Spaß macht, eine mit meinem Traumjob und dir und vielleicht Kindern – das ist nicht möglich. Ich habe im Moment nur Platz für das Strandcafé und die Frage, wie ich es zum Laufen kriegen kann.« Ich verstand sie schon. Sie hatte sich an dieser Idee so festgebissen wie ich mich all die Jahre an meiner Karriere. Und klar, wenn sie mich bitten würde, hierzubleiben und ihr beim Aufbau des Strandcafés zu helfen, dann würde ich ablehnen. Mein Platz war nicht hier und würde nie hier sein. Ich verstand also sehr gut, nur sie verstand nicht. Das Schicksal des Cafés war bereits besiegelt. Ich war dabei, die Verträge auszuarbeiten, um sie ihrem Vater in den nächsten Tagen vorzulegen. Ich fand das gut, weil es bedeutete, dass der Weg für sie bald frei wäre, zurück nach London zu kommen. Dann hätten wir die Chance, zu sehen, ob es nur der Charme des Meeres war, der unsere Anziehungskraft weckte, oder ob wir es auch im lauten und hektischen London miteinander aushielten.

»Das ist in Ordnung. Wir haben doch gesagt, wir versuchen es mit einer Fernbeziehung«, erinnerte ich sie. Am Anfang würde es darauf hinauslaufen, bis der Verkauf und die Abwicklung finalisiert wären. »Wollen wir uns setzen?«, fragte ich und breitete meine Jacke am Boden aus, damit es gemütlicher war.

»Ich war nachts schon ewig nicht mehr hier«, sagte sie.

»Frag mich mal.«

»Es hat etwas Magisches. Der schwarze Nachthimmel, die glitzernden Sterne und das Meer, das leise anrollt und sich wieder zurückzieht, nur um dann zurückzukehren.«

»Schließ die Augen«, sagte ich. Und zu meiner Überraschung tat sie es ohne Widerrede. Ich betrachtete ihr Profil eine Weile. Ich hatte sie schon oft gemustert und sie jedes Mal für perfekt gehalten, aber die Art, wie sich heute das goldene

Licht des Mondes auf ihrer Haut spiegelte, verzauberte mich von Neuem. Ich legte meine Hand an ihre Wange und strich sanft mit dem Daumen über ihre weiche Haut. Hin und wieder roch ich ihr Parfum, das eine sanfte Brise zu mir herüber wehte. Als ich mich satt gesehen hatte, beugte ich mich zu ihr und küsste sie. Erst ganz sachte, weil ich sie nicht erschrecken wollte, aber später, als ich ihre Hände an meinen Schultern spürte, gab es keine Zurückhaltung mehr. Das Rauschen des Meeres wich meinem frenetischen Herzschlag und das goldene Licht des Mondes war schon längst all den glänzenden Vorstellungen über unsere Zukunft gewichen.

Ich hielt sie noch immer in meinen Armen, als ich spürte, wie sie fröstelte.

»Ist dir kalt?«

»Ich will noch nicht gehen«, antwortete sie und ich stimmte ihr zu.

»Es ist komisch, sich als erwachsener Mann wieder wie ein Teenager zu verhalten«, sagte ich und lachte über mich selbst. »Zu Hause in London hätte ich uns längst ein Taxi gerufen. Ich hätte dich in meine Wohnung gebeten. Ich hätte dir einen Tee angeboten oder vielleicht einen Wein, je nachdem. Wir hätten auf dem Sofa gesessen, statt uns hier dem kalten Wind auszusetzen und wir hätten unsere Privatsphäre gehabt. Man weiß ja nie, wer hier vielleicht noch einen nächtlichen Spaziergang macht und uns entdeckt.« Emma kicherte und schmiegte sich näher an mich. »Aber jetzt wohne ich wieder bei Granny, wie damals als Junge. Ich kann dich nicht mit nach Hause nehmen, ohne dass sie es bemerkt und uns mit Fragen löchert. Und selbst wenn wir uns reinschleichen? Was ist morgen in der Früh? Und selbst wenn sie uns glaubt, dass ich nur noble Absichten hatte, das hier würde auf jeden Fall zum Dorfgespräch.«

»In der ganzen Sache steckt ein Denkfehler«, wandte sie ein. »Auch wenn ich dir in Vielem recht geben muss. Ich würde unglaublich gerne mit dir nach Hause, aber du übersiehst, dass, wenn wir jetzt in London wären, wir nicht am Strand sitzen würden, nicht dem Meer lauschen, also aus welchem Grund würdest du mich in die Wärme deiner Wohnung locken wollen? Schließlich habe ich in London auch eine Wohnung, das heißt, ohne meine Eltern, die mich ebenso erwischen könnten wie Patsy dich.« Ich lachte, denn da war etwas Wahres dran.

»Vielleicht wären wir im Park. Sterne gibt es auch in London«, sagte ich.

»Ja, Sterne gibt es auch in London«, gab sie zu.

»Siehst du den großen Wagen?«

»Ja. Warum?«

»Ich dachte, ich könnte dich beeindrucken, aber offenbar hat das schon jemand vor mir getan.« Ich hätte mich gerne als ihr Held gefühlt. Jemand, der nicht nur helfen konnte, Wände anzustreichen, sondern der auch in Sachen Romantik Experte war und Sternbilder erklären konnte.

»Mein Vater«, sagte sie und lachte, bevor sie mich küsste.

Kapitel 35 – Emma

Er hatte recht. Ich wäre jetzt lieber bei ihm zu Hause, oder auch bei mir, das spielte fast keine Rolle. Hauptsache wärmer als hier und der Untergrund vielleicht etwas weicher. Aber ich konnte mich nicht beschweren. Tim war warm und weich. Ich schmiegte mich näher an ihn, blickte erneut zum Himmel und lauschte dem Meer.

»Das habe ich noch nie gemacht«, sagte ich.

»Was?« Tims Brust hob sich unter meinem Kopf bei jedem Atemzug und ich konnte seinen Herzschlag hören.

»Einfach so in der Nacht ganz alleine am Strand liegen.«

»Ganz alleine?«, fragte er und ich spürte sein leises Lachen, das meinen Kopf sachte ruckeln ließ.

»Du weißt, was ich meine.«

»Ja. Ich denke, ich habe die Stille auch noch nie so laut wahrgenommen.«

»Es macht einen nachdenklich«, fuhr ich fort.

»Mhm«, raunte er. »Über was denkst du nach?« Und ich hätte sagen können über uns, denn das stimmte und gehörte auch dazu. Aber in Wahrheit dachte ich über mich nach. Über meine Zukunft, ob sie ihn mit beinhalten würde, wenn ich hierblieb. Ob es das Strandcafé schaffen würde, und wenn ja, was das für mich bedeuten würde.

»Es ist ein bisschen wie Schachspielen. Wenn du deinen aktuellen Zug bedenkst und gleichzeitig alle Folgezüge, die daraus resultieren könnten.« Dabei war ich nie eine gute Schachspielerin gewesen. Meistens, weil ich zu defensiv spielte und allen anderen die Kontrolle der Spielzüge überließ und am Ende nur noch reagierte, um das Unvermeidbare möglichst lange hinauszuzögern und bis zum Schluss zu hoffen, dass sich eine Lücke ergeben würde, die mir die Möglichkeit eröffnen würde, das Blatt in letzter Minute nochmals zu wenden.

»Das klingt kompliziert.«

»Ist das bei dir nicht so?« Ich hatte zwar keine Ahnung, wie man die Karriereleiter hochkletterte, aber ich stellte es mir kompliziert vor.

»Nein. Eigentlich war es ganz einfach. Du musst nur unglaublich fokussiert sein auf das, was du willst, und du darfst dich nicht ablenken lassen.« Aber so ein Tipp half mir nicht, wenn es um das Strandcafé ging – oder doch? Nein. Ich wüsste nicht wie.

»Da du der Erfolgreichere von uns beiden bist. Wie passt das zum Strandcafé?«, wollte ich deshalb von ihm wissen.

»Gar nicht. Und das weißt du. Ich habe es dir schon mal gesagt. Wenn das mein Erbe wäre, ich würde es abstoßen. Es passt nicht in meine Pläne, was soll ich also damit? Es wäre etwas anderes, wenn ich ein Burnout hätte und Kaffee ausschenken und der Blick aufs Meer mir helfen würden, damit umzugehen. Dann wäre es wahrscheinlich ein Geschenk des Himmels. Aber so ist es nur eine Belastung. Und das ist es doch auch für dich. Sei ehrlich mit dir selbst, du hast das nie für dich gewollt. Deshalb fällt dir alles im Moment so schwer.« In dem Punkt musste ich ihm recht geben.

»Geht es wirklich nur um die Familie? Du sagst, du kannst nicht loslassen. Aber ist es nicht so, dass, wenn die familiären Bande stark genug sind, die Liebe groß genug, sie an so etwas nicht scheitern sollten. Deine Eltern wollen doch das Beste für dich. Können sie nicht sehen, dass das schon lange nicht mehr das Beste ist?«, fuhr er fort.

»Was, wenn es umgekehrt ist? Was, wenn ich das Beste für meine Eltern will? Was, wenn sich die Rollen verändert haben und ich auf sie aufpassen will?« Der Gedanke, dass meine Eltern das verlieren, was sie ihr Leben lang aufgebaut hatten, fühlte sich schrecklich an. Und es war nicht nur ein Job, nicht ein Strandcafé, es war schlichtweg unser Zuhause.

»Ich habe den Eindruck, dass dein Vater andere Pläne hat. Ich denke, er ist bereit, loszulassen und zu verkaufen.«

»Das ist er, das weiß ich schon lange.«

»Warum du nicht? Du könntest in London oder wo auch immer deinen Traumjob haben. Was hält dich fest?«

»Erinnerungen, ein Gefühl von Verantwortung und Zusammenhalt.« Ich zuckte mit den Schultern, es war schwer in Worte zu fassen. »Ich habe vorhin darüber nachgedacht, was wäre, wenn ich das Strandcafé zum Laufen bringe. Das würde bedeuten, hierzubleiben und es wirklich zu führen. Der Gedanke macht mir Angst. Er fühlt sich eng an. Ich will meine Zukunft nicht hier verbringen, auch wenn ich nicht für immer Abschied nehmen will. Das ist mein Ort, verstehe mich nicht falsch, das wird immer mein Ort sein. Aber ...« Ich hielt kurz inne und blickte zu den Sternen. »Es ist hier zu klein. Mir ist das zu langweilig, vielleicht ist das das richtige Wort. Zudem kommen mir Zweifel: Wenn ich jetzt ein oder zwei Jahre das Café aufbaue und es funktioniert nicht, dann haben wir noch mehr Schulden, und ich ein riesiges Loch in meinem Lebenslauf, das ich nicht mit einer Erfolgsstory füllen kann ...« Das hatte ich noch nie ausgesprochen, aber das waren die Sorgen, die mich quälten. Ich war jung, die Zukunft lag noch vor mir. »Irgendwie fühlt es sich so an, als ruiniere ich mir mein Leben. Aber wie könnte ich anders. Ich kann doch nicht anders.« Tim sagte lange nichts und drückte mich nur fest an sich.

»Wir finden eine Lösung. Das verspreche ich dir. Mach dir keine Sorgen.« Dann küsste er meine Stirn und ich glaubte ihm.

»Danke«, sagte ich, weil er mich, seit er hier war, nie im Stich gelassen hatte.

»Wollen wir aufbrechen?«, fragte er dann.

Ich nickte an seiner Brust und gähnte. Es wäre schön, noch ewig hier zu sitzen. Aber mir war kalt und ich war müde.

»Ich bin mir sicher, dass wir bald zu Eiszapfen werden, wenn wir noch lange bleiben«, sagte er und ich lachte.

»So kalt ist es nicht«, widersprach ich, aber das stimmte nicht, es sollte nun jeden Tag mit dem ersten Schnee zu rechnen sein.

»Komm, ich bring dich nach Hause. Das fühlt sich jetzt alles sehr romantisch an, aber wenn wir morgen mit einer Erkältung aufwachen, bereuen wir es.«

»Wie hätte ich annehmen können, dass ein Anwalt länger als ein paar Stunden romantisch sein kann.« Ich stand auf, er war aber als Erster auf den Beinen und zog mich hoch. Dann umarmte er mich und begann im Licht der Sterne mit mir zu tanzen. Wahrscheinlich war es mehr ein Stolpern, weil der Boden voller kleiner runder Steine bei jedem Schritt unter uns nachgab, und weil das Meer keinen Walzer für uns spielte, dennoch fühlte es sich perfekt an. Seine Hand auf meinem Rücken und seine Schulter unter meiner Wange. Vielleicht war es doch keine so schlechte Idee gewesen, das Strandcafé retten zu wollen. Sonst hätte ich ihn wahrscheinlich gar nicht wiedergetroffen. Vielleicht war es Schicksal, dass ich genau jetzt hierher zurückgekommen war, als auch er sich einen Urlaub gönnte und ihn bei seiner Granny verbrachte. Ich blickte in die Sterne und ertappte mich dabei, denselben Traum zu träumen, den ich damals schon geträumt hatte. Den Traum von einer Zukunft mit ihm, dem perfekten Leben und immerwährendem Glücklichsein.

Kapitel 36 – Timothy

Am nächsten Morgen klingelte der Wecker viel zu früh. Zumindest zu früh in Anbetracht der Uhrzeit, zu der ich gestern ins Bett gegangen war. Ich hatte ewig nicht einschlafen können, weil meine Sinne noch immer Emmas Duft und der Wärme ihres Körpers nachhingen, als sie sich an mich geschmiegt hatte. Aber am meisten hielten mich die Gedanken an ihren Vater und das Treffen auf Trab, das wir für heute vereinbart hatten. Emma wollte sich den Tag freinehmen und nicht im Strandcafé arbeiten, deshalb hatte Peter den Termin für heute vorgeschlagen, frühmorgens wohlgemerkt, damit Emma keinen Verdacht schöpfte.

»Guten Morgen«, sagte Granny und lotste mich zum gedeckten Tisch.

»Das sieht ja toll aus«, staunte ich. Anstelle des meistens servierten Porridges gab es heute Räucherlachs. »Ich weiß gar nicht, wie ich je wieder in mein einsames Leben in London zurückfinden soll, wenn du mich so verwöhnst.« Zu Hause lebte ich morgens von Müsli und abends von Take-Away-Essen.

»Du könntest hierbleiben«, schlug sie vor. Diese Antwort

hätte ich vorhersehen können, wenn ich schon etwas wacher gewesen wäre.

»Kann ich nicht, der Job wartet.«

»Den kannst du kündigen.«

»Und dann?«

»Lebst du glücklich bis an dein Lebensende an meiner Seite.« Sie kicherte »Nein, Korrektur, an Emmas Seite.« Jetzt lachte ich ebenfalls.

»Und wieso bist du dir sicher, dass sie hier sein wird?«

»Wo will sie denn sein? Sie renoviert das Strandcafé ja nicht zum Spaß.« Damit hatte Granny recht.

»Nein. Spaß macht es ihr wirklich nicht«, bestätigte ich und füllte meinen Teller mit Rührei. »Sie will das alles nicht, sie redet sich ein, das Familienunternehmen retten zu müssen. Das Blöde ist nur, dass Peter kein Interesse an einer Rettung hat. Denn er wiederum ist darauf erpicht, die Zukunft seiner Tochter nicht an das untergehende Strandcafé zu binden.« Ich zuckte mit den Schultern. Inzwischen war es mir egal, Geheimnisse auszuplaudern, die sowieso nicht mehr lange geheim bleiben würden.

»Hat sie dir das so gesagt?«, wollte Granny wissen. Jetzt kam es also raus. Ich schüttelte den Kopf.

»Ich bin sozusagen Doppelagent«, gestand ich.

»Was? Was bedeutet das?«

»Erinnerst du dich, wie du mich zwangsverpflichtet hast, im Strandcafé zu helfen?« Sie nickte und biss in ihr Brot. »Peter hat sich kurz darauf bei mir gemeldet und mich seinerseits um Hilfe gebeten: Er will, dass ich ihn als Experte in

Vertragsrecht dabei unterstütze, einen Käufer zu finden und den Verkauf durchzuführen.« Ich zuckte mit den Schultern.

»Und das macht er hinter dem Rücken seiner Tochter?«

»Sieht so aus. Ich habe versucht, auf ihn einzureden, damit er ihr entweder die Chance gibt, die er ihr offiziell eingeräumt hat, oder direkt mit offenen Karten spielt. Aber er glaubt, sie so beschützen zu können, und will den Familienfrieden so lange wie möglich erhalten, bis er mit der Sprache rausrückt.«

»Man müsste meinen, er sei alt genug, um zu wissen, dass das nur nach hinten losgehen kann«, sagte sie. »Das gilt übrigens auch für dich.«

»Was genau?« Ich wusste natürlich, dass ich Emma nicht anlügen sollte, aber ihren Vater nicht zu unterstützen, wenn er um Hilfe bat, die ich anbieten konnte, hätte ich auch nicht fertiggebracht.

»Du hättest dich da nicht hineinziehen lassen sollen. Emma wird über deine Beteiligung verärgert sein.«

»Das weiß ich selbst. Aber wir sind erwachsen. Sie wird verstehen, dass es zu ihrem Besten ist, wenn das Strandcafé verkauft wird. Und ich bin nun mal nicht die schlechteste Wahl, die ihr Vater treffen kann, wenn es um die Abwicklung solcher Dinge geht.«

»Und das Herz?«, fragte sie.

»Was ist mit dem Herz?«

»Das Herz ist nie vernünftig.« Granny schüttelte den Kopf und stand vom Tisch auf.

Kurz darauf tat ich es ihr gleich. Peter wartete auf mich. Selbst wenn ich mit gemischten Gefühlen zum Termin ging, war ich mir doch sicher, dass es für alle Beteiligen die richtige Vorgehensweise war.

Peter und James empfingen mich an der großen Haupttür des Hotels. Nichts erinnerte noch an die gestrige Hochzeitsfeier.

»Guten Morgen«, sagte Peter und reichte mir seine Hand.

»Guten Morgen, Tim«, grüßte auch James. »Ich habe euch das Besprechungszimmer reserviert. Folgt mir. Was darf ich euch bringen lassen. Tee, Kaffee?«

»Einen Tee, sehr gerne«, sagte ich und stellte meinen Aktenkoffer auf dem dunklen Holztisch im Sitzungszimmer ab. In der Mitte des Tisches standen Snacks bereit und kleine Flaschen mit Getränken. Es fühlte sich komisch an, in Jeans und Wollpullover am Sitzungstisch zu sitzen, wenn es sich zweifellos um ein Business-Meeting handelte. Aber Peter war ebenso leger gekleidet wie ich, vielleicht ging es darum, den Schein zu wahren und niemanden Verdacht schöpfen zu lassen.

»Und, raus mit der Sprache, ich bin schon gespannt«, sagte Peter. Ich öffnete den Koffer und holte eine Kopie meiner Unterlagen für ihn hervor und reichte sie ihm.

»Grundsätzlich sieht es schlecht für dich aus, aber du kennst deine Finanzen besser als ich. Aber die gute Nachricht ist: Wenn du liquidierst, stehst du als reicher Mann von diesem Tisch auf. Du bist verschuldet, aber das hat damit zu tun, dass dein Geschäftsmodell nicht das hereinbringt, was du zum Leben brauchst. In dem Moment, in dem du das Strandcafé mit dem dazugehörenden Grund verkaufst, lösen sich all deine Probleme in Luft auf. Du hast keine Ahnung, was so ein Plätzchen an der Küste wert ist.« Ich schlug für ihn die Seite mit dem Gutachten auf, das ich beauftragt hatte. »In der heutigen Zeit kriegt niemand mehr eine Baubewilligung für so ein Grundstück. Naturschutz, Hochwasserschutzbestimmungen, ich kann gar nicht alles aufzählen. Aber da es dieses Gebäude seit Jahrzehnten gibt und davor seit Jahrhunderten bereits andere Gebäude an der Stelle standen, gibt es für dich keine Einschränkungen. Das Land ist Bauland ohne weitere Auflagen. Wir sprechen von Millionen, Peter! Wir sprechen davon, dass du deine jetzigen Sorgen in einen riesigen Segen verwandeln kannst.«

Kapitel 37 – Emma

Ausschlafen war in den letzten Wochen zu einem seltenen Luxus geworden. Die Tage verschwammen ineinander. Egal ob Wochentag oder Wochenende – Tim und ich standen immer im Strandcafé und verpassten dem alten Geschäft einen neuen Look, der so viel versprach. Das frische Weiß der Wände im Kontrast zu den hin und wieder freiliegenden Holzstreben in den Wänden oder als Stützsäulen im Raum, nachdem wir eine Wand herausgeschlagen hatten, sah super aus. Kleine Holzschiffchen auf den Fenstersimsen und kleine blühende Pflanzentöpfchen sorgten für ein gemütliches Flair. Jetzt fehlten noch die Bilder an den Wänden, ein paar Teppiche und natürlich die Möbel und das Geschirr. Aber langsam nahm alles Gestalt an. Daher war ein freier Tag nach der Hochzeit von Patrizia und Anton durchaus gerechtfertigt.

Nach dem Aufstehen holte ich mein Handy. Ich hatte die vielen Nachrichten von Lizzy schon gestern Nacht gesehen und mir vorgenommen, heute zu antworten. Nach ein paar getippten Worten gab ich allerdings auf und rief sie an.

»Guten Morgen«, flüsterte sie verschlafen.

»Morgen, habe ich dich geweckt?«, fragte ich.

»So in etwa. Warte.« Ich hörte Rascheln und Stolpern im Hintergrund.

»Was ist los? Alles okay?«

»Ich bin nicht zu Hause. Ich, o Hilfe, ich bin gestern abgestürzt.«

»Wo bist du?«

»Bei so nem Kerl. Keine Ahnung, kennst du nicht, denke ich zumindest. Ich kannte ihn bis gestern Nacht auch nicht.«

»Das sieht dir gar nicht ähnlich. Soll ich applaudieren? Oder bereust du es?« Ich machte mir Sorgen, weil sie betont hatte, zu viel getrunken zu haben.

»Ich habe dir tausend Mal geschrieben und gefragt, wo du bist?«

»Ich habe es zu spät gesehen. Ich war nicht da.«

»In der Kirche und beim Empfang habe ich dich noch gesehen, aber dann warst du auf einmal weg und Tim übrigens auch. Ich vermute, ihr wart zusammen, nachdem ihr in der Kirche nur Augen füreinander hattet. Ich denke, das halbe Dorf weiß jetzt Bescheid.«

»Wir waren zusammen«, gestand ich.

Es hatte keinen Zweck, es zu leugnen. Außerdem war ich dieses Mal zuversichtlich, dass wir es besser hinkriegen würden als beim letzten Mal, wenn er abreisen würde. »Die spannendere Geschichte ist aber, mit wem du zusammen warst.«

»Ich schätze, wenn du jetzt zu meiner Wohnung kommst und ich von hier aufbreche und auch zu meiner Wohnung gehe, sollten wir gleichzeitig dort sein. Und dann packt jede ihre

Geheimnisse aus. Was meinst du?« Ich hörte im Hintergrund eine Tür ins Schloss fallen und nahm an, dass sie sich gerade aus der Wohnung von ihrem One-Night-Stand geschlichen hatte. Ich schüttelte den Kopf.

»Ich bin gespannt, wie sich die Romantikerin, die eigentlich tugendhaft auf die Hochzeitsnacht warten wollte, aus dieser Nummer herausredet.« Ich kicherte leise. Lizzy war schon immer eine heillose Romantikerin gewesen, die von Helden auf weißen Pferden träumte und auf Händen getragen werden wollte.

»Ich auch, ich auch«, stöhnte sie. »Aber keine Sorge, deine Story kommt nicht zu kurz.«

»Ich mache mich auf den Weg«, sagte ich und legte auf.

Lizzy öffnete mir ihre Wohnungstür mit nassen Haaren und in ein Handtuch gehüllt.

»Hey, ich war wohl zu schnell«, sagte ich und trat ein.

»Kümmerst du dich um den Kaffee, dann ziehe ich mich noch schnell an.«

»Klar.« Ich legte eine Tüte mit Brötchen auf den Tisch, den ich auf dem Weg in der neu eröffneten Bäckerei geholt hatte, von der Tim letztens die Scones mitgebracht hatte. Dann schaltete ich die Kaffeemaschine an und deckte den Tisch für uns. Ihre Wohnung sah aus, als wäre sie einem Jane Austen Roman entsprungen. Alte Möbel, meist Second-Hand, die Sitzpolster mit blumigen Mustern bezogen, das Geschirr altmodisches Porzellan, ebenso mit Blumenmuster. Als sie zu mir in die Küche trat, ließ sie sich auf den Sitz mir gegenüber plumpsen und zog die Tüte, in dem die Brötchen waren, näher zu sich und ließ ihre Finger über das Logo gleiten. *Old Bread* stand dort. Ich war mir nicht sicher, ob das der beste Name für eine hippe Bäckerei war, die sich einen Namen machen wollte, und das in einem Ort, wo das Durchschnittsalter der Menschen wahrscheinlich bei über fünfzig lag. »Ist es gemein, wenn ich mich inzwischen immer frage, wie ein Business überleben kann, wenn meines so kurz davor ist zu scheitern?«, fragte ich sie und nickte zur Brötchentüte in ihrer Hand.

»Es ist nicht dein Unternehmen«, widersprach Lizzy, während sie weiter auf das Logo starrte.

»Gestern Abend habe ich überlegt, wie Marty's sein Geld macht und wie es ihm genügen kann. Und jetzt mache ich mir Gedanken über den neuen Brotladen. Es ist nicht so, dass ich mir wünsche, dass er pleitegeht. Im Gegenteil, ich finde es schön, dass wir jetzt immer frisches Brot haben, ohne in den nächsten Ort fahren zu müssen. Aber trotzdem schmerzt es zu wissen, dass ich keine Erfolgsgeschichte zu erzählen habe«, gab ich zu.

»Hast du ihn getroffen?«, fragte sie und für einen kurzen Moment dachte ich, sie meint Tim, und zog verwundert meine Augenbrauen hoch. Ich hatte ihr bereits am Telefon erzählt, dass ich mich gestern mit Tim davongeschlichen hatte. »Den Bäcker, meine ich, hast du ihn getroffen?«

»Klar«, sagte ich und langte in die Tüte, um mir ein Brötchen zu nehmen, weil sie noch immer mit dem Finger über das Logo strich, anstatt uns auszuteilen.

»Und? Wie ist er so?«, fragte sie.

»Ihr könntet ihn ja fragen, ob er das Küstenhotel beliefern will. Das wäre für ihn wahrscheinlich umsatztechnisch ein Booster«, schlug ich vor. Ich überlegte, ob das Strandcafé eine Art Partnerschaft mit dem Küstenhotel eingehen könnte. Das würde mir auch helfen, aber was hatte ich zu bieten, was sie brauchen könnten? Mir fiel nichts ein.

»Das ist eine tolle Idee, James freut sich bestimmt, wenn er diese Aufgabe los ist«, sagte sie.

»Wir wissen beide, dass James nicht mehr ewig hier ist. Und so ein bisschen Brot ersetzt keinen Koch.«

»Du hast ja recht. Ich spreche mit Phil. Das könnte ihm wirklich gefallen«, sagte sie und biss in ihr Brötchen.

Kapitel 38 – Timothy

Peter staunte nicht schlecht, als er das Gutachten überflog. Ich musste zugeben, dass ich diese Entwicklung auch nicht vorausgesehen hatte. Natürlich brachten Grundstücksverkäufe grundsätzlich einen guten Gewinn ein. Und die Lage war nun mal einmalig. Aber ehrlich gesagt war die Bausubstanz des Strandcafés alt, und mit den wirtschaftlichen Problemen schien es nicht die attraktivste Immobilie für einen potenziellen Käufer zu sein. Aber ich hatte zunächst übersehen, wie viel Grundfläche zum Strandcafé gehörte. Hier ließ sich locker ein Wellness-Resort bauen oder eine andere Art Hotel oder Erlebnis-Gastronomie. Wenn ich zu Beginn an Kleinanleger und Kleininvestoren, ähnlich wie Peter, gedacht hatte, die hier ihr Glück versuchen wollten, stellte ich mir jetzt eher Groß-Investoren, vielleicht sogar internationale Anleger vor.

»Ehrlich gesagt kam mir das Küstenhotel in den Sinn«, dachte ich laut. Peters Kopf schoss hoch.

»Bitte?«, fragte er nach. Es schien, als würden ihm der Ernst der Lage und die Tragweite seiner Entscheidung erst jetzt bewusst.

»Ich dachte eigentlich immer, dass der Käufer jemand wie du sein würde, der hier ein Café aufziehen will. Inzwischen gehen meine Gedanken in eine andere Richtung. Ich denke jetzt eher an Großanleger, und da fiel mir das Küstenhotel ein. Vielleicht ist es sinnvoll, Phil zu fragen, ob er expandieren will. Beispielsweise wäre ein Hotel direkt am Strand denkbar. Ein verglaster Steg, ein bisschen Malediven-Flair, Glasböden im Spa-Bereich, der Fantasie sind keine Grenzen gesetzt.« Jetzt lehnte Peter sich im Stuhl zurück und atmete tief durch.

»Ich sitze all die Jahre auf einer Goldmine und wusste es nicht?«, fragte er. Ich zuckte mit den Schultern und lächelte. »Die ganzen Sorgen waren umsonst?« Dieses Mal nickte ich.

»Ich finde, du solltest mit Emma sprechen und ihr reinen Wein einschenken. Sie wird wahrscheinlich froh sein zu hören, dass der Verkauf kein Schaden und kein Scheitern für eure Familie ist, sondern ein Gewinn. Vielleicht schenkt ihr das die Freiheit, die sie braucht, um an ihre eigenen Träume zu denken«, sagte ich.

»Ich schätze deine professionelle Aufbereitung der Unterlagen«, lobte Peter und stand auf. »Ich werde mit Phil sprechen und gebe dir dann Bescheid. Emma muss von alldem noch nichts wissen, solange nichts unter Dach und Fach ist. Außerdem finde ich es schwierig, wie du von ihren Träumen sprichst. Du bist seit ein paar Wochen hier, du kennst sie kaum. Versteh mich nicht falsch, ich freue mich, wenn ihr jungen Menschen euch verabredet und kennenlernt, aber sie kann für sich selbst eintreten. Dafür braucht sie dich nicht«, sagte er.

Ich nahm seine Meinung zur Kenntnis und folgte ihm zur Tür.

»Tim, hast du noch einen Moment für mich?«, fragte James.

»Klar.« Ich nickte ihm zu. Zwar hatte ich für ihn noch nicht viel erreichen können, aber konnte ein paar Updates liefern.

»Gut, dann melde ich mich in Kürze. Vielen Dank für alles. Ich bin wirklich sehr froh, dass es dich diesen Sommer hierher verschlagen hat«, sagte Peter und reichte mir zum Abschied die Hand.

»Ganz meinerseits«, erwiderte ich. Das stimmte, nicht nur, weil ich diese Sache bestens unter Kontrolle hatte und es mir das Gefühl gab, mich für Emmas Interessen einzusetzen, auch weil es mir eine fette Provision einbringen würde. Vor dem Gutachten war mir nicht klar gewesen, mit welch großem Deal ich es hier zu tun hatte. Aber das sah jetzt anders aus. Und da ich ganz ohne Kanzlei im Hintergrund agierte, konnte ich das Honorar nur für mich in Rechnung stellen.

»Wollen wir noch mal ins Besprechungszimmer?«, fragte James. Ich nickte und folgte ihm den Flur entlang zurück.

»Es gibt noch nicht so viel Neues, sonst hätte ich mich bei dir gemeldet. Aber einer meiner ehemaligen Studienkollegen ist vielleicht auf der richtigen Spur. Wir grenzen die Namen auf jeden Fall immer mehr ein, da wir schon viele Personen gefunden haben, die nicht die gesuchte Frau waren. Wir kommen dem Ziel also immer näher«, erklärte ich ihm.

»Deshalb wollte ich nicht mit dir sprechen. Es geht um

etwas anderes, aber schön zu hören, dass es bald Ergebnisse geben könnte. Das macht mich glücklich, auch wenn es mir gleichzeitig Angst macht.« Nach etwa vierzig Jahren nach seinem Kind, oder besser gesagt nach der Frau, zu suchen, die er damals hatte sitzen lassen, fand ich wirklich mutig.

»Worum geht es dann?« Ging es ums Honorar? Ich hatte Granny bereits versprochen, dass mein Bekannter das als Hobby machte und keine Rechnung stellen würde.

»Um Emma«, antwortete er und atmete tief durch. »Ich habe euch bei der Hochzeit beobachtet. Nein, das ist das falsche Wort. Und ich bin auch nicht die Sorte Mann, die nach deinen Absichten fragen sollte, gerade weil du meine Vergangenheit kennst, aber ehrlich gesagt liegt mir genau das auf dem Herzen. Ich mache mir Sorgen um Emma. Du solltest nicht leichtherzig mit ihren Gefühlen spielen. Sie ist die Tochter meines besten Freundes, ich kenne sie von klein auf. Sie gehört für mich zur Familie, ich kann nicht nichts sagen, vor allem, weil ich von Patsy weiß, dass du demnächst abreist und nicht vorhast, so schnell zurückzukehren«, sagte er.

»Und du denkst, das weiß Emma nicht?«, fragte ich und musste mich konzentrieren, ruhig zu bleiben und es positiv zu sehen. Es war gut, wenn Emma Menschen auf ihrer Seite hatte, die auf sie aufpassten. Es war nur unfair, dass sie mich zum Feind machten. »Gerade du solltest besser wissen als jeder andere, dass die Fehler der Vergangenheit nicht immer wiedergutzumachen sind. Ich war damals jung, was hätte ich tun sollen, sie heiraten? Ich ging weg, um zu studieren. Natürlich wollte ich feiern und nicht stundenlang im Zug sitzen.

Aber ich habe mich verändert und Emma weiß das. Wir haben darüber gesprochen. Ich will nicht ewig der verantwortungslose Junge sein, der einem Mädchen das Herz gebrochen hat. Ich will einfach Tim sein. Tim, der nicht perfekt ist, der weder ein Held ist noch der Bösewicht. Einfach nur ich. Und das Tolle ist, für Emma ist das genug«, sagte ich aufgebracht und versuchte, mich mit den Erinnerungen der heutigen Nacht zu beruhigen.

»Ich spreche nicht von damals. Ich spreche von heute. Diese Art von Geheimnissen haben das Potenzial, eine beginnende Beziehung zu zerstören«, erklärte er. Das war mir ja klar. Vielleicht war es zu naiv zu glauben, dass Emma mich verstehen würde. Außerdem, was hätte es geändert, wenn ich ihr die Wahrheit jetzt schon sagte? Die Entscheidung ihres Vaters stand fest.

»Er will verkaufen. Sie nicht. Obwohl, wenn man es genau betrachtet, will sie auch verkaufen. Sie will zumindest nicht hierbleiben.« Zumindest redete ich mir das ein. »Was tue ich also schon Schlimmes? Er hat mich um Stillschweigen gebeten und das zu einer Zeit, als ich Emma noch nicht so nahe war wie jetzt.« Ich zuckte mit den Schultern. »Diese Dinge gehören nun mal dazu, wenn man professionell agiert.«

»Ich sage nur, dass du und Peter so lange geschäftlich involviert sein könnt, wie ihr wollt. Aber für Emma ist das eine private Angelegenheit. Und ich kann nur sagen, dass ich bei Patrizia und Anton genau gesehen habe, was Geheimnisse mit Menschen und deren Beziehungen machen.«

»Was ist dein Lösungsvorschlag?« Ich konnte ihm nicht

widersprechen, mir wäre auch lieber, wenn alles ans Licht käme. Besser früher als später.

»Ich habe bereits auf Peter eingeredet. Er bleibt dabei, es vorerst für sich zu behalten. Nun kannst entweder du mit Emma sprechen oder ich werde es tun. Aber ich sage es dir ganz offen, mir ist Peter näher als Emma, ich werde sein Vertrauen nicht missbrauchen, auch wenn ich falsch finde, was er tut«, sagte James.

»Aber von mir erwartest du so was? Da kennst du Granny und ihre Erziehungsmethoden aber schlecht. Ich überlasse das Peter. Das ist deren Familienangelegenheit, der Rest geht mich nichts an.« Und ich vertraute darauf, dass Emma das auch so sehen würde, wenn sie endlich die Wahrheit erführe. Und am Ende wären es ja gute Neuigkeiten, die ihre Freiheit bedeuteten.

Kapitel 39 – Emma

Ich wurde das Gefühl nicht los, dass Lizzy mir nichts erzählen wollte von ihrem geheimnisvollen Abenteuer letzte Nacht. »Du siehst aus wie ein Hamster, mit deinen vollgestopften Wangen. Du weißt, du kannst es mir offen sagen, wenn du nicht darüber sprechen willst. Du musst dich deshalb nicht vollstopfen«, sagte ich.

»Schmeckt gut«, murmelte sie unverständlich.

»Jetzt bereue ich es, dass ich gestern Abend nicht länger auf der Hochzeit war, dann hätte ich den Unbekannten auch zu Gesicht bekommen. Aber so kann ich nur James aushorchen, wenn er das nächste Mal bei meinem Vater vorbeischaut.« Sie schüttelte wild den Kopf.

»Kein Wort. Versprich mir, dass du mit niemandem ein Wort darüber sprichst. Es ist schon schlimm genug, was passiert ist«, bat sie.

»Was ist denn passiert? Jetzt erzähl schon.«

»Du warst nicht da und ich saß irgendwann alleine an meinem Tisch, weil die anderen tanzten. Und dann kam er auf mich zu und fragte, ob er sich setzen dürfe. Er erklärte, dass er hier niemanden kenne, und so kamen wir ins Gespräch.«

»Das klingt doch nett.«

»Manchmal ist es schwer, auf die große Liebe zu hoffen, wenn es so aussieht, als existiere sie gar nicht«, sagte Lizzy, legte das Brötchen aus der Hand und lehnte sich in ihrem Stuhl zurück. »Ich bin siebenundzwanzig, nicht, dass das alt ist, aber trotzdem, manchmal fühlt es sich so an. Ich wollte längst verheiratet sein und Kinder haben. Eine idyllische, romantische Vorstellung, die niemand mehr zu teilen scheint. Auch das macht mich manchmal so einsam, weil keiner versteht, was ich will.«

»Ich verstehe, was du willst. Und es ist okay, das zu wollen«, versicherte ich.

»Aber du selbst siehst das anders, das weiß ich.«

»Menschen wollen verschiedene Dinge. Ich will mich noch verwirklichen, mein Beruf ist mir wichtig, und ich meine damit nicht das Strandcafé, also auch bei mir läuft nichts nach Plan, falls du das wissen willst. Aber von der großen Liebe träume ich auch. Ich bin nur nicht so erpicht auf ein weißes Kleid und ein Haus und Kinder. Zumindest nicht jetzt«, sagte ich, wobei das mit dem weißen Kleid etwas geflunkert war, seit ich mich gestern in der Kirche dabei ertappt hatte, genau über solche Dinge nachzudenken. »Ich kann verstehen, dass du dir das wünschst. Nicht jede Frau muss Erfüllung im Job suchen und finden.«

»Ich mag meinen Job«, raunte sie.

»Ich weiß.«

»Ich würde es nur mehr mögen, zu Hause Brot zu backen und im Garten Gemüse anzupflanzen, den Tisch zu decken und abends meinen Mann willkommen zu heißen mit einem frisch gekochten Essen. Die Kinder zu Bett bringen, ihnen Geschichten vorlesen. Solche Dinge, davon träume ich.« Sie zuckte mit den Schultern und schüttelte den Kopf. »Aber gestern gingen wohl meine Gefühle mit mir durch. Die Hochzeit war so schön und ich wünsche mir so sehr jemanden an meiner Seite und da war er wohl zur richtigen Zeit am richtigen Ort.«

»Bis jetzt klingt das alles nicht so schlimm.«

»Ich habe zu viel getrunken. Aus vielen Gründen. Weil es mir nicht gut ging, weil ich nach Spaß aussehen wollte, und weil ich plötzlich wirklich Spaß mit ihm hatte. Er hat mich zum Tanzen aufgefordert. Er ist ein guter Tänzer.« Jetzt schwärmte sie fast und hatte ein Lächeln auf den Lippen. »Als er anbot mich nach Hause zu bringen und mir die Wahl überließ, mit zu ihm zu gehen, da ging ich mit ihm. Ich warf alle meine guten Vorsätze über Bord. Ich dachte, ich könnte so sein wie alle anderen, einfach locker, einfach unverbindlich.«

»Und jetzt bereust du es?«

»Ich weiß nicht. Die Nacht war schön. Er war super nett.«

»Aber?«, fragte ich nach.

»Heute Morgen wachte ich alleine auf. Das Bett war leer, als du angerufen hast.« Sie legte den Kopf in ihre Hände. »Ich meine, ich bin definitiv keine Expertin für One-Night-Stands, aber das ist doch nicht in Ordnung. Warum lässt er mich alleine in seiner Wohnung zurück. Was soll das?«, fragte sie. Ich langte nach ihren Händen und zog sie von ihrem Gesicht weg. Das hatte sie wirklich nicht verdient.

»Er ist ein Idiot, wenn er nicht sieht, welches Goldstück du bist.«

»Und weißt du, was das Schlimmste ist?«

Ich schüttelte den Kopf.

»Ich dachte, er ist ein entfernter Verwandter von wem auch immer, da ich ihn noch nie gesehen hatte.« Ich nickte und wartete ab, bis sie weitersprach. »Es hat sich dann herausgestellt, als er mich in seine Wohnung brachte, dass diese direkt über der Bäckerei ist.« Sie langte mit einer Hand nach dem Brotbeutel und wedelte damit vor meinen Augen. »Die Bäckerei gehört ihm! Ich habe es geschafft, mit einem vermeintlichen Fremden zu schlafen, dabei ist er der neue Besitzer der Bäckerei.« Tränen traten ihr in die Augen. »Mein Ruf ist ruiniert!«, schrie sie fast. »All die Jahre warte ich auf den Richtigen und dann bin ich einmal schwach und will etwas Spaß haben und lande mit dem neuen Dorfbäcker im Bett. Der hält mich doch jetzt für das Flittchen des Orts.« Ich wusste nicht, was ich sagen sollte. Sie war kein Flittchen und ich war mir sicher, dass er sie auch für keines hielt, aber das würde mir Lizzy nicht glauben. In dieser Hinsicht war sie schon immer sehr streng mit sich gewesen. Romantik schloss in ihren Augen One-Night-Stands aus. Sie plädierte für Liebe auf den ersten Blick und hoffte auf ihren ganz persönlichen Mr. Darcy. Ich konzentrierte mich also auf das Positive.

»Dann habe ich ihn ja heute Morgen tatsächlich kennengelernt. Er scheint nett zu sein«, versuchte ich sie aufzumuntern.

»Hat er mit dir geflirtet? Bist du die Nächste, die er in sein Bett locken will?«

»Nein, er hat sich sehr professionell verhalten und wir haben nur über Brötchen gesprochen. Und jetzt ist auch klar, warum sein Bett leer war. Er hat dich nicht einfach alleine in der Wohnung gelassen. Er musste nur arbeiten.«

»Das macht es nicht besser. Alleine in einem fremden Bett aufzuwachen, fühlt sich nicht gut an.« Das konnte ich mir vorstellen.

»Hatte er denn erwähnt, dass ihm die Bäckerei gehört und dass er arbeiten müsste?«

»Oh«, sagte Lizzy mit einem Mal und atmete tief durch. »Ähm ja, jetzt fällt es mir wieder ein. Als wir seine Wohnung betraten, hat er mir von der Bäckerei erzählt, und ja, er hat gesagt, ich solle mich nicht wundern, wenn er morgens nicht hier sei. Er würde dafür Brötchen mitringen.« Wir blickten uns einen Moment wortlos an, aber dann konnte ich ein Lachen nicht zurückhalten. Zum Glück stimmte Lizzy mit ein.

»Dann ist das Drama in Wahrheit halb so wild?«, fragte ich.

»Sieht so aus«, gab Lizzy zu.

»Außer vielleicht, dass es jetzt so aussieht, als hättest du ihn sitzen lassen«, sagte ich und brach erneut in Lachen aus. Lizzy sah mich entsetzt aus großen Augen an, bis ihr dämmerte, was ich soeben gesagt hatte.

»O nein«, stöhnte sie.

»Ich denke, jetzt musst du dich bei ihm entschuldigen.«

Kapitel 40 – Timothy

Den ganzen Tag über im Strandcafé zu arbeiten, hob meine Laune nicht unbedingt. Vor allem, wenn ich an alle meine Probleme dachte, die ich aktuell hatte. Erstens würde ich in Kürze abreisen und die Sache mit mir und Emma war noch lange nicht so niet- und nagelfest, wie ich es mir wünschte, auch wenn wir uns küssten und Händchen hielten, wann immer wir konnten, ohne es jedem direkt auf die Nase zu binden, dass zwischen uns etwas lief. Zweitens stand das Café kurz vor der Neueröffnung. Es fehlten noch ein paar Handgriffe, aber die waren in wenigen Tagen erledigt. Jetzt ging es darum, Plakate aufzuhängen und Social-Media-Posts vorzubereiten.

»Wie sieht es mit der Homepage aus?«, fragte ich Emma, die Geschirr in die neuen Regale einräumte, während ich den Boden wischte.

»Fast fertig. Ich sende dir den Link zu«, antwortete sie. Wir langten fast zeitgleich zu unseren Handys, während sie tippte, wartete ich darauf, dass ihre Nachricht bei mir ankam.

»Sieht klasse aus«, sagte ich und meinte es auch so. Ihre ehemalige Mitbewohnerin hatte gute Arbeit geleistet.

»Social Media steht auch.« Mein Handy plingte erneut. Ich klickte den Folgen-Button, als ich das Profil sah.

»Und? Freust du dich, wenn es wieder losgeht?«, fragte ich. Emma zuckte mit den Schultern und wirkte eher nachdenklich als erfreut oder erleichtert.

»Ich überlege, ob jetzt der richtige Moment ist, um mich abzuseilen«, sagte sie. »Vielleicht genügt die Renovierung und jetzt übernehmen wieder meine Eltern.« Ein weiteres Schulterzucken.

»Oder ihr stellt einen Koch und eine weitere Bedienung ein, die den neuen und trendigen Vibe des Cafés mittragen«, schlug ich vor.

»Das sind wieder Zusatzkosten, die das Budget belasten, aber ich verstehe, was du meinst. Vielleicht war nicht nur das Business-Konzept veraltet, vielleicht kommen meine Eltern nicht mehr so gut bei den jüngeren Gästen an.«

»Deine Arbeit bedeutet auch Zusatzkosten. Du würdest schließlich ein Gehalt bekommen, sie müssen also so oder so einen Posten mehr verbuchen. Es würde kaum einen Unterschied machen, ob du oder eine fremde Person bezahlt werden.«

»Du willst mich wohl unbedingt in London haben, wie es scheint.« Sie lachte und schmiegte sich an mich.

»Durchschaut«, gab ich zu und zog sie näher zu mir. »Und es besteht noch immer die Möglichkeit zu verkaufen«, versuchte ich sie vorsichtig darauf vorzubereiten, was ihr Vater im Geheimen plante. »Das war ja die Ursprungsidee deines Vaters. Und ich denke, jetzt nach der ganzen

Renovierung stehen die Chancen gut, einen adäquaten Käufer zu finden.«

»Aber das ist ja genau, was ich vermeiden will. Das ist doch überhaupt der Zweck der Renovierung gewesen. Eben dass nicht verkauft werden muss. Nein, ein Verkauf kommt nicht in Frage«, sagte sie standhaft und schob sich von mir weg. Dann widmete sie sich erneut dem Geschirr, das ich für das Strandcafé gekauft hatte.

»Ich verstehe dich nicht. Es wäre die perfekte Lösung für alle. Auch für uns«, schnaubte ich. »Bis vor Kurzem hast du noch in London gelebt, genau wie ich. Stell dir vor, wir hätten uns dort wieder getroffen und würden es noch einmal miteinander versuchen wollen, dann wäre dieses ganze Fernbeziehungsding gar kein Thema und wir könnten uns einfach treffen so wie jetzt auch, ganz unkompliziert. Ich verstehe nicht, warum du hierbleiben willst. Du musst doch sehen, dass das keine Zukunft haben kann.«

»Was genau hat keine Zukunft? Du und ich?« Sie war jetzt vollkommen ernst, die verspielte Stimmung von eben war komplett verflogen. Aber wie sollte ich ihr sagen, dass für ihren Vater der Verkauf so gut wie feststand. Und wie sollte ich mit meinen Gefühlen hinter dem Berg halten, die jeden Tag intensiver wurden.

»Ich meine das Café«, sagte ich und riss mich zusammen, einen freundlichen und sorglosen Ton zu finden.

»Ich hatte den Eindruck, du willst mir sagen, dass wir keine Zukunft haben, wenn ich nicht mit dir nach London komme. Das erinnert mich ein bisschen an damals. All die

Versprechungen und dann Funkstille. Ist das dein Versuch, mich zu erpressen mitzukommen oder mich sonst fallen zu lassen?« Sie hatte längst aufgehört, das Geschirr einzuräumen, und durchbohrte mich stattdessen mit ihren Blicken.

»Nein, ich erpresse dich nicht. Ich habe dir gesagt, dass es mir leidtut, wie ich damals gehandelt habe, aber du kannst mir Entscheidungen, die ich mit knapp zwanzig getroffen habe, nicht ewig vorhalten.« Menschen entwickelten sich und wenn ich jetzt sagte, dass ich mir mit ihr etwas vorstellen konnte, dann war das wahr. »Ich lüge nicht, wenn ich sage, dass ich mehr will. Mehr von dir, mehr von uns und mehr von der Zukunft.«

»Und wenn du hierbleibst? Hier eine Kanzlei eröffnest? Dich selbstständig machst? Eine Bürgermeister-Karriere anstrebst oder etwas im Gemeinderat.« Sie zuckte mit den Schultern und ich schüttelte den Kopf.

»Dieser Ort. Dieses Café. Das alles hat keine Zukunft. Die Zukunft liegt in den Städten, nirgendwo sonst. Hier gibt es kaum Jobperspektiven, von Karriere ganz zu schweigen«, sagte ich. »Bist du nicht deshalb von hier weggegangen? Weil du das tief in deinem Herzen weißt?«, fragte ich sie. »Du weißt, dass ein Verkauf die einzig richtige Lösung ist. Du willst es nur nicht wahrhaben und das hat mit den vielen wundervollen Kindheitserinnerungen zu tun, aber wenn du das loslässt, dann wirst du erfahren, dass ich recht habe.«

Kapitel 41 – Emma

Mir hingen noch immer Tims Worte in den Ohren, dass ich in Wahrheit wusste, dass das hier nicht mein Ort war. Es war mein Zuhause, hier waren meine Wurzeln, aber meine Zukunft hatte ich immer woanders gesehen, und so zu tun, als habe sich das durch die Renovierung und meine Pläne, das Familienunternehmen zu retten, verändert, stimmten schlichtweg nicht, egal, wie lange ich mir das einredete.

»Ich war schon ewig nicht mehr hier«, stellte ich fest, als ich zum Autofenster hinaussah und die Rauheit der Natur in mich aufsog.

»Ich liebe die Ruhe und die Einöde. Der perfekte Kontrast zum manchmal überfüllten Hotel«, sagte Lizzy, die am Steuer saß und mich eingeladen hatte, ihren freien Tag mit ihr zu verbringen und ins Naturschutzgebiet Dartmoor zu fahren. In der Nacht war zum ersten Mal in diesem Jahr Schnee gefallen. Alles wirkte durch die dünne weiß glitzernde Schicht wie verzaubert. Die Straße vor uns schlängelte sich durch Wälder und führte dann durch spröde Wiesen. Schafe und Pferde liefen frei auf den jetzt leicht mit Schnee bedeckten Weiden und mussten hinter jeder Biegung oder Kuppe vermutet werden.

»Manchmal kann es einem zu viel werden«, sagte ich. »Aber ich freue mich, das Café wieder zu eröffnen und endlich wieder Leute dort zu haben.« Trotzdem verstand ich meine Freundin. Sie war den ganzen Tag von Gästen umgeben, da genoss sie die Ruhe an einem freien Tag und wollte ihn nicht wieder im selben Ort mit denselben Menschen verbringen. Da kam nur Flucht in Frage. Das brachte mich auf einen anderen Gedanken. »Hast du schon mit ihm gesprochen?«, wollte ich wissen.

»Mit wem?«, fragte sie.

»Na mit wem wohl?« Ich war mir nicht sicher, ob sie sich absichtlich schwer von Begriff stellte oder wirklich nicht wusste, wen ich meinte. »Mit dem Bäcker? Oder soll ich ihn lieber deinen One-Night-Stand nennen?«

»Bloß nicht. Wir vergessen das einfach. Das ist nie passiert und ich hoffe, dass er so schnell wieder aus diesem Ort verschwindet, wie er aufgetaucht ist. Ich meine, ich wünsche ihm nichts Schlechtes, aber ich wünsche mir, dass der Laden nicht läuft, dass er pleitegeht und woanders einen Job findet. Das wäre gar nicht so unrealistisch. Ich meine, die Konjunktur ist jetzt nicht gerade rosig und so ein Business in einem kleinen Ort, da weiß man nie. Eine sehr unsichere Sache. Dass er sich das überhaupt getraut hat. Ich meine, er kennt hier ja niemanden. Denke ich zumindest. Das hat er zumindest gesagt«, erklärte sie, ihr Blick stets geradeaus auf die Straße gerichtet, während ich sie gemustert hatte und mir ein Lächeln verkneifen musste.

»Ich glaube da ist mehr.«

»Was?«, quietschte Lizzy.

»Sicher. Du machst dir zu viele Gedanken.«

»Machst du dir denn keine? Ich meine über Tim. Und über dich und deine Zukunft?«

»Die ganze Zeit«, gab ich zu.

»Dein Vater war gestern bei uns im Hotel. Er hatte eine Besprechung mit Phil. Hat relativ lange gedauert. Ich habe mich gewundert, was die beiden zu besprechen haben, aber wahrscheinlich ging es um ein paar Tipps und Tricks, jetzt wo die Neueröffnung des Cafés ansteht.«

Ich wunderte mich, denn von einem Termin wusste ich nichts.

»Mein Vater kann es wohl nicht lassen und muss sich immer einmischen. Dabei habe ich ihm gesagt, dass ich alles im Griff habe.«

»Dann weißt du auch nicht, um was es genau ging?«

»Keinen Schimmer. Ich werde ihn fragen.«

»Wann genau ist die Eröffnung?«

»Nächste Woche.«

»Perfekt! Das müssen wir feiern.«

»Ich finde nicht, dass das ein Grund zum Feiern ist. Jetzt ist abzuwarten, ob sich irgendetwas verändert und mehr Gäste kommen.«

»Und du meinst, das lassen deine Eltern zu? Oder Tim? Oder ich? Du kannst doch nach all der Arbeit nicht einfach so eröffnen, ohne eine Vorab-Party zu machen.« Sie schnaubte. »Ich kann dir was organisieren, wir wollten deinen Abschluss auch noch nachfeiern, das würde zusammenpassen.«

»Mir ist so überhaupt nicht nach Feiern.«

»Und ich dachte, du bist glücklich. Ich meine, mit Tim läuft es doch und das Strandcafé steht in den Startlöchern. Was willst du denn noch?«

»Eigentlich will ich mein altes Leben zurück. Mein Leben in London und den Traumjob, auf den ich hingearbeitet habe.«

»Und wie es der Zufall will, lebt auch dein Traummann dort.«

»Das klingt jetzt nach etwas zu viel, aber so ähnlich sollte es eigentlich sein, ja«, gab ich zu.

»Du weißt genau, dass er dein Traummann ist, das war er schon immer. Also, wenn das mit euch wirklich klappt, dann könnte man eure Story direkt in einen Liebesroman packen. Jugendliebe, schmerzhafte Trennung und dann treffen sie sich Jahre später wieder. Hochzeit, Herzchen, Kinder, ewige Liebe, perfekt«, sagte sie und ich konnte nur lachen, weil sie wirklich so dachte und alles für eine superromantische Liebesgeschichte tun würde.

»Tut mir leid, du musst dich um deine eigene Liebesgeschichte kümmern. Sie fing schließlich auch nicht so schlecht an. Ein One-Night-Stand, das ist heutzutage fast schon ein klassischer Beginn.«

»Du meinst diese neumodischen Enemys-to-Lovers-Stories? Nein, das ist nicht mein Ding. Meine Helden reiten noch immer auf Pferden und küssen die Hand der Auserwählten. Und vergiss nicht den Ring und die Hochzeit, bevor nur an einen Kuss zu denken ist«, widersprach Lizzy.

»Das willst du nicht wirklich.« Ich schüttelte den Kopf. »Das wäre, wie mit einem Fremden ins Bett zu hüpfen, nur dass der Fremde dein Mann ist.«

»Du meinst so wie mein One-Night-Stand? Vielleicht kann ich es mir wirklich schönreden und so tun, als wäre es romantisch, gleich in der ersten Nacht übereinander herzufallen und sich dann nie wieder zu sehen.«

»Du gehst ihm aus dem Weg. Du könntest ihn jederzeit wiedersehen.«

»Und dann? Was sage ich? Vielleicht erinnert er sich ja gar nicht mehr an mich. Oh, das ist alles so superpeinlich.«

»Überhaupt nicht. Mach das Beste daraus.«

»Das tue ich. Ich verdränge es. Und du hilfst mir nicht, wenn du nach ihm fragst. Lass uns also über etwas anderes sprechen.«

»Und das wäre?«

»Tim und dich. Das ist das Thema der Stunde.«

Kapitel 42 – Timothy

Ich schob das Essen auf meinem Teller nachdenklich hin und her. Ich wusste nicht so genau, wie es weitergehen sollte, obwohl eigentlich alles klar vor mir lag. Nach Hause fahren, den neuen Job antreten, weiterleben wie gehabt. Und natürlich mit Emma in Kontakt bleiben, sie an den Wochenenden besuchen, sie zu mir einladen. Nichts weltbewegend Aufregendes. Alles machbar. Und trotzdem fühlte sich mit einem Mal alles falsch an.

Ich freute mich noch immer auf den neuen Job, es war nicht so, als hätte meine Karriere, für die ich seit Jahren alles hintenangestellt hatte, keine Bedeutung mehr für mich, aber sie hatte im Laufe dieser wenigen Wochen schlichtweg an Priorität verloren. Darum ging es nicht wirklich im Leben. Was nützten mir der tolle Job und das viele Geld, wenn ich abends alleine auf dem Sofa saß. Erst durch Granny und Emma hatte ich bemerkt, wie einsam ich eigentlich war und dass es sich so gut anfühlte, Dinge gemeinsam zu machen. Sogar das Strandcafé zu renovieren, hatte Spaß gemacht. Dabei hätte ich das anfangs nie gedacht.

»Ganz in Gedanken?«, fragte Granny. Ich blickte zu ihr

und seufzte tief. Ich sollte meine letzten Tage hier nicht in mie-sepetriger Stimmung verbringen. »Entschuldigung, ich bin heute wohl schlechte Gesellschaft.« Ich hatte keine Ahnung, wie ich ihr von dem Tumult in meinem Inneren erzählen sollte, ohne mich lächerlich zu machen.

»Keine Sorge. Ich sitze hier meistens alleine bei meinen Mahlzeiten. Es besteht kein Druck sich zu unterhalten. Aber wenn du willst, dann bin ich hier, das weißt du. Außerdem sollte man meinen, dass das bisschen Lebenserfahrung, das ich in petto habe, nützlich sein könnte. Also spuck es aus, wenn du willst. Mich kann nichts mehr schocken, glaub mir.«

»Auch nicht ein bisschen Liebeskummer?«, fragte ich und meinte es weniger ernst, als es vielleicht klang.

»Nein, keine Sorge«, versicherte sie und lächelte mich an.

»Ich bin verliebt«, sprach ich es aus und hörte selbst, dass ich wie ein verzweifelter Teenager klang. Keine Ahnung, ob man das mit knapp dreißig noch immer so formulierte. Ich war mir nicht einmal sicher, ob es überhaupt stimmte und es nicht eher heißen sollte *ich liebe Emma*. Das waren zweifellos die richtigen Worte für das Gefühl in meinem Herzen, in mei-nem Kopf, sogar in meinem Magen, aber sie auszusprechen, machte mir Angst. Angst, weil die Möglichkeit bestand, dass ich mich irrte. Angst, weil die Möglichkeit bestand, dass sie nicht so fühlte, und auch Angst, weil noch nicht sicher war, ob es eine Zukunft für diese Gefühle gab, oder ob sie sich im Moment meiner Abreise in Luft auflösen würden und nur Leere hinterlassen würden.

»Das ist doch schön«, meinte Granny und ich konnte mir ein Lächeln nicht verkneifen.

»Im Grunde schon«, stimmte ich ihr zu. »Meistens fühlt es sich gut an, aber jetzt gerade ist es schwer und fühlt sich so an, als könnte ich es kaum ertragen.«

»Du denkst zu viel«, befand Granny. Und wahrscheinlich hatte sie recht. »Du hast schon immer zu viel gedacht. Schon als kleiner Junge. Du hast dir einen tollen Beruf ausgesucht, da kannst du denken, so viel du willst und alle Möglichkeiten berücksichtigen, die dir in den Sinn kommen. Aber in der Liebe sind Gedanken so unnütz wie Tauwetter im Winter, es ruiniert den schönsten Schneemann.«

»Ich bin mir nicht sicher, ob deine Metapher passend ist«, sagte ich und schüttelte den Kopf. Ich gab es endgültig auf, mich meinem Essen zu widmen, von dem ich keinen Bissen hinunterbekam, und legte das Besteck zur Seite.

»Oh, sie passt perfekt. Oder fühlt es sich nicht so an, als würde dir durch das Nachdenken alles Gute in deinen Händen verrinnen und nichts mehr so aussieht wie gerade eben noch?«

»Ich wünschte, die Gedanken würden einfach verschwinden. Ich wünschte, ich könnte Emma einfach nur in meinen Armen halten und küssen. Und der Rest wäre einfach nicht da.«

»Und was ist der Rest, der dich so belastet? Dass sie hier lebt und du in London? Das ist doch kein unüberwindbares Problem. Eine kurze Zugfahrt an den Wochenenden ist nicht schlimm. Und irgendwann, wenn du dich richtig ins Zeug legst, zieht sie zu dir nach London. Sie hat ja dort studiert und kennt die Stadt. Aber nur um es klarzustellen, mir wäre lieber, du würdest hierherziehen und hier mit ihr sesshaft werden.«

»Das haben wir schon durchgesprochen. Wir werden es mit einer Fernbeziehung versuchen. Das ist für uns beide okay. Und Peter verkauft das Strandcafé. Emma weiß es noch nicht, aber sobald er einen Käufer hat, wird alles finalisiert.« Ich ließ aus zu erwähnen, dass dies das Problem unserer Wohnort-Situation löste, das lag wohl auf der Hand.

»Und woher weißt du das?« Granny war nichts vorzumachen, sie war noch immer auf zack, auch wenn die trüben Augen nicht mehr so leuchteten wie früher.

»Weil ich mich um das Vertragliche gekümmert habe«, gab ich zu. »Zu meiner Verteidigung muss ich sagen, dass ich zu diesem Zeitpunkt mit Emma noch nicht zusammen war.« Das schlechte Gewissen plagte mich trotzdem.

»Du solltest es ihr endlich sagen. Sie wird verärgert sein, wenn sie von ihrem Vater erfährt, dass du beteiligt warst und es ihr verschwiegen hast.«

»Aber Peter hat Stillschweigen verlangt. Und im Rahmen einer professionellen Vorgehensweise ist es korrekt, die Dinge nicht an die große Glocke zu hängen, bis alle Vertragsverhandlungen abgeschlossen sind. Das ist kein unübliches Vorgehen.« Ich fand mich selbst schrecklich, als ich mich so reden hörte.

»Du bist mehr als nur ein Anwalt. Und gerade in dieser Konstellation. Da bist du doch einer Miteigentümerin zur Offenheit verpflichtet, oder?«

»Ich habe die Papiere gesehen. Das Strandcafé gehört Peter. Niemandem sonst. Emma ist also keine Geschäftspartnerin für mich. Sie steht nicht einmal auf der Gehaltsliste des Cafés.«

»Aber sie ist nicht niemand«, sagte Granny. »Vorhin hast du gesagt, dass du sie liebst.« Da waren sie, die Worte, die ich mich vorhin nicht zu sagen getraut hatte. Granny sprach sie aus und ich musste mich entscheiden, ob ich sie übernahm.

Kapitel 43 – Emma

Der Ausflug mit Lizzy gestern hatte mir gutgetan. Sie war nicht die Einzige, die einen freien Tag gut gebrauchen konnte. Auch mir und Tim tat eine Pause gut, vor allem jetzt, wo fast alles erledigt war und nur noch die Eröffnungsfeier vorbereitet werden musste. Außerdem hatte es Spaß gemacht, mit ihr über ihren Bäcker zu sprechen. Schließlich hatten ihr One-Night-Stand und mein Intermezzo mit dem Strandcafé einiges gemeinsam. Ich hatte den Eindruck, dass nicht immer alles so kam, wie wir es uns vorgestellt hatten, aber vielleicht war es für irgendetwas gut. So dachte ich zumindest über die Begegnung von Lizzy und ihrem Bäcker. Ich hatte das Gefühl, dass es für sie mehr war als nur ein One-Night-Stand. Da waren Herzklopfen im Spiel und Herzchen in den Augen. Auch wenn sie ihn nur einen Abend lang kennengelernt hatte, ich würde die Hand dafür ins Feuer legen, dass sie verliebt war, sonst wäre sie nie mit zu ihm nach Hause gegangen, sonst hätte sie sich nie auf mehr eingelassen, egal für wie betrunken sie sich hielt. Und ich war überzeugt, dass ihr Unterbewusstsein noch immer die Zügel in der Hand gehalten hatte, zumindest ein bisschen. Ehrlich gesagt kam es mir mit dem Strandcafé ähnlich vor. Ich hatte zwar nie geplant hierzubleiben, aber jetzt, wo ich da war, musste ich zugeben, dass ich gerade die schönsten Wochen meines Lebens erlebt hatte. Das hatte natürlich mit Tim zu tun, aber auch mit dem Café, dem ganzen Ort und natürlich auch mit Lizzy. Und je länger ich blieb, desto einfacher war es, mir hier eine Zukunft vorzustellen. Auch wenn damit alle Fragen rund um Tim offen blieben. Sein Verkaufsvorschlag war keine Option. Es kam nicht infrage, mein Zuhause zu verkaufen. Aus diesem Grund musste ich unbedingt mit meinem Vater sprechen und nachfragen, warum er im Küstenhotel bei Phil war. Er musste mich endlich in meinem Bestreben das Strandcafé zu retten, ernst nehmen und nicht länger über meinen Kopf hinweg entscheiden.

»Hast du Zeit für mich?«, fragte ich ihn deshalb am Abend. Er saß am neuen Schreibtisch im frisch renovierten Büro.

»Immer«, sagte er. Ich trat näher zu ihm und setzte mich auf die Kante des Schreibtisches.

»Ich war gestern mit Lizzy unterwegs. Sie hat erzählt, du hast dich mit Phil getroffen. Habt ihr euch über die Neueröffnung unterhalten oder um was ging es?«, fragte ich. Er zog die Stirn in Falten und sah mich eine Weile an, dann schüttelte er den Kopf.

»Vor dieser Lizzy ist wohl kein Geheimnis sicher.«

»Zum Glück! Sonst wüsste ich von nichts, du redest ja nicht mit mir. Also, um was geht es?«, wiederholte ich. Vater klopfte ein paar Mal mit seinem Kugelschreiber auf den Tisch, dann räusperte er sich.

»Das sage ich dir, wenn es so weit ist.«

»Gibt es Probleme?«, versuchte ich, die Wahrheit aus ihm herauszukitzeln.

»Nein. Gute Nachrichten«, sagte er und stand auf. »Nur gute Nachrichten. Ach und bevor ich es vergesse, schöne Grüße von James, den habe ich natürlich auch im Küstenhotel getroffen. Er hat Tim in den höchsten Tönen gelobt und von seiner großartigen Unterstützung geschwärmt.« Ich war etwas verdattert.

»Was haben Tim und James miteinander zu tun?«, wollte ich wissen.

»Tim hilft James, seine Jugendliebe zu finden, nein, das ist falsch formuliert. Die beiden waren wohl nie verliebt, aber James und diese Frau hatten eine kurze Affäre und sie wurde schwanger. Aber dann brach der Kontakt ab und James will sie nun auf seine alten Tage ausfindig machen.«

»Ah«, sagte ich baff und nahm mir vor, Lizzy oder Tim über die nötigen Details auszufragen, denn ich war doch sehr neugierig.

»Jedenfalls hat Tim, oder ein Bekannter von ihm, diese Frau endlich gefunden. Nach fast vierzig Jahren, musst du dir vorstellen. James überlegt, wie er sie nun am besten kontaktieren soll. Sie hat einen Sohn, der vom Alter her James' Sohn sein könnte.« Mein Vater zuckte mit den Schultern und schnaubte laut aus.

»Ich finde es ein bisschen beängstigend, aber auch großartig.« Ich freute mich für James, offenbar war es ihm wichtig, seinen Sohn zu finden, andererseits überlegte ich, wie es sich für den jungen Mann anfühlen würde, wenn plötzlich ein Fremder in sein Leben trat und behauptete, sein Vater zu sein. Ich verstand, dass James zögerte. »Und das hat Tim für ihn ermöglicht?«, hakte ich nach. Denn ich wunderte mich, wann er dafür noch Zeit gehabt hatte, wenn er doch fast jede freie Minute im Strandcafé mit mir verbracht hatte.

»Ich muss sagen, Patsys Enkel stellt sich als wahrer Segen heraus. Nicht nur für James und seine Recherche, sondern auch für uns. Er hat hier wirklich kräftig mitangepackt«, sagte Vater.

»Stimmt, ohne ihn hätte ich viel länger gebraucht. Und du und Mama hättet diese Auszeit sicher nicht so genießen können, weil ich euch sicher zum Arbeiten eingeteilt hätte.«

»Nein, da liegst du falsch, junge Dame. Ich habe von Anfang an über einen Verkauf nachgedacht. Du wolltest renovieren, nicht ich«, sagte er. »Aber ich muss zugeben, dass es sehr schön geworden ist. Kompliment.« Ich spürte diesen Stolz in mir aufblühen, den ich schon die letzten Tage über verspürte, wann immer mir bewusst wurde, was wir hier wirklich geleistet hatten.

»Wir müssen noch die Details für die Eröffnung absprechen«, sagte ich. »Öffnungszeiten, Personalfragen, Speisekarte, solche Dinge.«

»Willst du mit der Eröffnung nicht noch warten? Ich finde es etwas übereilt«, wandte mein Vater ein.

»Wir können zumindest noch die letzten Wochen des Herbstes nutzen, bevor die Weihnachtssaison startet.«

»Das ist ein schöner Gedanke. Aber gerade heute mit Social

Media, so wie du mir das erklärt hast, sollte doch alles bis ins letzte Detail durchdacht und geplant sein, nicht, dass uns jemand eine schlechte Bewertung gibt.« Ich lachte, so modern kannte ich meinen Vater gar nicht. Aber unrecht hatte er nicht.

»Okay. Vielleicht sollten wir tatsächlich keinen unnötigen Druck aufbauen und erst eröffnen, wenn wirklich alles sitzt. Das bedeutet aber trotzdem, dass wir Dienstpläne, Öffnungszeiten, Speisekarte und solche Dinge absprechen müssen.«

»Nächste Woche«, sagte er.

»Okay. Dann mache ich statt der Eröffnungsfeier eine Renovierungsabschlussfeier und wir nehmen das Strandcafé probehalber in Betrieb, weihen die Küche ein und das Geschirr, und schauen, ob alles so weit gästetauglich ist. Dann planen wir den Rest.«

»So machen wir es«, stimmte mein Vater zu und schlich sich sichtlich bedrückt aus dem Büro. Keine Ahnung, warum er die Eröffnung hinauszögerte. Traute er es mir nicht zu, das Ding zu einem Erfolg zu machen?

Kapitel 44 – Timothy

Es war an der Zeit, reinen Tisch zu machen. Granny hatte recht. Früher oder später würde Emma die Wahrheit darüber erfahren, was ihr Vater im Verborgenen plante. Und neben ihrem Vater würde auch ich ihre Reaktion zu spüren bekommen, denn es war nicht davon auszugehen, dass sie sich über die Neuigkeiten zum Verkauf freuen würde, selbst, wenn es ihr eigentlich so am liebsten sein müsste. Wir waren für heute zwar nicht verabredet, aber ich wusste, dass sie noch im Strandcafé arbeitete und sich um den Feinschliff kümmerte. Also klopfte ich an die Tür und wartete.

»Hey«, sagte sie überrascht und drückte sich zur Begrüßung an mich, um mich zu küssen. Daran hatte ich mich gewöhnt, und der Gedanke, das bald nicht mehr täglich zu haben, störte mich.

»Ich dachte, ich sehe mal nach dir.« Ich hielt einen Papierbeutel in die Höhe und ließ ihn vor ihrer Nase baumeln.

»Ah, Old Bread«, sagte sie und ein Lächeln spielte um ihre Lippen.

»Die neue Bäckerei, von der ich dir erzählte. Heute versuchen wir es mit Sandwiches. Hast du Hunger?«

»Natürlich.« Sie nahm mir den Beutel ab und trug ihn zur Theke. Ich sah mich derweil um. Es hatte sich nicht mehr viel verändert seit dem letzten Mal, als ich hier war. Ich nahm an, es war hauptsächlich noch Organisatorisches zu erledigen.

»Wie läuft es mit der Eröffnung?«

»Verschoben«, antwortete sie über den Lärm der Kaffeemaschine hinweg und schob mir einen Teller mit meinem Sandwich zu.

»Was?«, fragte ich überrascht. »Warum?« Hatte Peter nun doch schon alles zugegeben? In mir keimte Hoffnung auf, denn sie schien gut gelaunt. Vielleicht stand sie doch positiv zum Verkauf und freute sich wieder, an ihr altes Leben anknüpfen zu können.

»Vater hat sie auf kommende Woche verschoben. Bis wir Personalfragen, Dienstpläne, Speisekarte und wirklich alles bis ins letzte Detail im Griff haben. Mir war nicht klar, dass er so ein Perfektionist ist, aber es ist in Ordnung und verursacht sicher keinen Schaden.« In meinem Kopf ratterte es wie verrückt und ich war mir sicher, dass Peters vermeintlicher Perfektionismus nicht der wahre Grund für die Verschiebung war. Peter verfolgte offenbar eine Verzögerungsstrategie, statt ihr die Wahrheit zu sagen. Was das Ganze nicht leichter für mich machte.

»Mhm«, murrte ich und biss in mein Sandwich. »Das ist lecker.« Ich sah zu Emma, die gerade von ihrem abbiss.

»Ich werde ihn fragen, ob er Interesse hat, das Strandcafé zu beliefern. Ich schätze, die Gäste würden seine belegten Brötchen lieben.«

»Ohne Zweifel«, sagte ich.

»Außerdem will ich sicherstellen, dass er auch wirklich gut Fuß fasst und nicht gleich wieder pleitegeht.«

»Das könnte passieren. So einen kleinen Ort würde ich nicht unbedingt als idealen Platz für eine Unternehmensgründung bezeichnen.« Ich zuckte mit den Schultern. Ich hatte schon genug Start-ups aufgeben sehen. Es gab viele Gründe, warum Business-Ideen scheiterten, und ein unrentabler Standort gehörte definitiv dazu.

»Ich dachte dabei eher an persönliche Interessen. Während wir beide uns von der Hochzeit davongeschlichen haben, hat sich wohl etwas zwischen Lizzy und dem Bäcker entwickelt. Und ich hätte gerne einen Platz in der ersten Reihe, um zu sehen, wohin das Ganze führt.«

»Ah, ich dachte eher an Einnahmen und Ausgaben und Return on Investment und all solche Sachen.«

»Schon klar. Wahrscheinlich sollte ich auch mehr über diese Dinge nachdenken, wenn ich sicherstellen will, dass das Café gut anläuft. Bis dahin plane ich allerdings eine kleine Probe-Eröffnungsparty oder Renovierungsabschlussfeier, je nachdem, wie du es nennen willst. Nichts Großes. Snacks und Getränke. Ich weihe das Café ein und schaue, ob alles wie am Schnürchen läuft. Was sagst du? Kommst du auch?«

»Klar«, antwortete ich und erinnerte mich an eine der vielen Sommerpartys, die wir damals am Strand gefeiert hatten. Und dann dachte ich an den Abend, den wir gemeinsam nach der letzten Party miteinander verbracht hatten. Ich überlegte, ob sie an dasselbe dachte wie ich. »Denkst du ...«

Ich ließ den Satz in der Luft hängen, weil sie bereits nickte.

»Es war ein schöner Abend. So wie ich ihn mir gewünscht hatte. Ich bereue nichts«, sagte sie.

»Ich auch nicht.« Ich war damals so sehr in sie verliebt gewesen. Ich hatte jedes Wort, das ich ihr ins Ohr geflüsterte hatte, ernst gemeint, als wir unsere erste Nacht gemeinsam verbrachten. »Nur das Danach bereue ich.«

»Ich bedaure es auch«, meinte sie.

»Jetzt ist es anders, das weißt du, oder? Dieses Mal meine ich es ernst. Ich habe es damals auch ernst gemeint, nur hat es sich in der Realität dann einfach als zu schwierig erwiesen. Das passiert nicht noch mal. Es wird herausfordernd sein, aber wir wollen es doch beide.« Sie nickte und küsste mich auf die Wange.

»Das wird schon«, sagte sie zuversichtlich.

»Das denke ich auch, vor allem, weil …« Wie sollte ich die Bombe platzen lassen? »Ich hätte das vielleicht schon früher ansprechen sollen. Aber ich hielt es für richtig, die professionelle Fassade aufrechtzuhalten, das gehört nun mal zu meinem Beruf dazu. Aber ich sehe natürlich immer klarer, dass ich nicht nur eine professionelle Rolle in dieser Sache einnehme, sondern auch eine sehr private. Und während ich zu Beginn dachte, mich nicht einmischen zu wollen und vielleicht auch nicht einmischen zu dürfen, so glaube ich jetzt sogar, dass es meine Pflicht ist, etwas zu sagen«, erklärte ich und wünschte, Peter hätte mir die Arbeit abgenommen und von Anfang an mit offenen Karten gespielt. Aber er drückte sich vor der Ver-antwortung, wie ich mich die ganze Zeit gedrückt hatte. Aber nun war es an der Zeit, mutig zu sein und das Richtige zu tun.

»Dein Vater hat mit mir gesprochen«, begann ich also.

»Ach ja, das hat er mir erzählt. Wegen James, das ist ja toll, was du für ihn in die Wege geleitet hast«, sagte sie und strahlte über ihr ganzes Gesicht.

»James?«

»Du hast dich wohl um die Familienzusammenführung gekümmert. Oder ein Bekannter von dir, so hat es mir Vater erzählt.«

»Ach das, ja. Aber ich wollte eigentlich …« Wieder blieb der Satz halb in der Luft hängen, weil ich hinter mir ein Räuspern hörte.

»Schön, dass du hier bist, Tim«, sagte Peter.

»Ah, Papa, ich habe ganz vergessen, dass du im Büro arbeitest, magst du auch ein Sandwich?« Emma sprang von ihrem Stuhl auf.

»Schon gut, ich esse nachher mit deiner Mutter. Ich wollte nur unseren Gast begrüßen, als ich seine Stimme gehört habe«, sagte er und nickte mir freundlich zu. War es Zufall oder Absicht, dass er genau in diesem Moment in den Raum getreten war? Ich vermutete Ersteres, denn ich konnte nichts anderes als Freundlichkeit in seinem Auftreten erkennen, dennoch nervte es mich, dass ich Emma nicht die Wahrheit sagen konnte, jetzt, da ich endlich den Mut dazu gefunden hatte.

Kapitel 45 – Emma

Inzwischen traf ich Vater fast täglich im Büro an. Jenes Büro, das in den letzten Wochen gefühlt zu meinem Büro geworden war, obwohl es, seit ich denken konnte, immer seines gewesen war. Ich fragte mich, wann die Veränderung in meinem Kopf passiert war, dass ich es für mein Büro hielt und nicht mehr länger für seines. Und ich überlegte, ob es ein gutes Zeichen war, dass ich mich jeden Tag mehr mit dem Strandcafé identifizierte oder ob ich es als ein Warnsignal wahrnehme und mich endlich wieder um mein eigenes Leben und meine Träume kümmern sollte, wie Tim es mir geraten hatte. Schließlich war er das beste Beispiel dafür, dass man sich seine Träume erfüllen konnte, wenn man nur hart genug dafür arbeitete.

»Schon wieder am Computer?«, fragte ich meinen Vater und trat zu ihm ins Büro. »Es ist schon spät, ich dachte nicht, dass du noch hier wärst.« Früher war es normal gewesen, dass er nach dem Abendessen im Büro weiterarbeitete, wenn die Gäste langsam nach Hause gingen oder zurück in ihr Hotel. Aber in den letzten Wochen gab es keinen Bedarf für Arbeitsstunden seinerseits.

»Ich verschaffe mir einen Überblick«, sagte er und verstaute den Ordner, den er neben sich liegen hatte, in der Schublade, ebenso den Taschenrechner, auf dem er wie verrückt getippt hatte.

»Alles soweit okay mit den Finanzen?«, fragte ich. Mir war klar, dass die Zahlen bedenklicher waren als noch Wochen zuvor, weil nun noch die Kosten für die Renovierung hinzugekommen waren, ohne dass wir Einnahmen erzielten.

»Mach dir keine Sorgen. Ich glaube, dass die Eröffnung ein voller Erfolg wird«, versicherte ich.

»Ach ja, darüber sollten wir noch sprechen. Wann passt es dir denn?«, wollte er wissen und stand vom Schreibtisch auf.

»Mir passt es auch jetzt gleich. Ich habe heute Abend keine Pläne.« Lizzy arbeitete und Tim wollte Zeit mit seiner Granny verbringen.

»Nein, nein, das ist nichts für den Abend. Am besten wir setzen uns nach deiner Feier, aber noch vor der Eröffnung zusammen«, schlug er vor und ich nickte.

»Klar«, sagte ich und schaute, wie er den Raum verließ, den Flur entlangging und durch die Tür trat, auf der Privat stand, um unsere Wohnung zu betreten.

Ich stand noch eine Weile da und überlegte konzentriert, ob wirklich alles erledigt war, aber mir fiel nichts ein, was für die Eröffnung noch zu tun war außer die diversen Abstimmungen mit meinem Vater, um einen reibungslosen Ablauf bei der Eröffnung und auch für später im täglich laufenden Betrieb zu gewährleisten. Das Einzige, was zurückblieb, war dieses

eigenartige Gefühl, dass mein Vater etwas vor mir verheimlichte. Angefangen hatte es, als Lizzy mir von dem Treffen
meines Vaters mit Phil erzählte. Mir gefiel der Gedanke nicht,
dass mein Vater mich noch immer, wie ein Kind behandelte,
obwohl ich mich vorbildlich um die Renovierung gekümmert
hatte. Und seit ein paar Tagen verfestigte sich der Eindruck,
dass er etwas im Schilde führte, immer mehr. Als würde er
die Ausgaben prüfen, die ich getätigt hatte, und nicht darauf
vertrauen, dass ich das Beste für das Strandcafé wollte. Das
nervte und verletzte mich. Anstatt mich also in mein Zimmer
zurückzuziehen, wie ich es eigentlich vorhatte, da es wirklich
nichts mehr zu tun gab, ließ ich mich auf den Bürostuhl meines Vaters plumpsen, den ich erst kürzlich ausgesucht hatte,
startete den PC und sichtete unser Verbuchungsprogramm,
um rekonstruieren zu können, mit was Vater sich beschäftigt
hatte. Aber ich konnte keine ungewöhnlichen Posten finden,
die ihm Sorgen bereitet haben könnten. Also wechselte ich
in unser E-Mail-Programm, aber auch dort fand ich nichts
Besorgniserregendes. Dann blieb noch der Ordner, den Vater in die Schublade gelegt hatte. Er hatte wie wild auf den
Taschenrechner eingetippt, dabei seine Stirn in Falten gelegt
und die Augen nachdenklich zusammengekniffen. Mir war
klar, dass ich ihm gerade hinterherschnüffelte und dass ich das
als Tochter nicht tun sollte. Er war erwachsen. Er war mein
Vater. Und ihm gehörte das Café. Es gab keinen Grund, an
ihm zu zweifeln oder seine Entscheidungen zu hinterfragen.
Dennoch wurde ich das Gefühl nicht los, dass da etwas war,
das ich nicht wusste, aber wissen müsste, und das fühlte sich

falsch an. Ich hatte den Eindruck, ich hatte es mir durch die ganze Renovierung verdient, miteinbezogen zu werden, wenn es um das Café ging. Ich hatte das Gefühl, dass das Strandcafé jetzt noch mehr zu mir gehörte als vorher. Ich öffnete also die Schublade und zog den blauen Ordner hervor. Ich atmete einmal tief durch und öffnete ihn. Zuoberst fand ich diverse Schreiben und Gutachten. Sie alle drehten sich um den Verkauf und die Schätzung des Strandcafés. Im ersten Moment glaubte ich, alte Unterlagen vor mir zu haben, aber als ich auf das Datum blickte, begann mein Herz schneller zu schlagen. Diese Mail war zwei Tage alt und darin stand, dass im Anhang der Entwurf für den Kaufvertrag zu finden war. Ich blätterte hektisch weiter, fand den Kaufvertrag und überflog ihn rasch. Ich konnte kaum glauben, was ich dann las: Das Küstenhotel hatte vor, das Strandcafé zu kaufen. Und als ich den Betrag sah, blieb mir die Luft weg.

Kapitel 46 – Timothy

Es war mein letzter Abend hier an der Küste. Ich hatte meine Abreise bis jetzt immer verdrängt und Emma nichts gesagt. Aber heute Abend würde der Abend meiner Beichten werden. Erstens, dass ich abreisen würde, und zweitens, dass ihr Vater nie vorgehabt hatte, vom Verkauf Abstand zu nehmen. Vielleicht war es feige, Emma für diese Geständnisse in eines der nobelsten und teuersten Restaurants an der Küste einzuladen, nur um einer Szene oder einem zu lauten oder wütendem Gespräch aus dem Weg zu gehen. Ich redete mir dennoch ein, dass es ein würdiger Abschluss für unsere schöne gemeinsame Zeit war – ohne einen weiteren Hintergedanken.

Wieder fuhr ich mit einem Leihwagen vor, dieses Mal klingelte ich und fühlte mich wieder wie der Junge von damals, als ihr Vater die Tür öffnete.

»Tim«, grüßte er und nickte.

»Peter«, erwiderte ich ebenso wortkarg. Vielleicht kam nur mir die Stimmung angespannt vor, weil ich vorhatte, sein Geheimnis zu enthüllen, vielleicht hatte er ein Gespür für Situationen und durchschaute mich längst.

»Ich komme«, hörte ich Emma von weiter hinten rufen, bis sie sich an ihrem Vater vorbeidrängte und endlich vor mir stand. Sie sah atemberaubend aus.

»Hey«, begrüßte ich sie und streckte meine Hand nach ihrer aus.

»Ich wünsche euch einen schönen Abend«, sagte Peter.

»Danke«, meinte Emma.

»Du siehst gut aus«, sagte ich, als ich die Tür ins Schloss fallen hörte, und führte sie zum Wagen. Wie schon beim letzten Mal hielt ich die Beifahrertür für sie auf und wartete, bis sie sich gesetzt hatte. Erst dann ging ich um den Wagen, um selbst einzusteigen.

»Wohin entführst du mich?«, fragte sie, als ich den Motor anließ und losfuhr.

»Ich dachte, nach all der Arbeit und den unzählig zu schnell verdrückten Mahlzeiten zwischen Tür und Angel haben wir uns etwas Gemütliches verdient, etwas mit Stil und Ambiente.«

»Und ich dachte, es ist nur ein romantisches Date, einfach so«, sagte sie und lächelte mich an.

»Das ist es. Und das darfst du nicht vergessen, auch wenn ich dir nachher etwas zu erklären habe«, begann ich mir den Weg zu bahnen. Ich wollte nicht zu viel verraten, bevor wir an unserem Tisch saßen und mindestens beim zweiten Gang angelangt waren.

»Dann bin ich froh, wenn ich nicht die Einzige bin, die Gesprächsbedarf hat. Ich wollte dich schon den ganzen Tag über erreichen, aber habe mir alles für heute Abend aufgespart«, erklärte sie.

»Okay, jetzt bin ich schon gespannt. Schieß los!«

»Mein Vater verhält sich komisch. Zuerst war er hinter meinem Rücken im Küstenhotel bei Phil, um sich Tipps zu holen. Das weiß ich von Lizzy. Dann treffe ich ihn ständig im Büro, obwohl es eigentlich keine Arbeit für ihn geben sollte. Und jetzt, ich bin zwar nicht stolz darauf, aber ich habe Unterlagen in seinem Büro gefunden, ich meine Gutachten, Korrespondenz«, sie hielt inne und schüttelte den Kopf. »Alles weist darauf hin, dass er das Strandcafé verkaufen wird.« Jetzt war es also raus! Ich wartete eine Weile, aber sie sagte nichts mehr.

»Das ist, ich weiß nicht …« Ich zögerte, die Wahrheit zu sagen, aber das war mein Moment, auch wenn er viel früher kam, als ich es geplant hatte. »Ich meine, du weißt, dass ich diese Option von Anfang an nicht ausgeschlossen hatte und für eine sehr gute Idee hielt.« Sie nickte.

»Und wenn es nicht das Strandcafé wäre, dann würde ich dir inzwischen auch zustimmen. Wahrscheinlich ist es die einzig sinnvolle Lösung«, sagte sie. »Ich wollte ihn heute darauf ansprechen, aber mir fehlte der Mut. Einerseits bin ich so wütend auf ihn und auch enttäuscht, dass er mir die Führung nicht zutraut, andererseits bin ich auch erleichtert, weil ich mich endlich wieder mit mir und dem beschäftigen kann, was ich wirklich will.« Ich steuerte den Wagen auf den Parkplatz des Restaurants, stellte den Motor ab und drehte mich zu ihr. Jetzt oder nie.

»Vielleicht ist das der Moment, um dir zu sagen, dass ich das alles schon längst weiß«, eröffnete ich ihr und war froh, dass die Neuigkeiten keinen Wutausbruch bei ihr ausgelöst hatten, sondern sie endlich wieder an ihre Träume denken ließen.

»Was?«, fragte sie schockiert, was ich ihr nicht verübeln konnte.

»Dein Vater ist vor Wochen mit der Bitte auf mich zugekommen, ob ich für ihn ein Gutachten in Auftrag geben und mir die Unterlagen und die Gesamtsituation des Strandcafés ansehen könne. Ich war gerade erst hier angekommen und wir hatten schon mit der Renovierung begonnen. Wir waren noch nicht zusammen und als er Stillschweigen forderte, sagte ich es ihm zu, da das meine professionelle Pflicht ist.« Ihr Gesicht war kalkweiß und sie starrte mich mit eisernen Zügen an. »Es war nur Recherche, eine erste Einschätzung der Lage. Erst viel später stellte sich heraus, dass er einen Verkauf ernsthaft in Betracht zog. Und erst zu diesem Zeitpunkt erfuhr ich, wie ernst dir die Renovierung war und dass du das Café wiedereröffnen und zum Erfolg führen willst. So ernst, dass du sogar bereit warst, bist, deine berufliche Zukunft und deinen Traumjob diesem Projekt unterzuordnen«, fuhr ich fort. Sie sah mich weiterhin an und sagte kein Wort. Ich griff nach ihrer Hand, die inzwischen eiskalt war, aber sie zog sie zurück. Ich sprach weiter und versuchte, mich besser zu erklären. »Ich habe Peter mehrfach aufgefordert, dir die Wahrheit zu sagen, spätestens seit wir zusammen sind, ist mir klar, dass ich nicht länger diese Art von Doppelagent sein kann. Erst helfe ich dir beim Renovieren und abends, wenn ich zu Hause bin, helfe ich ihm, einen Käufer zu finden und einen Vertrag aufzusetzen.« Ich schüttelte den

Kopf über mich selbst. »So wie es aussieht, kommt bald alles zum Abschluss. Das Küstenhotel würde das Strandcafé gerne kaufen und es einerseits weiterhin als Café betreiben, gleichzeitig Zimmer ausbauen, um für Premiumgäste einen direkten Strandzugang zu gewährleisten. So mit Glasboden und solchen Scherzen. Ein bisschen wie auf den Malediven«, erzählte ich, was ich beim letzten Gespräch mitbekommen hatte.

»Wie auf den Malediven«, wiederholte sie leise. »Du klingst begeistert«, stellte sie fest, ihr Blick hatte noch für keine Sekunde von meinem Gesicht abgelassen.

»Ehrlich gesagt, ja. Natürlich fehlt mir jegliche emotionale Verbindung zum Strandcafé und das macht es mir leichter als dir, Veränderung zuzulassen. Aber ich denke, es ist an der Zeit. Die Zahlen zeigen es deutlich. Es funktioniert so nicht mehr.«

»Aber Phil denkt, es wird funktionieren«, konterte sie.

»Phil wird zusätzlich Zimmer bauen, die ausgebucht sein werden. Er wird einen Innenpool anlegen, einen Spa-Bereich, du weißt, wie das heute ist. Die Leute können auch im Herbst- und Winter das volle Angebot nutzen, das waren für euch immer schwache Monate. Für ein Hotel ist es leichter, das zu kompensieren. Er wird Eisbaden im Winter anbieten, Yoga-Retreats und Strandspaziergänge. Das ist ein komplett anderes Business-Modell, als es für das Strandcafé möglich war«, setzte ich sie über alle Ideen, die im Raum standen, ins Bild.

Kapitel 47 – Emma

Ich wusste nicht, ob ich mich betrogen fühlen sollte oder erleichtert. Vater wollte das Strandcafé verkaufen. Und jetzt, da es sich weniger um eine Idee, sondern vielmehr um eine bereits entschiedene Tatsache handelte, fühlte sich der Gedanke erleichternd an und nicht bedrohend wie noch vor ein paar Monaten. Dennoch hatte die ganze Sache einen faden Beigeschmack. Mein Vater hatte mich all die Wochen schuften sehen und trotzdem hinter meinem Rücken Pläne geschmiedet. Und Tim? Ich kam mir dumm vor und irgendwie herabgewürdigt. Die beiden wussten Bescheid und ließen mich dennoch machen.

»Und du hast mir jeden Tag im Café geholfen, obwohl du wusstest, dass es umsonst war?«, fragte ich ihn. Wir hatten uns über Tapetenmuster unterhalten und uns am Ende für weiße Wandfarbe entschieden. Wir sichteten Teppichexponate und favorisierten dann doch den alten Dielenboden, so wie er war.

»Du musst mich für verrückt gehalten haben«, sagte ich. Mir fielen all unsere Gespräche ein, wenn es um meine Zukunftspläne ging, und immer wieder hatte ich die Familie und den Familienbetrieb in den Vordergrund gerückt, während er längst gewusst hatte, dass alles zum Scheitern verurteilt war und mein Vater der Familie und dem Betrieb wohl nicht dieselbe Priorität beimaß wie ich.

»Nein. Ich finde dein Vorgehen äußerst vorbildlich und ehrenhaft«, widersprach Tim. Ich schüttelte den Kopf. Was war an meinem Verhalten vorbildlich. Ich war wohl zu naiv und zu idealistisch gewesen.

»Ich möchte mit meinem Vater darüber sprechen«, sagte ich. Wir saßen noch immer in seinem Mietwagen in der Parkbucht vor dem Restaurant. Aber ich hatte weder Lust auf Zweisamkeit mit Tim noch auf Essen. Meine Gedanken hingen bei meinen Eltern und der Frage, ob Mutter auch Bescheid wusste, und wann sie vorhatten, mit mir zu sprechen, und wie es dann ab jetzt weitergehen würde.

»Ich würde dich wirklich gerne ausführen«, sagte Tim.

»Mir ist der Appetit vergangen. Ich kann jetzt an nichts anderes denken als daran, was das nun bedeutet«, sagte ich. Ganz zu schweigen davon, was das mit uns machte. Keine Ahnung, ob ich ihm noch vertrauen wollte, ob ich ihm glauben konnte, dass der Rest der Dinge stimmte, die er mir in den letzten Wochen erzählt hatte. Vielleicht war ich unfair.

»Mir kommt das vor wie damals. Als würde ich nur Tim, den Jungen, der hier Urlaub machte, kennen. Aber ebenso wenig, wie ich den Schüler kannte, dem das Leben im Internat so viel bedeutete, weiß ich heute nicht, wer Tim der Anwalt ist, und was du bereit bist zu opfern, nur um deinem Berufsethos gerecht zu werden.« Ich schüttelte den Kopf. Ich war nicht wütend. Ich verstand seine Argumentation. Aber das hieß nicht, dass ich sein Vorgehen guthieß. Ich fand, wenn man jemandem wirklich nahe war, bedeutete das, dass man mit dieser Person alles teilte, immer ehrlich war und nichts verheimlichte. Aber er hatte Geheimnisse vor mir gehabt, und das schon ganz zu Beginn unserer Beziehung – das waren nicht die besten Voraussetzungen für eine dauerhafte gemeinsame Zukunft. Es schien, als hätte ich mich einmal mehr in etwas hineingesteigert, das für ihn nicht dieselbe Bedeutung hatte wie für mich.

»Das ist nicht fair. Und das weißt du. Ich habe deinem Vater einen Gefallen getan. Es lag nicht in meinem Interesse, einen Familienstreit zwischen euch auszulösen.«

»Und was jetzt?«

»Die Dinge haben sich geändert. Wir sind zusammen und ich kann die Wahrheit nicht länger zurückhalten. Das wäre falsch«, gab er zu.

»Siehst du.« Intuitiv hatte er also durchaus gewusst, dass er auf dünnem Eis unterwegs war.

»Lass es mich mit einem eleganten Essen wieder gutmachen. Das ist unser letzter Abend, lass uns würdig Abschied nehmen«, beharrte er.

»Was?« Meine Ohren klingelten leise und ich hörte das Blut in ihnen rauschen.

»Ich wollte es dir drinnen in Ruhe sagen. Ich werde morgen abreisen. Der Job ruft.« Erneut konnte ich nur über seine Worte staunen, die mich gänzlich unvorbereitet trafen.

»Und das hast du nie erwähnt, weil?«, brachte ich mühsam über meine Lippen.

»Es war immer etwas zu tun und ich wusste, dass es die Stimmung drücken würde, wenn ich von meiner Abreise sprechen würde, daher schob ich es hinaus.«

»Um mich heute gleich mit zwei Wahrheiten zu erschlagen. Na, vielen Dank«, raunte ich.

»Kannst du dir vorstellen, wie schwer das ist? Ich weiß, wie nahe dir die Neuigkeiten über den Verkauf gehen, deshalb habe ich jeden Tag gehofft, dass Peter endlich ehrlich mit dir sein würde, da es seine Aufgabe ist, es dir zu sagen, nicht meine. Und bezüglich meiner Abreise: Glaubst du nicht, ich wäre lieber länger hier? Glaubst du nicht, ich habe es genossen, meine Zeit mit dir zu verbringen?« Ich lehnte mich im Sitz zurück und dachte nach. Wenn es umgekehrt wäre, wenn ich die wäre, die abreisen müsste, würde ich es mit Sicherheit auch hassen, mich von ihm zu trennen. So wie ich es eben jetzt kaum aushielt, daran zu denken, dass er morgen weg sein würde. Und die andere Sache? Was, wenn Patsy ein Geheimnis vor ihm hätte, das ich ihm nicht erzählen dürfte. Würde ich mich nicht auch gegenüber Patsy verpflichtet fühlen?

»Ich verstehe schon. Ich bin dir nicht böse. Aber ich will lieber nach Hause, um mit meinem Vater zu sprechen«, sagte ich. Dieses Mal startete Tim den Wagen ohne ein weiteres Wort, wendete und fuhr mich zurück.

Auf dem Weg sprachen wir fast nichts mehr miteinander. Meine Gedanken drehten sich um all die neuen Möglichkeiten. Ich könnte zurück nach London. Das bedeutete Zeit mit Tim. Es bedeutete aber auch, nach Jobs und Projekten Ausschau zu halten und vielleicht bald zu verreisen, was zur

Folge hätte, dass nicht einmal mehr eine Fernbeziehung für uns beide in Frage kommen würde, sollte ich an einem sehr weit entfernten Ort ein Projekt finden. Und was wäre mit dem Strandcafé? Wo würden meine Eltern wohnen, wenn sie verkauften. Würde ich je wieder an diesen Ort zurückkehren? Und die wichtigste Frage, die unfairste vielleicht, aber die, die in meinem Herzen brannte. Konnte ich Tim noch vertrauen?

Kapitel 48 – Timothy

Das war alles nicht so gelaufen, wie ich es mir vorgestellt hatte. Keine heißen Abschiedsküsse und Versprechungen, uns bereits kommendes Wochenende zu besuchen. Kein Schmieden von Zukunftsplänen, jetzt, da der Verkauf feststand und Emma ihr Leben in London wieder aufnehmen konnte. Der Gedanke, dass ich ihr in all den Jahren hätte begegnen können, es aber nie so gekommen war, quälte mich ebenso wie die Tatsache, dass sie kaum reagiert hatte auf alles, was heute Abend geschehen war. Stattdessen hatte sie sich wortkarg in sich selbst zurückgezogen. Ich wusste nicht, was sie dachte oder fühlte, und was das für mich hieß.

»Du bist früh zu Hause«, rief Granny, als sie mich im Flur hörte. Ich zuckte mit den Schultern, was sollte ich sagen. »Was ist passiert?« Wieder zuckte ich mit den Schultern. Was war passiert? Die Wahrheit hatte Einzug gehalten. Eine Wahrheit, die ich seit Wochen kannte.

»Sie weiß Bescheid«, sagte ich. »Über den Verkauf und auch darüber, dass ich morgen abreise.«

»Und anstatt den Abend zu genießen, serviert sie dich ab«, mutmaßte Granny.

»Genießen war einfach unmöglich, nachdem sie erfahren hatte, dass ihr Vater hinter ihrem Rücken das Strandcafé verkauft, und die Tatsache, dass ich das seit Beginn wusste, trübte die Stimmung wohl auch.« Mich jetzt in der Opferrolle zu suhlen, obwohl ich mich wirklich so fühlte, war wohl falsch. Ich hätte von Anfang an mit offenen Karten spielen sollen, aber dann hätte sich wahrscheinlich nicht diese Art von Nähe zwischen uns entwickelt. Ich wollte gar nicht daran denken, was wäre, wenn sie nie mit der Renovierung begonnen und nie meine Hilfe in Anspruch genommen hätte. Dann wäre noch immer alles so, wie es vor meinem Urlaubsantritt war.

»Manchmal wundere ich mich über euch junge Menschen. Das ging mir schon bei Patrizia und Anton so, und jetzt denke ich mir dasselbe bei Emma und dir«, sagte Granny und schlurfte vom Flur zurück in die Küche. Ich folgte ihr, setzte mich an den Tisch und beobachtete, wie sie für uns eine Teekanne voll Wasser aufsetzte.

»Über was wunderst du dich?«, fragte ich mehr aus Höflichkeit. Mein Gesprächsbedarf war in Wahrheit für heute gedeckt und ich wollte mich nur noch in meinem Zimmer verkriechen, den Koffer packen und von hier wegfahren.

»So viele Dinge haben für euch Priorität, die genau betrachtet bedeutungslos sind, während ihr Dinge als unwichtig erachtet, die am Ende die einzigen sind, die Bestand haben.«

»Und was hat Bestand?« Ich dachte an die Fossilienfunde am Strand, an Emmas Berufswunsch. Sie beschäftigte sich mit Dingen, die Bestand hatten.

»Sie hätte den Abend heute mit dir genießen sollen. Ein

unwiederbringlicher Moment.« Granny seufzte und zog zwei Tassen aus dem Schrank. »Das Gespräch mit ihrem Vater kann sie morgen noch führen. Aber diesen magischen letzten Abend, den gibt es nur heute und sie hat ihn gedankenlos verschenkt, weil sie glaubte, dass das Gespräch mehr Bedeutung hat als die Gefühle, die sie dir entgegenbringt. Selbst, wenn es inzwischen widersprüchliche Gefühle sind, nach all den Neuigkeiten. Aber sie hätte die Chance nutzen können, dir im Gespräch näher zu kommen, statt sich von dir zu entfernen«, befand Granny, während sie Tee einschenkte.

»Und was habe ich falsch gemacht?« Es fühlte sich nicht richtig an, nur Emma an den Pranger zu stellen. Aber Granny hatte recht. Ich hätte mir gewünscht, sie wäre geblieben und hätte den Rest auf morgen verschoben.

»Du, mein Junge, hättest von Anfang an bei der Wahrheit bleiben sollen, dann wäre das alles nicht passiert.« Kurz und präzise brachte sie es auf den Punkt. Ich nickte. Sie hatte recht.

»Und was mache ich jetzt?«

»Du gibst ihr etwas Zeit. Sie muss sich jetzt um ihre Familienangelegenheiten kümmern, dann wird sie den Kopf frei haben, über dich nachzudenken, und sich ein Bild machen von dem, was sie an deinem Vorgehen falsch fand und was richtig war. Dann kommt dein Moment, dich zu entschuldigen. Keinen Moment früher, wenn sie sich selbst noch in all den Turbulenzen befindet, die sich jetzt ergeben werden und du nur eine Belastung mehr bist, wenn du beginnst, sie zu bedrängen.«

»Bedrängen?« Bis vor Kurzem hatten wir beide eine

gemeinsame Zukunft gewollt und Emma hatte mit keinem Wort angedeutet, dass sich das geändert hatte, selbst wenn das natürlich möglich war.

»Du wirst wohl irgendwann fragen, ob sie dich in London besucht oder ob du wieder hierherkommen kannst. Vielleicht fragst du sie, was sie jetzt vorhat, nachdem das Strandcafé Geschichte ist. All das kann sie jetzt nicht brauchen. Sie braucht jetzt ihre Ruhe, um herauszufinden, was sie wirklich will.«

»Und ob ich noch ein Teil davon bin?«, sprach ich aus, was ich seit diesem Abend dachte. Vielleicht hatte sich wirklich alles geändert.

»Wenn es echt war, dann bleibt es echt und dann hat es eine Zukunft«, sagte sie. Ich nickte und stand auf.

»Ich werde jetzt packen und bin dann morgen ganz in der Früh weg. Du musst nicht aufstehen.« Ich nahm die Tasse Tee und verschwand in meinem Zimmer.

Nie hätte ich gedacht, dass mir eine Rückkehr in mein altes Leben zu meinem Traumjob so schwerfallen würde. Voller Vorfreude auf ein paar Wochen Urlaub und dem triumphalen Gefühl, den absoluten Traumjob ergattert zu haben, war ich hier angekommen. Mit dem Wissen, bald das nächste Level meines Lebens zu beginnen, als wäre es ein Computerspiel, und ich hangelte mich von Level zu Level, von Upgrade zu Upgrade. Jetzt fühlte es sich so an, als hätte ich all die Jahre das falsche Spiel gespielt. Mit einem Mal hatte der Job seinen Reiz verloren und auch die hippe Wohnung mit Blick auf

Londons Skyline. Ich überlegte plötzlich, ob die Strategie, jüngster Partner in einer namhaften Kanzlei zu werden, wirklich den Stellenwert hatte, den ich ihm immer beigemessen hatte, und ob es mich nicht glücklicher machen würde, jeden Tag in einem winzigen Strandcafé Wände zu malen, zu lachen und die Frau meiner Träume in den Armen zu halten. Dabei ging es nicht um eine Zukunft hier an der Küste oder an einen Wechsel in die Gastronomie. Ich dachte nur an Emma, und dass sich alles ohne sie fade anfühlte und bedeutungslos. Irgendwie hatte nichts mehr Sinn, wenn sie nicht an meiner Seite war und mich begeistert anlächelte.

Kapitel 49 – Emma

Meine Mutter streckte ihren Kopf vom Wohnzimmer heraus in den Flur.

»Du bist doch gerade erst gegangen«, sagte sie und innerlich musste ich lächeln, weil sich unsere beengte Wohnsituation in Kürze auflösen würde und ich in meine WG in London zurückkehren würde. Es war komisch gewesen, plötzlich wieder Vollzeit-Tochter zu sein und nicht mehr die erwachsene Frau, die ich in den letzten Jahren gewesen war. Ganz autonom, ohne jemandem Rechenschaft abzulegen, wohin ich ging und was ich tat. Das war hier zu Hause anders. Meine Eltern wussten die ganze Zeit über, wo ich war und was ich tat. Allerdings konnte ich dasselbe nicht über sie sagen. Ich hatte nicht gewusst, wo mein Vater die ganze Zeit über war und was er getan hatte, und ob er vor meiner Mutter ebenso Geheimnisse hatte wie vor mir, oder ob sie mit ihm unter einer Decke steckte.

»Ist Papa da?«, fragte ich, auch wenn ich den Fernseher im Hintergrund hörte, was bedeutete, dass er da war und nicht gestört werden wollte. Egal.

»Klar«, sagte Mama.

»Hey«, begrüßte ich meinen Vater, als ich ins Wohnzimmer trat. »Ich denke, wir müssen reden. Ich weiß nicht, ob Mama Bescheid weiß, aber ich bin informiert, dass du verkaufen willst. Ich frage mich nur, wann du vorhattest, mir das zu erzählen, und warum du mich die ganzen Wochen über hast das Strandcafé renovieren lassen, wenn du doch wusstest, dass du es verkaufen wirst. Meine Mitbewohnerin hat Stunden in die Homepage investiert. Was denkst du dir nur?«, fragte ich. Er griff nach der Fernbedienung und schaltete den Fernseher ab.

»Tim hat es dir erzählt?«, fragte Vater.

»Das ist deine Antwort?«, schnaubte ich. »Du suchst die Schuld jetzt bei ihm anstatt bei dir.«

»Ich bat ihn um Stillschweigen. Ich dachte, er ist ein Mann, der sein Wort hält«, sagte mein Vater.

»Ich habe im Büro die Unterlagen gefunden. Das Gutachten, das Angebot, ich verstehe das alles nicht.«

»Wenn du das Gutachten gesehen hast, dann verstehst du sehr wohl. Der Gewinn, den wir durch einen Verkauf erzielen, ist beachtlich. Wir hätten ausgesorgt, und nicht nur wir, sondern auch du«, erklärte er mir.

»Es geht also ums Geld?«, fragte ich. Darüber hatte ich nie nachgedacht. Für mich war es immer um all die Gefühle gegangen, die ich mit diesem Ort verband.

»Es geht darum, klug zu sein und die bestmöglichen Entscheidungen zu treffen. Haben wir dich nicht dazu erzogen? Dich immer ermutigt, nachzudenken, zu hinterfragen und eine Entscheidung basierend auf Fakten zu treffen und nicht aufgrund von Gefühlen?« Er hatte recht, wir hatten meistens mit Pro- und Kontralisten gearbeitet, auch damals, als ich mein Studienfach wählte und mir nicht sicher war, ob Paläontologie eine gute Wahl war, auch wenn ich immer wusste, dass das mein Traumberuf war.

»Und warum hast du das nicht gleich gesagt? Ich hätte mir die Arbeit sparen können«, warf ich ihm vor.

»Ich habe es dir von Anfang an gesagt. Du hattest nur nicht hören wollen. Du wolltest es unbedingt versuchen. Deshalb hast du mit der Renovierung begonnen.«

»Aber du hast versprochen mir ein Jahr Zeit zu geben, um mehr Umsatz zu machen als zuvor.«

»Und das habe ich getan, um dir den Abschied leichter zu machen. Aber den Verkauf hinauszuzögern, hat keinen Sinn, das Konzept des Strandcafés ist veraltet. Eine Eisdiele mit Snackmöglichkeit und Sitzgelegenheiten ist nicht mehr das, was die Leute wollen. Zumindest reicht es nicht mehr, um die Rechnungen zu bezahlen. Sie bringen ihr Essen selbst mit, und das ist in Ordnung, ich habe auch keine Lust, jedem neuen Food-Trend hinterherzurennen. Aber es heißt eben weniger Umsatz. Aber sieh es positiv. Es ist gut für die Umwelt, wenn ich wenig Gäste habe, brauche ich auch wenig Strom.«

»Und der Verkauf, ist der auch gut für die Umwelt?«, konterte ich provokativ, mir gefiel der spaßige Ton meines Vaters nicht. Das war ernst, zumindest war es mir ernst.

»Wahrscheinlich nicht. Phil plant große Veränderungen. Ich kann kaum erwarten, dass es losgeht.«

»Wie kannst du das alles nur so einfach aufgeben?«, fragte ich ihn verständnislos.

»Träume verändern sich im Laufe der Zeit. Willst du dich nicht zu mir setzen?«, bot er an und klopfte auf den freien Platz neben sich. Ich war die ganze Zeit über im Türrahmen stehen geblieben, weil ich einen gewissen Abstand zwischen uns brauchte. Ich fühlte mich hintergangen und im Stich gelassen, nicht ernstgenommen und in vielerlei Hinsicht einfach ignoriert, als wäre ich noch nicht erwachsen genug, um eine Rolle zu spielen und eine Meinung zu haben, die Gewicht hatte.

»Klar«, sagte ich und war gespannt, was er mir über Träume erzählen wollte.

»Ich war auch einmal so jung wie du und alles lag vor mir.« Er schüttelte den Kopf und lächelte. »Ich hatte das große Glück, deine Mutter zu treffen und in ihr nicht nur eine Partnerin fürs Leben zu finden, sondern auch jemand, der meine Träume teilte und sich ein Leben hier an der Küste wünschte und etwas aufbauen wollte. Und als das damalige Restaurant samt Kiosk zum Verkauf stand, da haben wir kurzerhand übernommen.« Wieder lächelte er verträumt und Mutter setzte sich zu uns. Sie hatte ein Tablett mit drei Sektgläsern dabei. Die prickelnde Flüssigkeit glänzte golden und festlich, während ich mich noch immer entwurzelt und von den Neuigkeiten überfordert fühlte.

»Wir waren bis über beide Ohren verschuldet und mindestens die Hälfte des Ortes hielt uns für verrückt und traute es uns nicht zu, das damalige Restaurant aus den Miesen zu holen«, erzählte meine Mutter. »Aber es kam genau so, wie wir gehofft hatten. Wir haben renoviert, jede Minute und jeden Cent in dieses Café gesteckt, nicht so viel anders als das, was du und Tim hier gerade vollbracht habt. Es war eine wundervolle Zeit und all die Jahre, in denen wir Stammgäste begrüßten und dich großzogen, lebten wir unseren Traum von Selbstständigkeit und Freiheit.« Und jetzt kam das Aber, ich hörte es schon.

»Du bist aber mittlerweile erwachsen und wir sind älter, und zugegeben, auch müde. Wenn das Strandcafé noch immer so gut liefe wie früher, wenn sich die Dinge nicht verändert hätten, dann wäre das alles vielleicht noch immer unser Traum. Aber so ist es nicht. Und deiner Mutter und mir ist in den vergangenen Monaten immer klarer geworden, dass wir uns eine Veränderung wünschen. Wir wollen jetzt auf Reisen gehen. Wir wollen uns in der Ferne bekochen und bedienen lassen«, sagte mein Vater. »Wie gesagt, Träume verändern sich. Und jetzt träumen wir von Ruhe, von Zweisamkeit und Erlebnissen, die außerhalb dieser paar Quadratmeter liegen, die so lange unsere ganze Welt waren.« Ich verstand ihn gut. Schließlich waren das ähnliche Überlegungen, die mich von hier weggeführt hatten, die mich Paläontologie hatten studieren lassen.

»Und du kannst das alles loslassen? Unser Zuhause? Nie wieder zurückkehren?«, fragte ich.

»Wer spricht denn davon? Wir lassen nichts zurück. Wir werfen nur den Ballast ab und die Ketten, die uns an diesen Ort binden. Und deshalb wollten wir von Anfang an nicht, dass du übernimmst. Denn das ist nicht dein Traum, das war immer nur unser Traum. Ein Verkauf bedeutet Freiheit. Und wenn du den Vertrag genau gelesen hast, hast du bestimmt die Klausel gefunden, die den Kaufpreis mindert und uns dafür eine Hotelsuite oder ein Appartement, oder wie auch immer du es nennen willst, in der obersten Etage sichert.«

»Was?« So weit hatte ich offenbar nicht gelesen.

»Phil wird hier ein Wellness-Ressort bauen. Die Details sind noch offen, aber vertraglich sagt er uns ein Penthouse in der obersten Etage mit einem separaten Eingang zu. Unsere Wohnsituation wird sich also kaum verändern«, erklärte er.

»Und du bist natürlich immer willkommen. Wir richten dir ein Kinderzimmer ein oder besser gesagt ein Gästezimmer, damit du immer bei uns übernachten kannst, so wie jetzt eben auch«, ergänzte meine Mutter. Ich ließ mich sprachlos in die Sofakissen fallen. Meine Mutter langte nach den Gläsern und reichte sie uns, als spürte sie, dass das Gespräch beendet war und mir nichts anderes übrigblieb, als zu akzeptieren.

»Auf den Verkauf und auf ein neues Kapitel«, sagte sie.

»Auf unseren Ruhestand«, sagte Vater. Die beiden hatten sich ihren Ruhestand verdient, das war wahr.

»Auf euch und eure Träume«, schloss ich mich an.

Kapitel 50 – Timothy

Der erste Arbeitstag verging im Flug. Die neuen Kollegen kennenlernen, das Büro beziehen, sich mit den Dokumenten und den aktuellen Projekten vertraut machen. Gemeinsames Mittagessen, Besprechungen, um sich einen Überblick zu verschaffen, und dann war er vorbei, der erste Tag im neuen Job. Ich stand alleine in meiner Küche und öffnete eine Flasche Champagner, wie ich es damals getan hatte, als ich die Zusage erhielt. Ich knipste ein Bild und schickte es an Emma. *Ich wünschte, du wärst hier*«, schrieb ich ihr. Ich hatte seit unserem letzten Abend nichts mehr von ihr gehört und auch nicht gewagt, mich zu melden. Keine Ahnung, wo wir gerade standen. Die Nachricht blieb ungelesen und ich legte mein Handy nach ein paar Minuten zur Seite und entschied mich für eine Netflix-Serie, die ich aber nur halbherzig schaute. Ein leises Pling lenkte mich dann endgültig ab.

»*Herzliche Gratulation zum neuen Job*«, schrieb Emma. Keine Bemerkung, ob sie auch gerne hier wäre oder nicht.

»*Wie lief es mit deinem Vater?*« Das hatte ich sie schon die ganze Zeit fragen wollen, auch wenn ich Gefahr lief, damit schlafende Hunde zu wecken.

»*Gut. Ich weiß jetzt Bescheid und ich finde, es hört sich alles wirklich gut an. Nach zwei Nächten darüber schlafen muss ich zugeben, dass es sich anfühlt, als hätten sich alle meine Sorgen in Luft aufgelöst.*«

»*Das klingt fantastisch*«, schrieb ich. Ich freute mich, dass sie unter dem Verkauf nicht litt, wie sie es immer vermutet hatte.

»*Das heißt, dass ich jetzt frei bin*«, schrieb sie. Das war die Erkenntnis, die ich mir für sie immer gewünscht hatte. Die ich mir für uns gewünscht hatte.

»*Und was bedeutet das?*«, wollte ich wissen und hielt die Luft an. Die Antwort war entscheidend dafür, ob wir noch eine Chance hätten oder ob sie mich kalt abservierte, so wie ich sie damals abserviert hatte.

»*Ich denke, ich werde meinen Hut für ein paar ansprechende Projekte weltweit in den Ring werfen und hoffen, dass ich irgendwem ins Konzept passe.*«

»*Das klingt nach einem Plan*«, zwang ich mich zu schreiben. Nach einem Plan, der nichts mehr mit mir zu tun hatte. Es versetzte mir einen Stich, aber mein Leben würde an der Stelle anknüpfen, wo es noch vor ein paar Wochen geendet hatte, bevor ich in Urlaub fuhr.

»*Ich habe die ganze Nacht recherchiert. Es gibt so viele spannende Projekte, sodass es unglaublich schwer ist, sich zu entscheiden*«, schrieb Emma.

»*Das kann ich mir denken*«, betrieb ich weiterhin Smalltalk, während ich auf ein Wunder hoffte, das sie doch noch zu mir führen würde. Die Serie hatte ich inzwischen auf leise geschaltet, um dem Chatverlauf am Smartphone überhaupt noch folgen zu können. Aber meine Finger fühlten sich träge an und mein Kopf viel zu schwer.

»Und ehrlich gesagt, bin ich über eine gänzlich neue Idee gestolpert. Also ich meine nicht grundsätzlich neu, aber für mich neu.«

»Das klingt spannend, was ist es denn für eine Idee?« Ich kam mir vor wie ein Roboter, der sich alle Mühe gab, die richtigen Dinge zu sagen oder zu fragen, aber in Wahrheit schrie alles in mir danach, zu wissen, ob sie noch Interesse an uns hatte. Ob sie Lust hatte, wieder nach London zu ziehen und uns eine Chance zu geben.

»Ich denke über eine Doktorarbeit nach. Mein Zimmer in der WG ist noch frei.« Wieder hielt ich die Luft an.

»London?«, fragte ich vorsichtig.

»Ja, London«, bestätigte sie.

Es klingelte an der Tür, aber ich ignorierte es. Das Gespräch mit ihr war mir zu wichtig. Gerade jetzt, wo es an die Frage ging, die mir so sehr am Herzen lag.

»Wir könnten uns treffen. Also wenn du das noch willst«, schrieb ich.

»Natürlich will ich.«

»Wirklich?«

»Ja.«

»Obwohl ich gelogen habe?«

»Es war nicht wirklich gelogen. Du hast dich meinem Vater gegenüber loyal verhalten, aber es gibt Schlimmeres. Und es ist kein Schaden entstanden. Und es war nicht direkt gelogen,

es war nur nicht ganz die Wahrheit. Aber du hattest keinen schlechten Hintergedanken, eigentlich hattest du einen guten, du wolltest mich schützen und dich nicht in eine Familienange-legenheit einmischen«, entschuldigte sie mich.

»Das stimmt«, schrieb ich erleichtert. *»Du verzeihst mir also?«*

»Ich war nie sauer auf dich. Es war nur alles etwas viel zu verdauen, aber jetzt ist mir einiges klargeworden«, schrieb sie.

»Und das wäre?«

»Dass ich dich vermisse«, las ich.

»Ich dich auch. Ich sitze auf meinem Sofa und trinke alleine Champagner. Dabei ist heute der Tag, auf den ich so lange hingearbeitet habe, und da feiere ich alleine. Ich komme mir eher wie ein Loser vor als wie jemand, der sein Ziel erreicht hat.«

»Du bist zu Hause?«, fragte sie.

»Klar.« Wieder klingelte es an der Tür, manchmal waren Menschen hartnäckig. Vielleicht wollte jemand Spenden sammeln.

»Und warum machst du mir dann nicht auf?« Mein Herz galoppierte.

»Was?« Ohne mich vom Sofa zu erheben, warf ich einen Blick zur Tür. Wieder klingelte es. Mehrfach. Lange. Nervtö-tend. Ich sprang auf und riss die Tür auf. Und da war sie.

»Hey«, sagte sie. Ich konnte es kaum fassen.

»Hey.«

»Ich weiß, es kommt überraschend und man sagt im All-gemeinen, man sollte sich nicht selbst einladen, aber hast du

ein Gläschen Champagner für mich? Ich habe gehört, es gibt einen Grund zu feiern«, sagte sie. Ich nahm sie in die Arme und küsste sie und wirbelte sie dann im Kreis. Sie begann wie wild zu lachen. Dann stellte ich sie wieder ab, vergewisserte mich, dass ihr nicht schwindelig war, und zog ihren Rollkoffer in meine Wohnung. »Keine Sorge, ich ziehe nicht bei dir ein. Ich wollte meine Mitbewohnerin um diese Uhrzeit nicht mehr stören und kam deshalb direkt zu dir. Ich dachte, für eine Nacht darf ich bestimmt hier schlafen.«

»Von mir aus kannst du einziehen«, sagte ich und küsste sie erneut.

»Lass uns nichts überstürzen.«

»Nein, lass uns Champagner trinken und sehen, was passiert«, schlug ich ihr vor.

»Das klingt gut.« Emma schmiegte sich in meine Arme.

Epilog

1 Jahr später – Emma

Ich wusste genau, dass er etwas im Schilde führte. Seit Tagen verhielt er sich eigenartig und langsam begann ich, eins und eins zusammenzuzählen. Heute war unser Jahrestag. Wir hatten uns entschieden, den Tag als unseren offiziellen Jahrestag zu feiern, an dem ich damals vor seiner Tür gestanden und ihm erklärt hatte, dass ich in London bleiben und uns eine echte Chance geben würde.

»Ich weiß genau, dass du etwas planst«, sagte ich zu ihm.

»Nein, ich will nur wissen, ob du heute oder dieses Wochenende spezielle Pläne hast.«

»Ja, habe ich. Mit dir.« Ich starrte ihn an und hoffte, das genügte, um ihn endlich zum Sprechen zu bringen.

»Sehr gut, denn ich habe auch Pläne mit dir. Du musst deinen Koffer packen, wir fahren übers Wochenende weg«, erklärte er.

»Ein Kurzurlaub?«

»Ja.«

»Wohin? Was soll ich einpacken?«

»Ich verrate dir sicher nicht, wohin es geht, aber da wir in kein Flugzeug steigen, darfst du dich am britischen Winterwetter orientieren.« Ich verzog für einen kurzen Moment das Gesicht. Es hatte vor ein paar Tagen geschneit und London präsentierte sich festlich weiß angezuckert. Und auch wenn ich nicht so auf Kälte stand, war das nun mal das Klima, in das ich hineingeboren war.

»Ich freue mich schon auf meine nächste Studienreise nach Ägypten«, sagte ich. In ein paar Wochen war es so weit. Wärme, Sonne und im Sand buddeln, wie Tim es immer formulierte. Das hatte er sich von meinem Vater abgeschaut. Kurz vor Weihnachten wäre ich dann wieder zurück.

»Für diese Reise musst du nicht zu viel Sonne einplanen«, sagte er und drückte mir einen Kuss auf die Stirn. Ein paar Stunden später empfing uns mein Vater am Bahnhof.

»Du hättest mir ruhig sagen können, dass wir nach Hause fahren«, sagte ich leise zu Tim.

»Es ist dein Zuhause, nicht meines. Für mich war das immer der perfekte Urlaubsort. Und seit du jetzt mit mir in London lebst, solltest du dich wohl an den Gedanken gewöhnen, dass das auch bald dein schönster Urlaubsort sein könnte«, flüsterte er mir ins Ohr. Wir waren Ende Sommer zusammengezogen und bisher klappte alles bestens zwischen uns. Es fühlte sich gut an, abends nicht alleine zu sein, sondern jemanden zum Reden zu haben, wenn ich wegen der Uni Dampf ablassen musste, oder wenn er einen harten Arbeitstag hinter sich hatte und sich über Klienten oder Kollegen beschweren wollte.

»Übernachten wir bei Granny?«, fragte ich ihn, weil das Strandcafé und somit mein Elternhaus längst verschwunden waren, um einer Baustelle zu weichen.

»Nein. Ich habe eine Überraschung. Schon vergessen? Es ist unser Jahrestag.«

»Ich dachte, der Trip ist die Überraschung.«

»Nicht nur«, sagte er und schüttelte den Kopf. Als wäre es eine perfekt einstudierte Nummer, fuhr mein Vater die schmale Straße zum Strand entlang. Hier lag eindeutig mehr Schnee als in London. Alles wirkte so märchenhaft und ich schmiegte mich auf der Rückbank des Wagens noch näher an Tim. Und dann sah ich in der Ferne die Holzfassade des neuen Hotelbaus, wo früher unser Haus gestanden hatte.

»Ein gewöhnungsbedürftiger Anblick«, gestand ich. Das Gebäude war vier Stockwerke hoch und somit größer als das Strandcafé. Die frühere altmodische und verwitterte Fassade war einem neuen Glas- und Holzkonstrukt gewichen.

»Ich sehe es auch zum ersten Mal, und es fühlt sich komisch an«, stimmte Tim zu und griff nach meiner Hand. Vater räusperte sich kurz, bevor er den Wagen anhielt und sich zu uns umdrehte.

»Dann steigt aus und schnappt eure Koffer. Wir sehen uns morgen. Wir erwarten euch zum Mittagessen in der Penthouse-Wohnung, nicht vergessen. Deine Mutter kocht extra deine Lieblingsspeise«, versprach Vater, stieg aus und hievte unsere Koffer aus dem Kofferraum. »Nächste Woche wird eröffnet. Als Geschenk gewährt Phil unserer Familie ein Wochenende uneingeschränkten Privatzugang. Das heißt Poollandschaft und Fitnesscenter nur für euch alleine. Ihr dürft euch eine Suite eurer Wahl aussuchen und bekommt dann morgen eine Führung durch unser neues Penthouse.«

»Unglaublich«, sagte ich. Das Gebäude war so groß und gleichzeitig fügte es sich fast perfekt und unaufdringlich in die raue Landschaft ein. Das Meer war heute so grau wie der Kiesstrand, der sich in den großen Fenstern des Hotels spiegelte.

»Lass uns reingehen und alles besichtigen«, schlug Tim vor und reichte mir seine Hand. In der anderen winkte er mit einem Schlüssel. »Phil stellt uns eine Suite.« Ich folgte ihm ins Hotel oder den neuen Zubau oder wie auch immer man es nennen wollte. Es war jedenfalls der Wahnsinn. Dann blieb ich abrupt stehen und konnte es kaum fassen. Im Innenraum der Lobby war ein abgegrenzter Bereich, der sich *Das Strandcafé* nannte. Es gab einen kleinen Kiosk, an dem Eis ausgegeben wurde, dahinter eine Theke, die exakt so aussah wie die, die Tim und ich gestaltet hatten.

»Ist das … ?«, fragte ich.

»Er hat alles vor dem Abriss ausbauen lassen, um so viel wie möglich von dem alten Flair zu erhalten. Wobei alt das falsche Wort ist, schließlich haben wir renoviert.« Dennoch waren an den Wänden viele verschiedene gerahmte Fotos vom ursprünglichen Strandcafé, wie ich es aus meiner Kindheit in Erinnerung hatte, aufgehängt.

»Das ist wunderschön«, sagte ich.

»Du bist hier immer willkommen«, sagte Vater, der uns begleitete. »Oben in unserer Wohnung ist immer ein Zimmer frei, die Benutzung von Pool, Saunalandschaft und Fitnessraum ist inklusive.«

»Und ich hatte mir letztes Jahr so viele Sorgen gemacht, dabei scheint jetzt alles perfekt.« Ich ließ meinen Blick weiter durch den Raum schweifen. Auf der anderen Seite der Lobby, die nicht wie das Strandcafé aussah, sondern eher wie ein Museum, fand ich Informationen zu den frühen Ausgrabungen hier am Strand. Als ich nähertrat, bemerkte ich, dass ich über eine Verglasung lief, die direkt auf den darunterliegenden Boden blicken ließ und in Stein verewigte Fossilien zeigte.

»Wow!«, staunte ich.

»Sie haben bei den Bauarbeiten kleinere, unbedeutende Fossilien entdeckt und der Architekt fand, dass das ein toller Effekt für die Lobby wäre, da wir hier ja an der Jurassic-Coast sind und das gut fürs Marketing sein könnte«, erklärte Tim.

»Marketing«, schnaubte ich. »Das ist einfach nur wunderschön.«

»Herzlich willkommen. Ich freue mich, dass ihr hier seid«, begrüßte uns Phil.

»Ich bin beeindruckt«, sagte ich und nickte zum Glasboden und zu den vielen Tafeln an den Wänden.

»Das freut mich. In Gedanken ist dieser Raum dir gewidmet.«

»Was?«

»Ich weiß doch, wie schwer es dir fiel, dein Zuhause aufzugeben. Mit der teilweisen Rekonstruktion des Strandcafés sollten die Erinnerungen lange wach bleiben und mit den paläontologischen Aspekten könnte dein altes vielleicht auch zu deinem neuen Zuhause werden.« Phil zog die Augenbrauen abwartend hoch, als habe er mir eine Frage gestellt.

»Ich verstehe nicht ganz«, sagte ich verwirrt.

»Solltest du je nach deinem Abschluss auf Jobsuche sein, ich könnte eine Kuratorin für diese kleine Ausstellung gebrauchen. Ich kann mir auch vorstellen sie zu vergrößern, und ich weiß, dass auch der Bürgermeister und das Tourismusamt begeistert wären, wenn wir dieses Thema ausbauen. Das bringt mehr Gäste in den Ort und fördert gleichzeitig die Wissensvermittlung in der Region. Schulklassen, die Ausflüge hierher machen, Vorträge für Interessierte, vielleicht sogar ein internationaler Kongress für Fachleute. Wenn jemand Interesse hätte, das weiterzuentwickeln, könnten wir etwas Großartiges auf die Beine stellen«, sagte er. Ich blinzelte und meine Verwirrung wuchs.

»Wir gehen erst mal hoch in unsere Suite und dann stürmen wir den Pool, bevor wir uns an ein Business-Konzept samt Zukunftsvision setzen«, sagte Tim und zog mich an seine Seite.

»Das klingt toll. Dann genießt euer Wochenende. Unser Personal wird sich hervorragend um euch kümmern, sonst ist ja niemand hier. Und vergesst nicht, was eure eigentliche Aufgabe ist.«

»Die da wäre?« Meine Ohren rauschten noch immer von allem, was er gesagt hatte.

»Alles mit prüfenden Augen zu betrachten und Fehler und Anregungen an uns rückzumelden. Damit wir kommendes Wochenende auf höchstem Niveau starten und unsere

Gäste begrüßen können.« Ich nickte, Tim zog mich bereits zum Aufzug und Phil und Vater standen in der Lobby, breit lächelnd und winkten uns zu.

Nachwort

Ich hoffe, die Liebesgeschichte von Emma und Tim hat dir gefallen und du hast dich an der südenglischen Küste wohlgefühlt. Und solltest du dich noch etwas länger am Meer aufhalten wollen und die Liebesgeschichte von Patrizia und Anton noch nicht kennen, dann lies unbedingt »Weihnachtszauber im kleinen Küstenhotel am Meer«, den zweiten Band der »Herzklopfen-am-Meer-Reihe« und finde heraus, wie die beiden zueinander gefunden haben.

Weitere Veröffentlichungen

Verliebte Küsse

Weihnachtsküsse am Leuchtturm – Verliebte Küsse 1
Empire-Verlag, November 2021

Frühlingsküsse in der Hafenkneipe – Verliebte Küsse 2
Empire-Verlag, Mai 2022

Zum Verlieben

Veganes Schnitzel zum Verlieben – Zum Verlieben 1
Empire-Verlag, März 2022

Zuckerstreusel zum Verlieben – Zum Verlieben 2
Empire-Verlag, August 2022

Herzklopfen am Meer

Winterzauber im kleinen Strandhaus am Meer – Herzklopfen
am Meer 1
Empire-Verlag, November 2022

Weihnachtszauber im kleinen Küstenhotel am Meer – Herzklopfen am Meer 2
Empire-Verlag, November 2023

Verliebtes Herz

Liebe verdient eine zweite Chance – Verliebtes Herz 1
Empire-Verlag, April 2023

Am Ende des Laufstegs – Verliebtes Herz 2
Empire-Verlag, Juni 2024